-文庫

暗い抱擁

アガサ・クリスティー
中村妙子訳

早川書房

5422

THE ROSE AND THE YEW TREE

by

Agatha Christie

writing as Mary Westmacott

Translated by

Taeko Nakamura

Published 2022 in Japan by

HAYAKAWA PUBLISHING, INC.

This book is published in Japan by

arrangement with

AGATHA CHRISTIE LIMITED

through TIMO ASSOCIATES, INC.

薔薇の一瞬も、イチイのそれも
同じ長さ。
――T・S・エリオット

暗い抱擁

登場人物

ヒュー・ノリーズ……………………元教師
ジョン・ゲイブリエル………………保守党の国会議員候補
アデリド・セント・ルー……………第七代セント・ルー男爵の未亡人
イザベラ・チャータリス……………アデリドの孫
アグネス・トレシリアン……………アデリドの妹
モード・チャータリス………………アデリドの義妹
ルパート………………………………第九代セント・ルー男爵
ロバート………………………………ヒューの兄
テレサ…………………………………ロバートの妻
ジェニファー…………………………ヒューの恋人
カーズレーク…………………………保守党の運動員
ジェームズ・バート…………………獣医
ミリー…………………………………ジェームズの妻

プレリュード

パリに滞在していたときのこと、ある日従僕のパーフィットが、女の方が面会を求めておいでになると取りついだ。重要な用件だそうだと。

私は前もって約束した場合をのぞいて人には会わない習慣だった。緊急に会いたいという口上は、ほとんど例外なしに借金の申しいれに終わる。しかも本当に金を必要としている人間はめったにそんなことをいってよこさない。

パーフィットにその女性の名を訊ねると、彼は一葉の名刺を差しだした。マダム・キャサリン・ユーグービアン——聞いたことのない名だ。それに正直いって、あまり好ましい響きの名ではなかった。私は借金の申し込みだろうというはじめの臆測を修正して、おそらく何かあやしげな古美術品を売りこみにきた女だろうと考えた。ペラペラとまくしたてて押し売りする方が、いい値がつくと思ってやってきたに違いない。

そこで私は、「残念ながらお目にかかれない、用件を書いて下されば拝見するといってくれ」と答えた。

パーフィットは首をかしげて引きさがった。彼はきわめて頼りになる男で――私のような病身の男にとっては信頼できる従僕が何よりも必要だ――当然私は事はこれでかたづいたものと考えていた。ところが驚いたことに、彼はふたたびもどってきた。マダムはいっこうに後へ引かず、人の生き死にに関する問題だと頑強にいい張っている、それに旦那さまの古いお友だちに関することだそうだ、こういうのであった。

私はにわかに好奇心を起こした。婦人のいったことについてではない――それはどうせ見えすいた前口上にすぎない。生き死にの問題だとか、旧知だとかいうのは、よく使われる手だ。私はもっぱらパーフィットの態度に興味をひかれたのである。この種の伝言をおめおめと持ち帰るのは、およそパーフィットらしくなかった。

そこで私はマダム・ユーグービアンは信じられないくらい美しい女性であるか、少なくともすこぶる魅力に富んだ女性なのだろうという誤った結論に達した。そうでもないかぎり、パーフィットの態度は不可解だったから。

たとえ五十歳の身体障害者であっても美しい女性には関心がある。私はまんまと引っかかった。完全無欠な従僕であるパーフィットという防壁をやすやすと克服できるほどすばらしい女性がいるとしたら、これは一見の価値がある、と思ったのだ。

そんなわけで、私は、お客をお通ししろといいつけた。しかしキャサリン・ユーグービアンが入ってきたとき、拍子抜けしてほとんど息が止まりそうになった！　それはそれとして、彼女をチラッと見ただけで、パーフィットの態度が別な意味で頷けたことも否定できない。人間性に関する彼の判断は誤っていたためしがない。パーフィットはキャサリンのうちに、一歩も引かない執拗さを一目で見て取ったのだろう。だから賢明にもすぐさま降服して、うんざりするような長期戦にたずさわる手間を省いたというわけだった。というのはキャサリン・ユーグービアンは大槌の不屈さと酸素アセチレン吹管の一途さに、点滴石を穿つ執拗さを兼ね備えていた。彼女がいったん目的を遂げようと思いたつと、時間は無限となるらしかった。必要なら彼女は一日中でも私の家の玄関に坐りこんでいただろう。この種の女性はたった一つのことしか念頭にない。そうした一途さを持ちあわせない人間は、彼女たちにかないっこない。

繰り返していうが、彼女が部屋に入ってきたとき、私はショックを受けた。美人が現われるものと期待していたからだった。入ってきた女性は、それどころか、ほとんど畏怖の念を起こさせるほど不器量だった。醜いというのではない。醜さにもそれなりの格調があり、それなりに人に訴えるものをもつ。しかしキャサリンの顔はパンケーキのように平べったく、沙漠のように無味乾燥で、だだっ広かった。口は大きく、うっすらと口髭が生え、小さな黒い目はまずそうな菓子パンについている貧弱な干し葡萄を思わせた。髪の毛はもじゃもじゃと乱れて脂じみ、体つきにもこれといって人目をひくものがなかった。スタイルなどという言葉さえ場違いな感じで、ブカブカの服はまるで体に合っていない。貧乏とも見えないが、さりとて裕福らしくもなかった。顎の形は頑固そうで、耳障りな聞き苦しい声で話した。

私はひどいじゃないかというようにパーフィットを見やったが、彼は平然と私の視線を受けとめた。例によって、自分のやることには間違いはないと確信しているらしかった。

「こちらがマダム・ユーグービアンでいらっしゃいます」とパーフィットはいって、ドアを閉ざして引きさがった。私をこの思いつめた顔の女性と差し向かいにして。

キャサリン・ユーグービアンは意を決したように進み出た。私はこのときほど自分の無力さを情なく思ったことはない。自分の体の不自由さが何とも恨めしかった。三十六計逃げるにしかずという手ごわい相手らしいが、走りだすわけにもいかない。

キャサリンは声を張りあげてきっぱりといった。

「お願いです——今すぐわたしと一緒にいらして下さい、どうか」

依頼というよりも命令口調であった。

「どういうことです？」と私は呆気にとられて訊き返した。

「わたし、英語はよく話せませんので。でもぐずぐずしている暇はないのです——急がないと。今すぐ一緒にゲイブリエルさまの所においで下さい。病気がそれは重くって。もうあまり長くはないと思いますんです。あなたさまをぜひお連れするようにって。お会いになるんでしたら、すぐおいでになりませんと手遅れになります」

私はぽかんと相手の顔を見つめた。この女は頭がおかしいのではないだろうか？　ゲイブリエルという名は私のうちに何の感興も引き起こさなかった。たどたどしい発音のせいもあったろうが、正しく発音されたとしても、その名は私の心の琴線には触れなかったろう。私がチラッとでもジョン・ゲイブリエルのことを考えたことがあったとしても、そのときからすでに十年はたっていたに違いない。

「誰かが死にかけているといわれましたね？　私の——知っている誰かが？」

婦人は非難がましい一瞥を私に投げた。

「さようでございますとも。あなたさまはあの方をご存じのはずですわ、たいそうよく。あの方があなたさまをお呼びになっているんですよ」

確信ありげな口ぶりに私は首をひねった。ゲーブル？　ガルブレイス？　鉱山技師でガルブレイスという男がいたが、大して親しい仲でもなく、臨終の枕べに呼びよせられるなどということはおよそありそうになかった。にもかかわらず、キャサリンが出任せをいっているのだという気がしなかったのは、彼女の強烈な個性のせいだろう。

「誰ですって？　ガルブレイスですか？」

「いいえ、とんでもない。ゲイブリエルでございますよ、ゲ、ゲイブ、リ、エ、ル」

私はあいかわらず狐につままれたような顔をしていた。ゲイブリエルと、今度ははっきり聞きとれた。しかし瞬間的に私の脳裡にひらめいたのは、大きな翼をひろげた天使ゲイブリエルの姿だった。その幻影はキャサリン・ユーグービアンその人に似つかわしいものでもあった。彼女は文芸復興期以前のイタリア絵画の左隅にしばしば描かれている、篤信の婦人のイメージにどこか似ていた。熱烈な帰依の表情と、一種独特な素朴な風貌の組み合わせに、共通するものが感じられた。

キャサリンはしつこく繰り返した。

「ジョン・ゲイブリエルですわ――」

このときはじめて、私ははっと思い出したのだ。

一瞬のうちに過去のすべてがよみがえった。私は眩暈を、いや、吐き気をさえ感じた。

セント・ルー、あの老婦人たち、ミリー・バート、そしてゲイブリエルの表情に富んだ醜い顔。踵に重心をかけてゆっくり体を揺さぶっているゲイブリエル。ギリシア神話の若い神のように美貌で長身のルパート。そしてもちろんイザベラ……

ザグラーデで最後にゲイブリエルに会ったあのとき……突然怒りと憎悪が熱い血潮のように身の内にたぎるのを、私は覚えた。

「死にかけているって?」と私は荒々しくいった。「そいつはうれしいことを聞く!」

「は?」

いかにもうやうやしい口調で「は?」と問い返している人に対して罵言を繰り返す気はしない。キャサリン・ユーグービアンには私の言葉の意味がまるっきり理解できないらしかった。私はただひとこと訊いた。

「ゲイブリエルが死にかけているといわれるんですね?」

「はい。苦しんで――ひどく苦しんでおられます」

それも私にはうれしいニュースだった。今になってどんなに苦しもうが、あの男が犯した罪の償いにはならない。しかしどうやらゲイブリエルの熱烈な崇拝者らしいこの婦人に、そんなことをいうわけにはいかなかった。

いったい、あの男のどこが女性を夢中にさせるのだろうと私は苛だたしい気持ちで考えた。あの醜い——思いあがった、下品なはったり屋のどこが？　一応小才がきき、時と場合によっては——あまり芳しくない場合だが——座を賑わし、ユーモアもある。しかし、そうした特徴のいずれも、とくに女性にアピールする点とも思えない。

そんなことを考えていた私を、ふたたびキャサリンの声が促した。

「いらして下さいますわね？　今すぐに？　もう時がありませんのですよ」

私は思いきっていった。

「残念ながら、お伴できませんね」

「でもあの方、あなたさまをお待ちですのに」と彼女はいいつのった。

「行く気はないんです」

「あなたさまにはおわかりにならないのですわ。あの方はご病気なんです。死にかけておいでなんですよ。あなたさまにきていただきたいって、そうおっしゃっているんです」

これは容易なことではすまないなと私は覚悟した。キャサリン・ユーグービアンがおとなしく諦めそうにないこと（パーフィットが一目で看破したように）がわかってきたからだった。

「勘違いをなさっておいでのようですね。ジョン・ゲイブリエルは私の友人ではありません」と私はいった。

キャサリンは勢いこんで頷いた。

「お友だちでいらっしゃいますとも、もちろん。あなたさまのお名を新聞で読まれて——調査団の一員としてここにいらっしゃっているという——わたしにお所をつきとめてお連れしてこいとおっしゃったんです。どうか、お急ぎになって下さいまし。お医者はいつなんどき息をひきとられるかわからないといっていますし。すぐにきて下さいますわね？」

仕方がない、はっきりいわなければなるまいと私は腹を決めた。

「あんな男、いっそ地獄に堕ちたらいいんです！」

「は？」

キャサリンは高い鼻をしかめて私を心配そうに見やった。何とか私の真意を理解しようと、あいかわらず慇懃に……

「ジョン・ゲイブリエルは私の友人ではないのですよ」と私は一語一語ゆっくりはっきりいった。「私はむしろあの男を憎んでいるんです、いいですか、にくんで！　これでおわかりいただけたでしょうね？」

キャサリンは目をパチパチさせた。どうやらわかりかけたらしいと私は思った。

「ではあの——」と彼女はまるでむずかしいレッスンを繰り返す子どものようにおずおずと呟いた。「ジョン・ゲイブリエルがお嫌いだと――そうおっしゃるんですね？」

「そのとおりです」

彼女はにっこりした。癪に障るほど自信に溢れた笑顔だった。

「まさか、そんな」と駄々っ子をあやすような口調でいった。

「そんな……いいえ、ジョン・ゲイブリエルを憎む人なんて、いるはずがありませんですわ。あんな立派な――親切な方を。あの人を知っている人は誰でも、喜んであの人のために死にますわ」

「やれやれ」と私はかっとなって叫んだ。「いったいあいつがどんなことをしたっていうんです、あいつのことをそんなふうに思うなんて？」

それが私の運の尽きであった。キャサリンは即刻私を同道するという自分の義務さえ忘れはてたように椅子に坐りこみ、額に乱れかかる脂じみた髪の毛を掻きあげ、目を輝かせて口を開くと、いや、しゃべったこと、しゃべったこと……

十五分ばかりも一気に話しつづけただろうか。口ごもったり、適当な言葉が見つからなかったりして、何をいっているのやらよくわからないこともあったが、おおむね立て板に水を流すように淀みなくしゃべった。一大叙事詩の朗読を聞いている感じだった。

キャサリンは尊敬を、いや、畏敬の念をさえこめて、つつましく、渇仰するように物語った。まるで救世主について話すように。まったくの話、彼女にとって彼は救世主そのものだった。私にはひどく現実離れのした、あり得ないことのように思える話であった。心やさしい、しかし強い男。リーダーであり、救拯者である人間。他の人々が生きながらえるために自分の命を賭し、残虐と不正を、白熱する焔の激情をもって憎んだ人物。ゲイブリエルは彼女にとって予言者であり、王であり、救い主であった。自分たちのうちにあることに気づかなかった勇気と力を、人々に与えることのできる人物であった。彼は一再ならず拷問を受けて半死半生の目に遭い、不自由な体になったが、意志の力でそのハンディキャップを克服し、次々に不可能を可能にした。

「あの人が何をしたか、とおっしゃいましたわね？」とキャサリンは言葉を結んだ。「でもファーザー・クレメントのことは誰だって知っていますわ。知らない人なんていないくらいですのに」

私は愕然とした──そのとおりであった。ファーザー・クレメントについては誰もが知っていた。その名は──実在しない神話的人物の呼称にすぎないという者もあったが──まじないにさえ用いられるほどの力をもっていた。

ファーザー・クレメントにまつわる伝説をどう説明したらよいだろうか？　まあ、リチャード獅子心王と聖者ダミアン、それにアラビアのロレンスをつきまぜた人物を想像してみることだ。勇敢な闘士であると同時に有徳の聖者、さらに少年の冒険心と無謀さを兼ねそなえた人物。第二次大戦に続く年月のあいだ、ヨーロッパと東洋はおしなべて暗黒の一時期を経験した。不安が世界を支配し、酷薄と残虐があらたな実を結んだ。文明世界に亀裂が生じ、インドとペルシアでは恐るべきことが次々に起こった。大量虐殺、飢饉、拷問、無政府状態……

その暗い霧の中に一人の人物の英雄的な姿が浮かびあがったのである。自らファーザー・クレメントと名乗るこの男は悲惨な境遇にある子どもたちを助け、拷問に責め苛まれている人々を救いだし、道なき山を越えて彼に従う群れを安全な地域に導き、そこに新しい社会を作って彼らを定住させた。多くの人々に崇拝され、愛され、尊敬される人物――一個の人間というよりは、伝説そのものである男。

キャサリン・ユーグービアンによれば、このファーザー・クレメントこそジョン・ゲイブリエル――セント・ルー選出の元国会議員、女誑しの飲んだくれ、徹頭徹尾自らの利益のために行動したあの男だというのである。策謀家、日和見主義者、勇敢さだけを身上とするジョン・ゲイブリエルだと。

信じられないという私の最初の思いは突然揺らいだ。もしかしたら？　キャサリンの話をあり得ないと打ち消す一方、もしやと引っかかるものがあった。ファーザー・クレメントもジョン・ゲイブリエルも、まれに見る勇敢な男であった。伝説的なファーザー・クレメントの離れ業のあるもの、不敵なその救出活動、はったり、とくに人を人とも思わぬ臆面のなさは、たしかにジョン・ゲイブリエルのそれであった。

けれども私の知っているジョン・ゲイブリエルは一貫した自己宣伝家だった。いつも大向こうの拍手喝采を当てこんでいた。ジョン・ゲイブリエルがファーザー・クレメントであったとしたら、全世界がその事実を知らされていただろう。まさか、そんなことがあるわけはない。

しかしキャサリンが息を弾ませて口をつぐんだとき、その目に燃えていた焔が消えたとき、そして彼女が例のひたむきな単調な声で、「いらして下さいますわね、すぐ?」といったとき、私はパーフィットを呼んだ。

パーフィットは私に手を貸して立たせ、松葉杖を渡し、いっしょに階段をおりるとタクシーに助け乗せた。キャサリンが隣に乗りこんだ。

ともかくも私はつきとめずにはいられなかったのだ。おそらくは好奇心から。それとも梃子でも動かぬキャサリン・ユーグービアンのせいで(どのみち結局はこっちが折れるほかなかったに違いない!)。とにかくジョン・ゲイブリエルに会ってみたいと私は思った。ファーザー・クレメントの生涯を、私の知っているセント・ルーのジョン・ゲイブリエルと重ねることができるかどうか、私はそれが知りたかった。おそらくはまた、イザベラが彼のうちに見出したものを——彼女があのような行動をとったからには彼のうちに認めたに違いない何かを、私自身も見ることができるかどうか、それを知りたかったのかもしれない……

キャサリン・ユーグービアンの後について狭い階段をあがり、奥の小さな寝室に足を踏みいれたとき、私は何を見ることを期待していたのか？　顎鬚を生やした、一見カトリックの司祭のような物腰のフランス人の医師がベッドの上に身をかがめていたが、私が入って行くと一歩後ろに退き、慇懃な手ぶりで私をベッドの傍らに招いた。医師は好奇心に溢れたまなざしで私をつくづくと眺める様子だった。死に瀕しているこの偉大な人物が会いたいといった男ははたして何者であろうかと訝しんでいたのだろう……

ゲイブリエルを一目見たとき、私は大きなショックを受けた。ザグラーデのあの日から長い年月がたっていた。ベッドの上にひっそりと横たわっている男がそれと聞かされなかったら、とうていわからなかっただろう。彼が死に瀕しているということは一目で知れた。しかもそのときはもう間近らしかった。そこに身を横たえている男の顔には、私がかつて知っていたジョン・ゲイブリエルの片鱗も認められないように思われた。今見るかぎりではキャサリンのいったとおり、その痩せ衰えた顔は聖者のそれであった。艱難と苦悩がはっきり跡形をとどめていた……そこには安楽を斥けている禁欲生活者特有の何かがあった。なかんずくその顔は、精神的な平安に満ちみちていた。

そうした資質のいずれもが、私がかつてジョン・ゲイブリエルとして知っていた男とはおよそ結びつかないのだった。

男はふと目をあけて私を見やり――ニヤリと笑った。それはジョン・ゲイブリエルの笑顔、彼の目であった。小さな醜い道化師の顔の中でただ一つ美しい目だった。

彼の声はいかにも弱々しかった。

「思ったとおり、キャサリンが連れてきてくれたんだな。アルメニア人というやつはじつにすばらしい!」

そう、それはたしかにジョン・ゲイブリエルであった。彼は手をあげて医師を呼び、苦しげな、弱々しい、しかし、二の句をつがせぬ口調で、約束の興奮剤を注射してくれと求めた。医師はちょっと異議を唱えかけたが、ゲイブリエルに押し切られた。死期を早める恐れがあるから躊躇したのだろうが――息を引き取る前にいっとき話をするだけの精力の持続が自分にとって重要であり、むしろ絶対に必要であることをゲイブリエルは明らかにしたのであった。

医師は肩をすくめてついに折れた。注射をすませると、彼は私たちをふたりだけにしてキャサリンとともに出て行った。

ゲイブリエルはすぐ口を切った。

「イザベラが死んだときのことを、きみに話しておきたかったんだ」

そのことなら、もう充分承知していると私は答えた。

「いや」と彼はいった。「きみが知っているとは思わんね……」

こういって彼は私に、ザグラーデのカフェでの最後の場面について話して聞かせたのであった。

そのことは順を追って記すつもりである。

話し終えると彼はひとことだけ付け加えた、ただひとこと。そのひとことのために私はこの物語を書いているのだ。

ファーザー・クレメントは歴史に属する。その数奇な英雄的生涯、忍苦、人間同胞への同情、その勇気に満ちた一生は、好んで英雄の伝記を編む人々に属するものだ。彼が発足させた社会は、今世紀において可能な生の新しい実験の土台となっている。そうした社会を脳裡に描き、創始した人であるファーザー・クレメントの伝記は、今後も無数に書かれるに違いない。

しかしこれはファーザー・クレメントの伝記ではない。ジョン・メリウェザ・ゲイブリエル、ヴィクトリア勲章所持者、稀代の日和見主義者、情欲に支配されやすく、ふしぎな魅力をもっていた男の物語である。彼と私はそれぞれに同じ女性を愛した。

私たちはみな、自分自身が物語の中心的人物だと思いこんでいる。しかし後になると、はたしてそうだろうかという疑念がきざし、自分でもよくわからなくなる。私の場合もその例外ではなかった。最初それは私を中心とする物語であったが、やがてジェニファーと私の——ロミオとジュリエット、トリスタンとイゾルデの場合のように——ふたりをめぐる物語と思われるようになった。そしてその後の暗い幻滅の日々のうちに、暗夜に輝く月の如く、イザベラが登場したのであった。以来彼女はいわば刺繍のモチーフとなり、私はモチーフを引きたてるクロスステッチとなった。むろん、背景にもそれなりの意味がなくはない。背景あってこそ、中心のパターンが鮮やかに浮きだすのであろうから。

さてふたたび三たびパターンは変わった。これは私の物語でも、イザベラのそれでもない。これはまぎれもなくジョン・ゲイブリエルの物語である。

物語はここで——すなわち私が筆を起こしたところで終わることになる。ジョン・ゲイブリエルとともに。しかしある意味では、それはまさにここから始まっているのだ。

1

どこから筆を起こそうか？　セント・ルーの記念会堂に集まった群集に、保守党候補でヴィクトリア勲章所持者のジョン・ゲイブリエル少佐が、年とった（実際たいへんな高齢の）将軍によって紹介されたあの瞬間からか？　立ちあがって演説をはじめたゲイブリエルの醜い顔と、あまり冴えない平凡な声に、私たちは一様に軽い失望を覚えた。そして伝え聞く彼の勇敢さを思い起こして、また大衆との接触が不可欠であること、特権階級が情けないほどの少数者になってしまったことを今さらのように心に銘記して、ともすれば沈む気持ちを励ました。

それともあのポルノース・ハウスの海をのぞむ、天井の低い、細長い部屋のことから書きだそうか？　晴天の日には部屋の外のテラスに寝椅子を引き出すことができた。私はその寝椅子に身を横たえて波騒ぐ大西洋を眺めたり、水平線の一角を遮る暗灰色の岩の岬に目をやったりした。その岬の上にセント・ルー城の胸壁や小塔が聳えていたのであった。城のたたずまいには、一八六〇年ごろにロマンティックな若い婦人がものした水彩画といった風情があった。

実際セント・ルー城には、まるで芝居の書き割りのような、紛いものめいた、現実離れのした雰囲気があった。もちろん本物なのだが、どことなく作りもののような感じを与えた。それは人間が自意識などというものに煩わされずに臆面もなくロマンティシズムに没入できた時代の産物であり、包囲戦を、恐ろしい竜を、捕囚の王女を、甲冑に身を固めた騎士を、その他いささかお粗末な歴史映画の道具立てのすべてを思わせた。もっとも考えてみれば、歴史とはまさに拙劣な映画以外の何ものでもないのだが。

セント・ルー城を見るとき、人はこの城の住人として、レディー・セント・ルー、レディー・トレシリアン、ミセス・ビガム・チャータリス、さらにはイザベラのような人々を当然のように想定するだろう。しかし想像したような人物が現実に存在しているということはショックだ。

ではまずそれら三人の老婦人たちが私たちを訪問したあの日のことから書き起こそうか？　野暮ったい服を身にまとい、時代がかったこしらえのダイヤモンドの指環をはめた、姿勢のよい三人の老女たちを見て、私は義姉のテレサに、「まるでお伽噺から抜けだしたようじゃないですか！　本当とは思えないな」と囁いたのだったが。

それとももう少しさかのぼって、たとえば私がジェニファーに会うためにノースホルト飛行場に向かって車を走らせた瞬間から……？

しかしその背後にはやはり私自身の生活があった――三十八年前にはじまり、運命のあの日に終わりを告げた生活が……


前にもいったとおり、これは私の自伝ではない。しかし、それは私の物語として、私、ヒュー・ノリーズとともにはじまった。私のこれまでの生活を振り返ってみると、何の変哲もない、平凡な一生だったような気がする。とくに面白いことがあるわけでも、つまらないことの連続というわけでもない。私は幻滅も、失望も、ひそかな子どもじみた悩みも人並に味わった。その一方、心躍る瞬間も、周囲の世界との調和の実感も、馬鹿馬鹿しいほど、つまらない原因に由来する満ち足りた思いも、知らないわけではなかった。どのような角度から私の一生を眺めるか、それは私の自由だ――挫折感の角度から見るか、それとも華々しい勝利の記録として眺めるか――どちらも嘘ではない。結局は選択の問題だろう。私自身の目に映ったヒュー・ノリーズがおり、他人の目に映ったヒュー・ノリーズがいる。さらにまた、神の見たもうたヒュー・ノリーズもいるに違いない。これこそ、ヒュー・ノリーズの真骨頂だといい得るものが。しかし、ヒュー・ノリーズの真相については、人の一生のすべての出来事を書きとめるという記録係の天使にしか、わからないだろう。つまり現在の私は一九四五年の初頭、ロンドンにもどろうとペンザンスで汽車に乗りこんだヒュー・ノリーズについてどれだけのことを知っているだろう？　もし訊ねられれば私は答えただろう、人生は概して私を厚遇してくれたと。私は教師という自分の平時の仕事を好んでいた。戦争中の経験もそれなりに悪くはなかったが、復員したらすぐ教職にもどれるはずで、さきざき気心の合った友人と協力して学校を経営し、校長になりたいという希望ももっていた。恋に破れて傷心の日を送ったことも、恋を得て幸せに酔ったこともあった。しかし、いずれも大して根の深いものではなかったし、家族の絆も私を縛るほど強くはなかった。私は三十七歳であった。その日私は、かねてからおぼろげに意識していた何かが起こることを知っていた。ある経験、私の一生を左右する出来事を……

私は突然感じたのだ、それまでの経験はすべて皮相的なものだったと――私は、手応えのある、本当の経験を待っていた。誰もが一生に少なくとも一度はそうした気持ちを感じるのではないだろうか、遅かれ、早かれ。それはクリケットの試合でバッティングに出ようとする、ちょうどそんな瞬間に似ている……

ペンザンスで汽車に乗りこむとすぐ、私は昼食券を買った（いちばん遅い三回目の昼食席を予約したのは、かなりたっぷりした朝食をとったばかりだったからだ）。だいぶたってから給仕が、「三回目の昼食席を予約なさった方は食堂車へ……」と鼻声でふれ歩くのを聞き、私は席を立って食堂車に行った。給仕は券を受けとり、二人用の席を示した。すぐ後ろが機関車という片隅の席で、向かい合わせにジェニファーが坐っていたのであった。

物事はそんな何でもないきっかけから起こるものだ。前もって慮ることや予測することなど、できるものではない。私はその女性――ジェニファー――と向かい合わせに腰をおろした。ジェニファーは泣いていた。

はじめのうち、私はそれに気づかなかった。彼女は必死で涙を抑えていた。忍び泣きの音も、泣いていることを示す、何の兆候も見えなかった。私たちはお互いに顔を見合わせることなく、食堂車でたまたま向かい合わせに座を占めた見知らぬ者同士にふさわしくしごくつつましく振舞った。私は彼女の方にメニューを差しだしたが、これとて慇懃な、しかし意味もないジェスチュアであった。「スープ、肉または魚肉、デザートまたはチーズ、四シリング半」という食堂車お定まりの献立だったのだから。

型どおりの私のそのジェスチュアを、ジェニファーはちょっと首をかしげつつ、同じく礼儀正しい微笑をもって受けとめた。給仕が「お飲み物は？」と訊いたので、二人ともライト・エールを注文した。

しばらくは沈黙が続いた。私は持ってきた雑誌を開いた。給仕がスープ皿を捧げて、半ば走るような足どりでやってきて、私たちの前に置いた。あいかわらず堅苦しい礼儀の規範にしたがって、私は塩と胡椒を一インチばかりジェニファーの方に押しやった。それまで私は彼女の顔をよく見なかった（むろん、大体のところは見てとっていた。たとえばごく若いというほどではないが、私より二つ三つ年下の女盛りであること、中肉中背、黒い髪に黒い目の持ち主で、おそらくは私と同じ階級身分の女性と思われること、感じはよいが、私が平静を失うほどのグラマーではないことなど）。

しばらくして私はもう少し綿密に観察してみようかという気を起こした。その方が自然と思われれば二言、三言、会話をまじえてもいい。それも相手の出かたしだいだがと。

私のそうした思惑を突如くつがえしたのは、自分のスープ皿から何気なく目をあげたとたんに、およそ思いがけない光景を見てしまったことだった。何かがパシャリと彼女のスープ皿の中に落ちたのだ。泣き声を立てるわけでも、鼻もすするわけでもなく、いや、ちょっと見には泣いている様子などおよそ見せずに、ただ涙が後から後から目に溢れて、スープの中に滴り落ちているのであった。

私は愕然とした。彼女の方にそれとなく、視線を投げると、やがて涙は止った。こみあげるものをどうにか抑えて、彼女はスープの匙を静かに口に運んでいた。私は——自分でもどうしてそんな出過ぎたことをしたのかわからないのだが——思わず口走っていた。

「何かひどく悲しいことがおありなんですね？」

すると彼女は激しい口調で答えたのであった。

「本当にあたくし、どうしようもない馬鹿ですのよ！」

それっきり、どちらも口をきかなかった。給仕がスープの皿を運び去り、かわってミートパイの小片を載せた皿を置き、大きな取り皿からキャベツを取り分けた。彼はさらにそれに焼いたジャガイモを二個、まるでたいへんな恩恵でも施すような、勿体ぶった手つきで添えた。

給仕が去ると、私は窓の外に目をやって、景色について思いついたことをいい、ついでコーンワルに関して二、三感想を述べた。このあたりのことはあまり知らないのだというと彼女は、自分は知っている、コーンワルに家があるので、といった。ついで私たちはコーンワルをデヴォンシャーと、さらにウェールズや東海岸と比較しあった。いずれも無意味な会話で、彼女の側においては公けの場で涙を流したという、また私の側においてはその事実に気づいたという、後ろめたい事実を取り繕うためだった。

私たちの前にコーヒーが置かれ、私が差しだしたシガレット・ケースの煙草を彼女が一本取ったとき、私たちはようやく振りだしに立ち帰ったのであった。

まず私は、いわでものことを申しあげてすまなかった、ついいってしまったのだと謝った。きっとあたくしのことをひどく馬鹿な女だとお思いになったでしょうね、と彼女は答えた。

「いや、どうにも我慢できなくなられたのだと思いましたよ。そうだったんでしょう?」

「そうなんですの」と彼女はいった。「お恥ずかしいですわ、自分が哀れでたまらなくなり、何をしようが、誰に見られようが構うものかという気になるなんて」

「いや、人目を憚っていらっしゃいましたよ。必死で涙を抑えておられたのがわかりました」

「たしかに大声で泣きわめいたりはしませんでしたわ。でも――」

とにかくやりきれなかったのだ、どうしていいのか、まるでわからなくなってしまったのだと彼女はいった。

それは私にもすでに察しがついていた。絶望しきった人間の身も世もない悲しみを私は感じとっていた。そんな気持ちに落ちこんでいる女性を見過ごしにはできなかった。

「いかがです、私に話してごらんになりませんか？　私はあなたにとって赤の他人です。そんな人間には何をおっしゃろうと、どうということはないでしょうから」

「お話しすることなんて、大してありませんの。自分のせいで何もかもめちゃくちゃになってしまったというだけで——何もかも……」

そんなに思いつめることはないと私はいった。この女性がふたたび自信をもつこと、新しい生活、新しい勇気を必要としていることは明らかだった——忍従と苦悩の惨めな泥沼からこの人を救いだして、ふたたびしっかりと大地を踏みしめさせねばならない。自分こそ、その役割に最適の人間だということを私は少しも疑わなかった……という具合に、ことは急速度で進展していた。

彼女は途方に暮れた子どものように私を心もとなげに見つめ、それから堰を切ったように話しはじめた。

話の途中で、もちろん給仕が勘定書を持ってやってきた。三回目の昼食でよかったと私は思った。次の客に席を譲るために追い立てられる心配がなかったからだ。十シリングのチップを添えると、給仕は委細呑みこんだように一礼して姿を消した。

私はまたジェニファーの話に耳を傾けた。

彼女はひどい痛手をこうむっていた。信じられないほどの勇気を奮い起こして不幸に立ち向かったが、次々にあまりにもいろいろな事が起こり、もともと体も丈夫でなかったので、とうとう堪えられなくなってしまったのだった。不幸続きの子ども時代、少女時代。結婚して後も。誰に対しても悪意をいだいたことがなかったが、一本気なためにともすればぬきさしならぬ窮境に陥った。逃げようとは思わなかった——与えられた状況の中で何とか努力してみようと考えたからだった。にっちもさっちもいかなくなったときに選んだ道がまたもやあらたな不幸のもととなり、いっそう動きがとれなくなった。

そうしたことのすべてについて、彼女は自分を責めていた。私はそんな彼女をいじらしく思った。人を裁くことも恨むこともせず、自分の身に起こった不幸について述べながら、彼女はやるせなげにいった。「みんなあたくしが悪かったんでしょうね、たぶん」

私は大声で怒鳴りたいと思った。「あなたが悪いなんて、そんなことがあるものですか！　あなたは犠牲者ですよ。すべてを自分のせいにしようというそんな馬鹿げた態度をとっているかぎり、おそらくこれからだって！」と。

打ちひしがれた面持ちで思い悩みつつ、しょんぼりそこに坐っている彼女はじつに愛らしく見えた。狭いテーブルごしにその顔を見つめながら私は、これまで漠然と待っていたものが何であるか、今こそはっきりわかったと思った。それはこのジェニファーだった……彼女を自分のものとすることではなく、彼女がふたたび立ち直れるように手を貸すこと、幸せになり、身も心もすこやかになった彼女を見ること、それこそ私の求めているものなのだ、そのとき私はそう悟った……彼女を真剣に愛していることに気づいたのは何週間も後のことだったが。

というのは、この列車内の出会いには後日物語があったのだ。

私たちは再会の約束はしなかった。彼女の方ではもう会うこともあるまいと考えていたらしい。私はそうは思わなかった。彼女の名は訊いておいた。ジェニファーは食堂車を出るときにつつましくいった。

「ではこれで。でもあたくし、けっして忘れませんわ、親切にしていただいたことを。どうにもやりきれない気持ちでいましたのよ——本当に」

差しだされた手をとりながら私は、この出会いがこの場限りに終わらないことを知っていた。いや、むしろ確信していた。強いて彼女を探し出すことはしないと約束してもいいくらいだった。話しているうちにわかったのだが、我々には共通の友人があって、彼女にはいわなかったが、そのうちにはひょっこり行き会えるだろうと思われた。むしろこれまで出会わなかったのが不思議なくらいだった。

一週間後、キャロ・ストレンジウェイのカクテル・パーティーで私はジェニファーと再会した。それからというもの、お互いの気持ちはもはや疑いようもなかった。私たちは二人とも、自分たちに何が起こったのかをはっきり知っていた。

その後も何度か会った。パーティーで、友人の家で、小さな静かなレストランで。いっしょに汽車で田舎に行き、この世のものとも思えぬ至福の輝かしい靄の中をともに歩いたこともあった。あるときはいっしょにコンサートに行き、エリザベート・シューマンの『永遠《とわ》の愛』を聴いた。

その会場からウィグモア・ストリートの喧噪の中に歩み出たとき、私はシュトラウスの歌の結びの文句をくちずさんだ。「とことわの愛と幸に……」そして彼女と目と目を見合わせた。

「ああ、だめよ、ヒュー、だってあたしたちは……」

「だめなことがあるものか、ぼくらこそ……」と私は答えた。二人は一生をともにすべく定められているんじゃないかと。

そんなふうにすべてをほうり出してしまうことはできないと彼女は答えた。夫は離婚を承諾しないだろうと。

「でも結局は承知してくれるんじゃありませんか？」と私はいった。「ええ、そりゃあ……でも、ヒュー、あたしたち、このままじゃ、どうしていけませんの？」

今のままではだめだ、と私は答えた。私はあなたがくじけずに苦しみに堪えて、心身の健康をとりもどすのをじっと見守っていたのだ。本来の快活で、幸せなあなたにもどるまで決断を迫ることは控えたいと思ったからだ。あなたは強くなった、身も心も。私たちは今こそはっきり心を決めなければいけない、私はこう主張したのであった。

ジェニファーを説き伏せるのは並たいていのことではなかった。彼女は奇妙な思いもよらぬ理由を持ちだして反対した。主として私と私の将来のために、異を唱えているのであったが。自分との結婚によってあなたはこれまでの計画を変えなければならなくなるだろう、それがいやなのだと彼女はいった。そんなことは承知のうえで、それでも構わないという結論に達したから結婚を申しこんだのだと私はいった。私はまだ若いし、教師以外にも仕事はいろいろあるだろうしと。ジェニファーはいったんは私のいうことを受けいれるように見えたが、私と別れるとすぐ気持ちが揺らいだ。つまり彼女には自信がまったくないのだった。

しかし、少しずつ彼女も私と同じ気持ちになった。私たちのあいだにあるのは情熱だけではなかった。それ以上の何ものかがあった。彼女の口を洩れる言葉が私自身がたった今口にしたのと同じということが一再ならずあった。種々の些々たる楽しみをともにする者たちの愉悦も、私たちのものだった。

こうして彼女もとうとう、あなたのいうとおり、二人はお互い同士のもので、離れることはできないというようになった。最後の防壁が崩れ落ちたのであった。

「本当よ、ヒュー！　でもあたし、不思議で！　あたしがあなたにとってそんなに大切な存在だなんて！　でも――でも、疑ってはいませんわ」

二人の愛は試練を受け――揺るぎないものであることを証明した。私たちは計画を立てた。避けるわけにいかない、実際的な問題がいろいろとあった。

ある肌寒い明るい朝、私は目を覚ますとすぐに、今日こそ、私たちの新しい生活がはじまるのだと考えた。ジェニファーと私はこれからずっといっしょに暮らすのだ。それまで私は自分の幸せを安易に信じないようにつとめていた。彼女が自分自身の能力に関する病的な不信に駆られて、最後の土壇場で尻ごみするのではないかという懸念が去らなかったからである。

古い生活が終わりを告げるはずの朝、私はもう一度確かめずにはいられない気持ちでジェニファーに電話した。

「ジェニファー……」

「ああ、ヒュー……」

かすかな震えをおびたジェニファーのやさしい声……やはり本当だったのだ。

「赦してくれたまえ。どうしてもきみの声が聞きたかった。じゃあ、本当なんだね？」

「ええ、本当よ……」

私たちはノースホルト飛行場で落ち合うことになっていた。私は服を着ながら鼻歌を歌い、手を滑らせないように気をつけて髭を剃った。鏡に映った顔はゆるみっぱなしで、自分の顔とも思えないほどだった。今日は私にとって特別な日だ。三十八年間、待ちわびてきた日なのだ。朝食をすませると、私は切符とパスポートを点検した。下におりると、ハリマンが車のドアをあけてくれた。

私は彼に、自分で運転するからきみは後ろの席に坐っていていいといった。

ミューズから大通りに出て、車は混雑する街筋を縫うように進んだ。時間はたっぷりあった。すばらしい日だった。その朝そのものが、私たち——ヒューとジェニファーのために創られているような気がした。歌いだしたいような、大声で叫びたいような気分であった。

そのトラックは時速四十マイルで横合いから急に飛びだしてきたのだった。あっと思う間も、よける暇もなかった——私の運転がまずかったとか、とっさにハンドルを切り損ねたというのではない。後でわかったのだが、トラックの運転手は泥酔していたのだった。だが原因など糞食らえといいたいほど、深刻な場合も世の中にはある！　横っ腹に思いきり突き当てられてビュイックは大破し、私は車の下敷になった。ハリマンは死んだ。

ジェニファーは飛行場で待っていた。飛行機は出たが、私はついに姿を現わさなかったのである。

2

事故の後のことを書き記すことには意味がない。第一、一貫した記憶がないのだ。混乱と暗闇、そして激痛。長い地下道をどこまでも歩いているような感じであった。病室にいる自分がときどきぼんやり意識にのぼった。医者、白いキャップをつけた看護婦。消毒薬の臭い、医用器具のきらめき。小さな手押し車が慌ただしく動かされるたびに上に載せたガラスの台が光った……

意識はごく徐々に回復した——混乱がいささか減じ、苦痛がやや薄らぎ……しかし、まわりにいる人とか、自分がどこにいるのかということは、なかなか意識にのぼらなかった。苦しんでいる動物は苦痛しか、あるいは苦痛の小休止しか、知らない。それ以外のことには集中できないのだ。苦しみを和らげる麻酔剤は精神を混濁させ、混沌の印象をいっそう強める。

その混沌の中に明澄な意識の持続する瞬間が少しずつまじるようになった——誰かがはっきりと、きみは事故に遭ったんだよと告げるのを私は聞いた。

そしてやっと意識が回復した。自分の無力さ——使いものにならなくなった不具の体についての認識……一個の男として、大勢にまじって生活していくことはもはやできなくなったことを。

面会が許されるようになると、まず兄のロバートがきてくれた。兄はぎごちない態度で言葉もなく私のベッドの傍らに立った。兄と私はもともとさして親しい仲ではなく、私はジェニファーのことをいいだすことができなかった。

しかし私はじつは彼女のことばかり考えていたのであった。回復に向かうにつれ、枕もとに手紙が届けられるようになった。ジェニファーの手紙が……

面会は家族にしか許されなかった。厳密にはジェニファーは一人の友人にすぎず、面会を求めるいわれはなかったのだ。

「面会は許されていませんのよ、ヒュー」と彼女は書いてよこした。「でも許可が出たら、すぐ伺いますわ。愛しています。いまはただよくなることだけをお考えになってね。ジェニファーより」

さらにもう一通。

「心配なさらないで下さいね、ヒュー、あなたが生きていらっしゃるかぎり、ほかのことは問題ではないのですから。あたしたち、もうすぐ一緒になれますわ——いつまでも。あなたのジェニファーより」

私は鉛筆でやっと走り書きした。「きてはいけない。いまのぼくがあなたに何を提供できるだろう？」

退院して兄の家に落ちついて後、私ははじめてジェニファーに会った。彼女の手紙はどれも同じ調子のものだった。愛しあっているだけで充分じゃありませんの？　あなたのお体が元どおりにならなくても、一緒に暮らしましょう。あたしが看護してさしあげます。以前夢みた生活とは違っても、きっと幸福に暮らせますわ……

私の最初の衝動は、私たちをつなぐ絆を思いきりよく断ち切ること、ジェニファーに向かって、「もうこれ以上近づいてくれるな」と告げることだった。しかし、私はその態度に徹しきれなかった。私もまた彼女と同じく、私たちのあいだの絆が精神的なものでもあると信じていたからである。そうした結びつきのもたらす幸せは依然として私たちのものだろう。たしかに彼女にとっては、私と別れること、私のことを忘れさる方が幸せに違いない。しかしもしも彼女がそれを拒んだら……

かなり長いことたってから、私はやっとジェニファーの訪問を承知した。私たちはしばしば手紙をとりかわしていたが、それらは真の愛の手紙、精神を高揚させる格調高い手紙であった。

ジェニファーはやってきたが、長くいることは許されなかった。その最初の訪問のときにたぶん、私たちにはもうわかっていたのだと思う。ただそれを認めたくなかっただけで。二回、三回と訪問が度重なるにつれて私はどうにも堪えられなくなっていた。三度目の訪問はたった十分で終わったが、私には一時間半にも思えた。彼女にとっても同じだったろう……

つまり私たちはお互いに何も話すことがなかったのだ……いや、はじめから何もありはしなかったのである。

愚者の楽園の苦さにくらべられる苦い味が世にまたとあろうか？　ふたつの精神の交流。思考の完全な和合。友情。ことごとく幻想だった。私とジェニファーのあいだには、そもそものはじめから肉体的な牽引しか存在しなかったのである。そこから、自己欺瞞の忌むべき虚構のいっさいが織りなされたのであった。それに気づいたとき、私はただ恥ずかしく苦々しかった。私は自分ばかりでなく、ジェニファーをもほとんど同じくらい憎みかけた。私たちは惨めな気持ちで言葉もなく顔を見合わせていた——かつて私たちがあのように固く信じていた愛の奇蹟に、いったい何が起こったのかと訝しみながら。

ジェニファーはあいかわらず美しかった。しかし彼女の話は私を退屈させた。おそらく私の話もまた彼女を……何を話しても、議論しても、お互いに少しも楽しいとは思わなかった。

ジェニファーはあいかわらず、すべてについて自分を責めていた。私にはそれが嫌だった。何にもなりはしないのだし、いささかヒステリカルに響きもした。何をそう騒ぎたてるのだろうと私は心の中で呟いた。

三度目の訪問を切りあげるとき、ジェニファーはじっと堪えているといわんばかりの、無理に明るさを装った、いつもの口調でいった。「また参りますわ、近いうちに」

「いや、もうこないでください」と私はいった。

「まあ、もちろん、伺うわ」その声音はいかにも口先ばかりという感じがした。

私は激しい口調でいった。

「後生だから取り繕うのはやめてください、ジェニファー、もうおしまいなんだから、すべて」

おしまいだなんて、そんなことはありませんわ、と彼女はいった。あたし、一生あなたのお世話をさせていただくわ。あたしたち、きっと幸せに暮らせると思いますの……とまあ、こんな具合に。彼女は自己犠牲の一生を送る決心をしているのであった。私はかっとなった。本当にそうする気ではないかという危惧の念も動いた。ジェニファーがべったり枕もとに坐って意味もないことをしゃべり、親切気はあるのだろうが、愚にもつかぬことばかり、わざとらしく明るい口調でいう……そう考えただけで私はうろたえた――まだ健康をすっかり回復しておらず、気弱になっていたからだった。

出て行ってくれ、早く帰ってくれ、と私は怒鳴った。ジェニファーは震えあがってそこそこに帰って行った。しかしその目に安堵の色があるのを私は認めた。

しばらくして義姉のテレサが窓のカーテンを引くために入ってきた。

「テレサ、これで万事終わりです。あの人は帰って行った。たぶん、もうこないと思いますがね」

テレサは持ちまえの静かな声音で、自分もそう思うといった。

「怪我のせいでぼくはこう――ひがんだ見かたをするんですかね？」

テレサは、あなたの場合は、物事の真相がかえってはっきり見えるようになったのじゃないかと思うと答えた。

「つまり今はじめて、本当のジェニファーを見るようになったっていうんですか？」

それとも少し違うが、とテレサはいった。あなたには本当のジェニファーはあいかわらずわかっていないのかもしれない。ただ、愛しているということを棚あげにした場合、ジェニファーその人があなたにどんな影響を及ぼすか、それがわかってきたのだと。

ジェニファーをあなた自身はどう思います、と私はテレサに訊ねた。

「とてもチャーミングで、感じがいいと思っていたわ。でも、ちっとも面白みがない人ね」

「今ごろは彼女、惨めな思いにひたっているでしょうかね？」

「そう、たぶん」

「ぼくのせいで？」

「いいえ、あの人自身のせいで」

「今度のぼくの怪我について、彼女は自分を責めつづけているんですよ。ぼくが彼女と待ち合わせなかったら、あんなことにはならなかっただろうにって。馬鹿げたいいぐさじゃないですか」

「まあね」

「ぼくはね、このことで彼女が悩んだり、惨めな気持ちになったりというのがやりきれなかったんですよ、テレサ」

「でもねえ、ヒュー、あの人にだって少しは何か残してあげなくちゃね」

「どういう意味です、それは？」

「あの人はね、惨めな思いをするのが好きなたちなのよ。あなた、気がつかなかった？」

テレサの考えかたがいかにも非情ではっきりしているので、私はたじたじしながら、それはちょっとひどいと思うといった。テレサは、そうかもしれない、しかし、今さら何をいってもどうということはないと思ったのでと答えた。

「無理をしてお伽噺を信ずる必要はないわ。ジェニファーって人は、大体がくよくよと悩んで切ない気持ちにひたるのが好きなんでしょうよ。好きでそうしているのなら、はたでとやかくいうことはないんじゃなくて？　あなたはね、ヒュー、自己憐憫にふけっている人に同情する傾向があるのね。惻隠の情っていうのがあなたの弱点なのよ。だから物事がはっきり見えないんだわ」

「じつに憎たらしい人だなあ、あなたは！」と私がいうと、たぶんね、とテレサはすまして答えた。

「あなた自身は、誰にも同情しないんでしょうね」

「そうでもないわ。わたし、ジェニファーを気の毒に思ってるわ、ある意味では」

「ぼくのことはどうなんです？」

「さあ」

私は皮肉っぽくいった。

「ぼくが障害者で、生きる望みのない人間だってことすら、あなたの憐憫の情を誘わないんですかね？」

「さあねえ、とにかく今度のことで、あなたは人生をまったく違う角度からやり直そうとしているんですもの。それはそれで面白いかもしれないじゃありませんか？」

そんな冷たいことを現在のぼくによくもぬけぬけといえたものだと私がいうと、テレサは微笑を浮かべて部屋を出て行った。

テレサはいろいろな意味で、私に役立ってくれたのである。

私たちがコーンワルのセント・ルーに移転したのは、それから間もなくのことだった。テレサの大叔母が亡くなり、遺産として彼女はセント・ルーにあるその持ち家を相続した。医者はかねてから私に転地を勧めていた。兄のロバートは画家で、世間の人々のいだいている景色の概念とはおよそかけはなれてはいるが、ともかくも風景画を描く。戦時中、彼はたいていの画家と同じく農業に従事していた。つまり田舎への移転は、さまざまな意味で誰にとっても好ましいものだったのだ。

テレサが先発して家を整えた。相続上必要な法律的な手続きが終わると、私は病人用の自動車でセント・ルーに運ばれた。

「この土地はどんなたちの所ですか？」着いた日の翌朝、私はテレサにこう訊ねた。

テレサはかなりいろいろの知識を仕入れていた。ここは三つのまったく異なった世界から成り立っている、と彼女はいった。一つは昔ながらの漁村で、波止場のまわりに立っているスレート瓦の背の高い家々から構成されている。この村では掲示や看板は英語だけでなく、フランドル語とフランス語でも書かれている。この一郭の向こうの海岸ぞいにずらりと並んでいるのは、土地の人間にいわせればありがたくない観光客用の施設だ。デラックスな大きなホテルや、たくさんの小さなバンガロー、民宿――夏場はなかなかに賑やかだが、冬は打ってかわってひっそりと物淋しい。三つめがセント・ルー城に代表されるもので、年老いたレディー・セント・ルーが君臨している。この城は前二者とはまるで違った世界の核心である。その世界というのは城という幹を中心として、くねくねと折れまがった小径づたいに谷のあちこちに目立たぬように点々と立っている家々を枝とする一地域で、古い教会堂も二つ三つあり、それだけで「山の手」という一社会を形づくっているのだとテレサはいった。

「で、我々はどの世界に属するんです？」と私は訊いた。

私たちもその「山の手」に属するとテレサはいうのであった。ポルノース・ハウスは彼女の大叔母の故エイミー・トレジュリスが彼女に遺したもので売買されたものではない。したがって当然我々は「山の手」の仲間いりをすることになると。

「ロバートもですか？　画家なんて種族も、そのお上品な社会にいれてもらえるんですかね？」

その点は少々さしさわりがありそうだ、とテレサは答えた。夏になるとここは画家が掃いて捨てるほどになるのだから。

「でもあの人はわたしの夫なんですもの」とテレサは勿体らしく付け加えた。「それにロバートの母方はボドミンのボルデュロ家の出ですからね。資格は充分あるわ」

私はテレサに、ここの新しい住民として我々の——というよりも彼女自身の——果たす役割はどんなものになるのかと訊いてみた。私自身の役割ははっきりしていた。いうまでもなく、傍観者のそれだ。

テレサは、自分としてはこの土地のありとあらゆる行事に積極的に参加するつもりでいると答えた。

「というと？」

主として政治と庭作りということになると思う。婦人会にもたまには顔を出して帰還兵の歓迎会といった感心な企画に参画するかもしれない、とテレサは答えた。

「でもおもに政治ね。いずれ総選挙が告示されるでしょうから」

「あなたが政治に関心をもったことなんてあったんですか？」

「もちろんないわ。そんな必要はないと考えていたの。あまり実害を及ぼさないと思われる候補者に票をいれる、それだけにとどめていたのよ」

「そりゃ、賢明だ」と私は呟いた。

「でもこれからはせいぜい政治に本腰をいれようと思うのよ。もちろん保守党を応援するわ。あたしはポルノース・ハウスのれっきとした所有者なんですものね。秘蔵の家をくれてやった姪が労働党に投票したりしたら、ミス・エイミー・トレジュリスがお墓の中で目をまわすでしょうから」

「しかし、個人的に労働党の方がいいと思っているのなら……」

「いいえ、とんでもない。保守党も労働党も似たりよったりよ」

「公平きわまるご意見だな」と私は呟いた。

ポルノース・ハウスに私たちが落ちついて二週間ほどたったとき、レディー・セント・ルーが訪ねてきた。

妹のレディー・トレシリアン、義妹のミセス・ビガム・チャータリス、それに孫のイザベラが一緒だった。

客が帰った後、私はテレサにしみじみと、あんな人たちが実在しているなんて、とても本当とは思われないといったのだった。

彼女たちはセント・ルー城の住人としてまさにうってつけの顔ぶれだった。まるで「三人の魔女と魔法にかけられた王女」といったたぐいのお伽噺の登場人物だと私は思った。

アダレイド・セント・ルーは第七代セント・ルー男爵の未亡人で、男爵はボーア戦争中に戦死し、二人の息子も第一次世界大戦でこれまた戦死していた。次男の忘れ形見がイザベラで、母親は出産後、世を去った。爵位はニュージーランドに住むイザベラの従兄に受けつがれたが、この第九代男爵はレディー・セント・ルーが引きつづき城に住まうことをむしろ喜んで認めたので、イザベラは後見人である祖母と二人の大叔母の庇護のもとに、セント・ルー城を我が家として生い育った。レディー・セント・ルーの妹のレディー・トレシリアンと義妹のミセス・ビガム・チャータリスはそれぞれ夫に死別して後に姉のもとに身を寄せたので、三人で城の維持費を出しあって、イザベラが彼女の正当な住まいで暮らせるようにした。三姉妹はいずれも七十の坂を越えており、三羽の老鴉といった感じがした。レディー・セント・ルーは骨ばった大きな顔に鷲鼻、広い額の持ち主、レディー・トレシリアンはふとっていて、大きな丸顔にきらきら輝く小さな目が印象的だった。ミセス・ビガム・チャータリスは反対に痩せぎすで、渋紙色の皮膚をしていた。三人とも生えぬきのエドワード朝の人物で、彼女たちに関するかぎり、時も歩みをとどめたのかとさえ思われた。いずれも冴えない、しかし、明らかに紛いものではないらしい宝石——たいていは三日月形か馬蹄形、あるいは星形のブローチ類——をいささか突拍子もないところにつけていた。

この三人と一緒にきたのが、魔法をかけられた王女という役どころがぴったりのイザベラだったのである。彼女は背がすらりと高く、面長の顔、高い額、すんなりと癖のない、くすんだ金髪、古いステンドグラスの窓から抜けだしたような姿だった。愛らしいとか、チャーミングだとかいうのではないが、ほとんど美そのもの——現代的な美の概念とははっきり異なった過ぎし時代の美——の雰囲気があった。世の中には道具立ての整っていないところがかえって魅力的な、生き生きした、色あでやかな女性もいるが、イザベラの場合はまったく違う。それは整った容貌と骨格のもつ端正な美しさ、中世的な、冒しがたい、厳しくさえ見える顔だちであった。個性がないというのではないが、典雅といった形容詞がぴったり当てはまる独特な顔だちだった。

あんな老婦人たちが実在しているなんてといった後で私は、イザベラにしても実在の人物のような気がしないと付け加えた。

「つまり、古城に幽閉されている王女のようだってこと?」とテレサがいった。

「まさにね。雪のように白い馬にでもまたがる方がふさわしいんじゃないかな、古ぼけたダイムラーなんかに乗らずに。しかし、いったいあの頭の中で彼女、どんなことを考えているんだろう?」

私がこういったのは、その公式の訪問中、イザベラがほとんど口を開かなかったからだった。しゃんとした姿勢で椅子に坐り、やさしい、しかし、心ここにあらずといった微笑を浮かべていた。こちらが何か問いかけるときわめて礼儀正しく受け答えするが、祖母と二人の叔母がもっぱらしゃべっているので、彼女が会話に貢献する必要はあまりなかった。いやいや一緒についてきたのか、それともあらたにこの土地の住人になった私たちについて好奇心をいだいてやってきたのか、それはわからなかった。いずれにしろ、彼女のここでの生活はかなり退屈なものに違いないと私は推測した。

「戦争中も徴用に引っかからずにこの土地でずっと暮らしていたのかな？」

「まだ十九ですもの。それに学校を出てからずっと赤十字に奉仕して、車の運転を引き受けているんですって」

「学校？　へえ、寄宿学校に行ったんですか？」

「ええ、セント・ニニアンズにね」

私はいっそう驚いた。セント・ニニアンズは金のかかる、当世風の学校だ。共学校ではないし、やたらに新しいものにとびつくという校風でもないが、現代的な教育理念を誇りとしており、いわゆる花嫁学校とは類を異にしていたのである。

「びっくりしたようね？」とテレサがいった。

「ちょっとね」と私はゆっくり答えた。「だってあの人はついぞあの城を離れたことがないような、現代とはおよそかけ隔たった、いわば中世的環境でずっと育ってきたって印象を与えますからね」

「そうね。わかるわ、あなたのいう意味」

ロバートがここで口をはさんで、結局ものをいうのは家庭環境と、持って生まれた気質だということだろうといった。

「それにしても、彼女、何を考えているのかな……」と私はもう一度呟いた。

「何も考えていないのかもしれなくてよ」とテレサが答えた。

私は笑ったが、心の中でこの不思議な痩せぎすの少女について、なおひとしきり思いめぐらしたのであった。

そのころ私は自分が障害者になったことについて、ほとんど病的なほどの自意識に悩まされていた。事故に遭うまでの私はいっぱしの運動家で、健康そのものだった。病気や障害を忌み嫌い、人のそうした状況に注意を喚起されることすら好まなかった。むろん同情は惜しまなかったが、かすかな嫌悪の気持ちが動くのは否定できなかった。

その私自身が今やそうした同情と、おそらくは嫌悪の対象となったのだ。私は病人であり、障害者であって、使いものにならぬ足に毛布を掛けて終日寝椅子に横になっているのだった。

こうした自分の状態に他人がどう反応するか、私は神経をとがらせ、いたたまれぬ気持ちで窺っていた。そしてどんなあしらいを受けても同じようにたじろいだ。やさしい思いやりに溢れたまなざしもそれなりに堪えがたかったし、あなたは当たり前の人間で、どこといって人と違うわけではないというふりをされるのも、見えすいているだけにやりきれなかった。

テレサが頑強に主張しなかったら、いっそ一室に閉じこもって誰にも会わずにいたかったのだが、いったんこうと心を決めたテレサに抗うのは容易なことではない。彼女は私に世捨て人のような生活をさせてはならないと固く決心していた。口に出してはいわなかったが、そんなふうに人前に出ないようにして隠れ蓑でも着たような生活をすることは、自己宣伝の一種にほかならないと暗にほのめかした。それが彼女の戦術であることも、なぜそんな手段を使うのかということもわかっていながら私はその手に乗り、せいぜい挫けないところを見せようと不本意ながら努力したのだった。同情、見て見ぬふり、とってつけたようなやさしい声音、事故とか、病気についての言及を極力避ける配慮、わざとらしく何気ない態度——そうした一切に私は無表情にじっと堪えた。

三人の老婦人の反応はとくにやりきれないというほどのものではなかった。レディー・セント・ルーは私の傷口にふれないようにつとめていたが、レディー・トレシリアンは母性的なタイプで、どうやら母親らしい同情を禁じ得ないらしく、新刊本をことさらに話題にし、あなたは書評はお書きにならないのかなどといった。ミセス・ビガム・チャータリスは二人の姉ほど気を遣うたちではないらしく、うっかり狩猟の話をしかけて少々唐突に口をつぐんだ（かわいそうに、この人には狩の話はいっさい禁物だったんだわといわんばかりに）。

ただひとりイザベラだけは、意外にもまったく自然な態度をとった。急いで目をそらさないと失礼にあたるなどということはまったく考えないらしく、部屋の中のほかの人間や家具を見るのと同じように、私の存在をさらりと頭にきざみつけているらしかった。男、年齢三十すぎぐらい、障害者といった具合に……彼女自身と何ら深い関わりのないカタログ中の物品でも見るようなまなざしだった。

さて私という人間の検分を終えると、イザベラの目はグランドピアノに、それから傍らのテーブルの上に載っていたロバートとテレサ秘蔵の、唐代の馬の彫刻のレプリカに注がれた。ちょっと興味をひかれたらしく、彼女は私にあれは何だと訊ねた。私が手短かに説明して、「お気に入りましたか？」と訊くと、彼女は慎重に考えてからひどく重要なことでも打ち明けるように力をこめて「ええ」と一言いった。私はこの娘は少し智恵が足りないのではないかと思いながら、馬は好きかと訊いてみた。彼女は、こんな馬を見たのははじめてなのでよくわからないといった。

「いや、本物の馬のことですよ」と私はいった。

「ああ。ええ、そうですわね、好きですわ。でも狩をするほどのお金持ちではありませんから」

「狩をしたいとお思いですか?」

「いいえ、別に。この辺にはいい狩場はありませんし」

私がさらにヨットには乗られますかと訊くとイザベラはええと答えたが、このときレディー・トレシリアンが私に向かってまたもや本のことを話しはじめたので、イザベラは黙ってしまった。この娘は安息のテクニックといったものをよく心得ている、とそのとき私は思った。ただじっと坐っていることができるのだ。煙草はのまないし、足を組むでも、ぶらぶらさせるでもなく、手を意味もなく動かしたり、髪にさわったりということもしない。大きな安楽椅子にひどくいい姿勢で両手を膝に置いて坐っている。細長い、すんなりした手だった。唐の馬と同じような——馬はテーブルの上に、彼女は椅子によって——静かなたたずまいであった。実際その馬と彼女にはどことなく共通するものがある、と私は思った。見事な装飾品の資質——過去の時代に属する不動の何ものかが……

イザベラは何も考えないのではないかというテレサの言葉を私は笑いとばしたが、ひょっとしたらそのとおりかもしれないという気もした。動物は考えることをしない——緊急に対処しなくてはならぬ事態が起こらないかぎり、彼らの精神はつねにくつろいでおり、万事に受動的だ。思考作用というものは多分に人工的なプロセスであって、人間はある程度苦労してそれを身につけてきた。我々は自分が昨日したことについて思い悩む。今日何をなすべきか、明日何が起こるかということについて検討する。しかし昨日も、今日も、また明日も、我々の思考からまったく独立しているのだ。私たちが何をなそうとなすまいと、それはすでに起こったか、あるいは起ころうとしているか、どっちかなのだ。

セント・ルーにおける私たちの生活についてのテレサの予言はふしぎなほど的中し、ほとんどすぐに私たちは、首までとっぷり政治につかってしまった。ポルノース・ハウスはただっ広い家で、故エイミー・トレジュリスは税金で収入が減ったことから建物の一翼を独立家屋として使えるように仕切って、台所をべつにつけた。元はといえば被爆地帯からの疎開者のためにこういう設備をしたのだが、真冬のさなかにロンドンからやってきた疎開者たちは、ポルノース・ハウスの住みにくさに恐れをなした。セント・ルーの町なかなら商店もバンガローもあるし、何とか我慢もできただろうが、町からくねくねと折れまがったひどい道を一マイルも歩かなければならないうえに「そのぬかるみ」のひどさときたら、お話にもならなかった。「街灯一つあるわけじゃなし、生け垣の蔭から妙な奴でも飛びだしてくるんじゃないかと、もうおっかなくて」と彼らは音をあげた。野菜は畑から引っこぬいたまんまの泥つきの代物、それも菜っぱ類ばかりやたら多いし、牛乳は搾りたてとかで、時には生温かく、胸が悪くなる。コンデンスト・ミルクなどという便利なものはぜんぜん手に入らないし――というわけでミセス・プライス、ミセス・ハーディーなどの疎開家族はある朝早くポルノース・ハウスを抜けだして、あたふたとロンドンに逃げ帰ってしまったのだった。気だてのいい婦人たちで、部屋はよく掃除して雑巾がけまでしてあり、テーブルの上に短い手紙が残されていた。

「ご親切にありがとうございました。できるだけのことをして下さったのはわかっていますす。でもあたしたち、田舎住まいにはもう我慢できなくって。子どもたちもぬかるんだ道を毎日テクテク学校に通うのはたいへんですし。ご親切は感謝しています。何もかも元どおりにしておくように気をつけたつもりです」

それっきりポルノース・ハウスには疎開者の割り当てはなかった。役人も利巧になったのだろう。故エイミー・トレジュリスは後にその離れを、保守党の運動員であるカーズレーク大尉に貸した。大尉は防空責任者として、また国防市民軍の将校として、たいへん多忙な毎日を送っていた。

ロバートもテレサも、カーズレーク夫妻に引きつづき部屋を貸すことについて何の異存もなかった。もっとも立ちのいてもらおうと思っても、できることではなかったろう。

しかしこのお蔭できたるべき総選挙の前哨戦がハイ・ストリートの保守党事務所と同様、ポルノース・ハウスをも一つの核として、華々しく展開されることになったのであった。

　自分で予言したように、テレサはたちまちその渦中の人となり、保守党のために車を運転したり、リーフレットを配ったり、選挙運動の瀬踏みめいたことをやったりした。

セント・ルーの政治史は近年あまり安定していなかった。この町は港であるばかりでなく、海水浴場としても知られているが、近郊には農耕地もあるところから、以前は一貫して保守党の地盤であった。とくに農民は一人残らず、保守党の支持者だった。しかし、過去十五年間にこうした性格に変化が生じた。夏場の観光客用に小さな民宿がたくさん建ち、崖づたいに林立している画家のバンガローはほとんど一大集落の感があった。バンガローの住人は教養のある人々、芸術家、また真摯な考えをもった人たちで、政治的には多かれ少なかれ進歩的であった。

　さて、この土地選出の国会議員サー・ジョージ・バラダイルが二回目の卒中の発作を機に六十九歳で政界から引退した結果、一九四三年に補欠選挙が行なわれた。この選挙でセント・ルーの歴史はじまって以来はじめて、労働党の候補者が当選したのである。セント・ルーの旧住民は愕然とした。

　靴の踵に重心をかけて体を揺すりながらカーズレーク大尉は、こういったセント・ルーの過去の歴史をテレサと私に長々と説明して聞かせた。

「我が党の自ら蒔いた種子だともいえますがね」

カーズレークは痩せた小男で、浅黒い馬面に、鋭い、ちょっと陰険そうな感じの目が光っていた。第一次大戦後の一九一八年に大尉になったのだが、政治屋としては有能で、自分の仕事についてよく心得ていた。

ここで断わっておくが、私自身は政治についてはまったく不案内で、適切な用語すら知らない。したがってセント・ルーにおける選挙についての私の記述は、おそらくひどく不正確なものであって、ロバートの木の絵が彼が今たまたま写生している木とおよそかけ離れているのと同様に現実離れしているだろう。現実の木は樹皮に覆われ、枝や葉を出し、実をならせる。しかしロバートの木は油絵具をキャンバスの一定の場所に、あるパターンにしたがってこってりと、しかもとてつもない色合いで塗りたくったもので、両者はまったく似ていない。私にいわせるとロバートの木はまともにはとても木とは思われず、ほうれんそうを載せた皿とも、ガス器具といってもいいくらいのものだ。しかし、それでもそれはロバートの頭にある木なのである。セント・ルーの政治についての私の記述は私なりの選挙戦の印象記であるが、政治家はおそらくそうは思わないだろう。たぶん用語も、選挙そのものの段取りも間違いだらけに違いない。けれども私にとっては、選挙はある一人物の等身大の像を描くための、さして重要ならざる、いささか紛らわしい背景にほかならなかった――ジョン・ゲイブリエルこそ、その人物である。

4

ジョン・ゲイブリエルの名を私たちがはじめて耳にしたのは、カーズレークがテレサに補欠選挙の敗北について、保守党が自ら種子を蒔いたようなものだといった、あの晩のことであった。

その補欠選挙の際の保守党候補はトリントン・パークのサー・ジェームズ・ブラッドウェルだった。ブラッドウェルはこの地方出身の裕福な男で、健全な政見をもった、根っからの保守党員だった。年は六十二歳。真正直だが知的な熱情に欠け、少々鈍重なのが欠点だった。演説はからきし下手で、野次がとぶと手もなく立往生した。

「実際、見ちゃいられませんでしたな」とカーズレークは述懐した。「いや、まったくの話。エーとか、アーとか、エヘンとか、前置きばかり多くて。もちろん演説の草稿は作ってやりましたし、重要な演説会にはいつもいい応援弁士を頼むようにはしていたんですがね。あれでも十年前なら通用したんでしょうが。真っ直ぐな男で、生えぬきのこの土地の人間なんだし、ひとかどの紳士でしたが。近ごろじゃ――それだけではね」

「つまり、頭のいい人間が求められているっておっしゃるんですか？」

頭なんぞ、問題ではないとカーズレークは考えているらしかった。

「抜け目のない――如才のない男を大衆は求めておるんですよ――何を訊かれても打てば響くように答の出る、聴衆を笑わせることのできる男をね。それからもちろん、口幅ったい約束を平気でする人間を。ブラッドウェルのように昔気質の人間は良心的すぎて、そんな約束はとてもじゃないができませんからな。誰もが家が持てるとか、戦争は明日終わるとか、すべての主婦にセントラル・ヒーティングと洗濯機をなんて。

それにもちろん、勢力交替の時期でもあったんでしょう。我々はあまり長いこと権力を握ってきましたからね。変化は何であれ、大歓迎といったムードですよ。労働党候補のウィルブレアムは有能で、熱心な男でした。以前は教師だったとかで、病気で除隊になったんですが、復員者のために何をなすべきかと長広舌をふるいましてね。それから例によって国有化と保健機構について熱っぽく。つまり、手のうちの札を上手に並べて見せたんです。二千票あまりの差で奴さんが当選しましたが。セント・ルーでは前例のないことで、いや、ショックでしたなあ。今度はあんなどじは踏めない。どうでもウィルブレアムを蹴落とさなくてはね」

「人気があるんですか？」

「まあまあでしょうな。この土地にあまり金を落とさないんでね。しかし、良心的で、なかなか感じのいい男でしてね。彼を落選させるのは楽じゃないでしょうな。全国どの選挙区でも、保守党は今回はずいぶんと気を引き締めてかからなくてはね」

「まかり間違っても労働党が政権をとるなんてことはないでしょうが？」

一九四五年の総選挙以前には、私たちはそんなことが起ころうなどとは夢にも考えていなかったのだが。

カーズレークはむろん労働党が勝つわけはない――国民は一致してチャーチルを支持しているのだからといった。

「しかし、全国的には、これまでのような絶対多数は望めないでしょうな。もちろん保守党がどのぐらい票をとるかによりますが。ここだけの話ですがね、ミセス・ノリーズ、保守党の票がぐっとふえても、私は驚きませんな」

私は横目でチラッとテレサの顔を見た。テレサはせいぜい政治に熱情をもっているといった表情を装おうとつとめているらしかった。

「あなたのご助力はさだめし貴重でしょう」とカーズレークはテレサに向かって心から

いった。

「わたし、あまり熱心な運動員とはいえそうにありませんけれど」とテレサは呟いた。

「めいめい、ベストをつくすことですよ」とカーズレークは元気よくいって、ふと瀬踏みするように私を眺めた。私はすぐ、封筒書きを引き受けましょう、まだ腕は使えますからといった。

カーズレークはどぎまぎして、またもや踵に重心をかけて体を揺さぶりはじめた。

「そりゃ、ありがたいことで！　ところで――その――どこで負傷されました？　北アフリカですかな？」

ハロー・ロードで、と私は答えた。それで彼は二の句がつげなくなってしまった。困惑しきっている様子は哀れをもよおすほどだった。

溺れる者は藁をも摑む思いで、彼はテレサの方に向き直った。

「ご主人も手伝って下さるんでしょうな？」

テレサは首を振った。

「あいにくあの人は共産主義者ですの」

まるで毒蛇でも見たようにカーズレークは動転し、ぶるぶるっと身震いした。

「つまり、あの人、画家ですから」とテレサは付け加えた。

カーズレークは少々元気づいた。いやはや、画家とか、作家とかいった連中ときた日には……「なるほど」と彼は鷹揚な口調でいった。「なるほどね」

「これでロバートは悩まされずにすむわけよ」とテレサは後で私にいった。

思いきったことをいう人だと私は呆れて見せた。

ロバートが帰ると、テレサは、あなたは今後共産主義者ということになったといって聞かせた。

「しかし、共産党に入党した覚えはないんだがね。そりゃ、彼らの考えは好きだよ。イデオロギーとしては正しいと思うがね」

「そのとおりよ。カーズレークにもそういったのよ。これからはときどきマルクスの著書を開いて、椅子の肘掛けの上に置いとくといいわ。――そうすれば保守党のために何かしろっていわれずにすむでしょうからね」

「そりゃ結構だがね、テレサ」とロバートは心もとなげにいった。「もしも反対側が助力を求めてきたらどうする？」

「その心配はないわ。あたしの見るかぎりでは、共産主義者のこととなると、労働党は保守党以上に恐れているようだから」

「そりゃそうと、我々の候補者はいったいどんな人物だろうな？」と私はいった。

カーズレークはその点については、あまりはっきりしたことをいわなかった。

テレサが彼に、サー・ジェームズが再度打って出るのかと訊ねたとき、カーズレークは首を振った。

「いや、今度は遠慮してもらいます。ここ一番の大勝負ですからね。ま、どういうことになるか、見当もつかんが」とひどく懸念らしい表情を見せた。「この土地の人間じゃないんですよ」

「どういう人ですの?」

「ゲイブリエル少佐といって、ヴィクトリア勲章所持者ですよ」

「今度の戦争のですか?　それとも第一次大戦の?」

「むろん、今度の戦争のです。年もまだかなり若いんですよ。三十四でしたか。戦歴は大したものです。『冷静沈着、勇気、義務への忠実さ』に対して勲章を授与されたんですがね。サレルノの攻撃戦で、敵の砲火に曝されながら機関銃部隊の指揮をとっているうちに一人を除いて味方はことごとく戦死したそうで、彼自身も傷を負いましたが、弾薬が尽きるまで一歩も引かず、ついに撤退を余儀なくされると手投げ弾で五、六人をやっつけて、それから重傷を負っている部下を安全な場所まで引きずるようにして運んだというんですから、立派なものじゃありませんか。ただ残念なことに——押しだしがどうもね――小柄な、あまりパッとせん男で」

「弁士としてはどうなんです？」と私は訊ねた。

カーズレークの顔はとたんに明るくなった。

「その点は心配いりません。堂にいったものですよ。頭の回転は早いし、聴衆を笑わせるのに妙を得ていますしね。もっともときおり低俗な冗談がまじりますが」一瞬、彼の顔に微妙な嫌悪の表情が浮かんだ。この男は骨の髄まで保守派なんだな、と私は思った。きわどいおかしみより、死ぬほど退屈する方がましという口なんだろう。

「が、そいつがまた大向こうに受けるんでね……氏素姓に見るべきものがないのは玉に瑕だが」

「というとコーンワル出身じゃないんですね？　どこの出です？」と私は訊いた。

「実をいうと、私もよくは知らないんですよ……どこということすら、はっきりせんようなわけで――こういえば、おわかりだろうが。せいぜい戦時中の勲功にフットライトを当てて、勇敢な行動という線でいきますよ。庶民の代表にうってつけです。平均的イギリスの庶民のね。むろん我が党のこれまでの候補者とはひどく違うタイプだが……」

カーズレークは悲しそうだった。「レディー・セント・ルーは実のところ、あまりお気に召さないようですな」

レディー・セント・ルーのお気に召すことがそんなに重大なのかと、テレサは何気なく訊ねた。どうやらそうらしかった。レディー・セント・ルーはこの土地の保守党婦人部の代表者で、この婦人部はセント・ルーではなかなか勢力があった。いろいろな会合を主催し、組織し、統御し、婦人票に大きな影響力をもっているのだ、とカーズレークはいった。婦人票というやつはとかくちょっとしたことで揺れ動くのでと。

ここでカーズレークは目に見えて元気づいた。

「だからその点、私はゲイブリエルについて楽観的なんですよ。奴さん、女性にひどくもてるのでね」

「しかしレディー・セント・ルーには――？」

レディー・セント・ルーはたいへん物わかりのいいところをお示し下さって――とカーズレークはいった――。自分は昔風なのだとあっさりいいきって、党が必要だと思うことは全面的に支持して下さっていると。

「結局のところ」とカーズレークは悲しげにいった。「時勢が変わってきていますのでね。昔は紳士が政界に打って出たものですが、今では紳士など、鉦や太鼓で探してもなかなか見つからんのですよ。我々の候補者も紳士の範疇に入る男だとよかったんですが、あいにくとそうじゃない。まあ、仕方ありますまい。紳士についで望ましいのは英雄ですからね」

カーズレークが辞し去ってから私がテレサに、彼が最後にいったことは警句のようなものだというと、テレサは微笑して、自分はゲイブリエル少佐とかが少々気の毒になってきたといった。

「どんな人でしょう？　嫌みたっぷりな男かしらね？」

「いや、たぶん感じのいい男だろうと思いますよ」

「ヴィクトリア勲章をもらったくらいだから？」

「まさか。ヴィクトリア勲章なんてものはただ無鉄砲なだけでもらえる場合もありますからね——あるいはひどく間が抜けているというだけで。フレディ・エルトンの場合は、前進基地からいつ撤退すべきかを知らなかったために勲章にありついたようなものだって話ですよ。ほとんど勝算がないのに持ちこたえたとか何とか、聞こえのいいことがいわれていますが、本当いって、ほかの連中が退却したことに気づかなかっただけで」

「茶化さないでちょうだいな、ヒュー。でもどうしてあなたはそのゲイブリエル少佐を感じがいい人だろうと思うの？」

「いってみりゃ、カーズレークの気に入らん人間だからでしょうね。あの男のお気に召すのはおつに澄ました案山子だけですからね」

「つまりあなたはカーズレーク大尉を毛嫌いしているのね。かわいそうに」

「かわいそうに、はないでしょう。あの男は運動員という役柄にはうってつけです。チェッ、何て仕事だ！」

「世間のほかの職業にくらべてとくに見さげたものでもないと思うけど。あれでなかなか気骨が折れるのよ」

「そりゃあ、ぼくも認めますよ。しかし、これこれのことにどんな効果があるかといった胸算用ばかりして一生を送るんじゃ、事の本質には少しも迫れないんじゃないですかねえ」

「現実と遊離するってこと？」

「そう、結局は政治なんて、そんなものなんじゃありませんか？　大衆が何を信じているか、どこまで我慢できるか、どういう気持ちを誘われるか。掛け値なしの事実そのものではなく」

「そうしてみると」とテレサはいった。「わたしが政治に本気で取り組む気がしないっていうのもまんざら間違ってもいないわけね」

「あなたはいつも正しいですよ、テレサ」といって、私は義姉にうやうやしくキスを送ったのだった。

私自身は、ドリル記念会堂における大集会のときまで、話題の人ゲイブリエル少佐の顔を見る折がなかった。

しばらく前に、テレサが私のために最新型の椅子を手にいれてくれた。この寝椅子をテラスの風当たりの強くない場所に押し出してもらって、私はぬくぬくと日なたぼっこをすることができた。使い慣れてあちこち動かされてもあまり苦痛を感じなくなると、さらに遠出をするようになった。ときにはセント・ルーの町なかに出かけたりもした。記念会堂における保守党主催の大集会は昼間に予定されていたので、テレサはきっと面白いと思うからと私が出席できるよう取り計らってくれた。選挙演説を面白いという人もないものだと私がいうと、テレサは答えた。

「みんな、ひどく大真面目だから一見の価値があると思うのよ。それにわたし、ほら、あの帽子をかぶるつもりなの」

結婚式によばれたとき以外には帽子をかぶらないテレサが、わざわざロンドンまで出かけて、彼女にいわせると保守党の女運動員にふさわしい帽子なるものを買いこんできたのである。

「どういうんです、保守党の女運動員にふさわしい帽子って？」

テレサはこまごまと説明してくれた。生地は上等、もっさりしていてはいけないが、あまり流行の先端をいくスタイルでも困る。頭に載せて収まりのいいものというか、軽薄な感じのしないものがよろしい。

こう説明しながらおもむろに差しだした帽子は、まさに彼女の言葉どおりのおとなしやかな代物だった。

その帽子をかぶって見せた彼女に、ロバートと私は惜しみなく拍手喝采を送った。「なかなかいいよ、テレサ」とロバートがいった。「それをかぶっているきみは、さだかな目的をもっている生活者といった真摯な感じを漂わせているよ」

この帽子をかぶって演壇に坐っているテレサを見逃すわけにはいかないというわけで、私はよく晴れた夏の昼さがりに、ドリル記念会堂に出かけたのだった。

会場は、裕福そうな中年の男女でもうかなりいっぱいだった。四十歳以下の人間はおそらく（賢明というべきだが）海岸でこの午後を楽しんでいるのだろう。ボーイ・スカウトの少年に車椅子をゆっくり押してもらって前の壁ぎわの席に向かって進みながら私は、この種の集会の効用について考えていた。ここに集まっている人々はむろん保守党に票をいれるだろう。相手側も女子高校を会場として同じ時刻に集会を開いているはずだ。おそらくその会場にも、忠実な支持者がたくさん詰めかけているだろう。とすると一般の世論はどのようにして影響されるのだろう？　ラウドスピーカーでトラックの上から呼びかけるのか？　それとも野外集会か？

こんなことを考えているうちにざわざわという気配がして、これまで数脚の椅子とテーブル、それにテーブルの上に水をいれたコップと、それしか見当たらなかった演壇の上に一団の人々が出てきたので、私は注意をその方に移した。

ひそひそと囁きかわしたり、大仰な身ぶりをして席を譲りあったりしたあげくに彼らは定めの席についた。例の帽子を頭に載せたテレサはあまり重要でない人々にまじって二列目の席をあてがわれていた。司会者とよぼよぼの老紳士が数人、それに本部から派遣された弁士、レディー・セント・ルーとあと二人ばかりの女性、最後に候補者が前列に坐った。

司会者がかすかに震える、穏やかな声でしゃべりはじめた。陳腐なことを含み声で並べているのだが、ほとんど聞こえなかった。ボーア戦争（いや、クリミア戦争だったか？　とにかく昔のことだ）で名をあげた高齢の将軍で、彼が語っているような世界は今はもうどこにもありはしないと話を聞きながら、私はひそかに考えていた……。しかし、か細い、少々甘ったるい、年老いた声がとだえたとき、嵐のような拍手が起こった。イギリスでは時の試練に堪えた国民の友人には、いつもこうした熱狂的な拍手が送られる……セント・ルーの住民は一人残らずS将軍を知っていた。立派な人だ、昔者だが、と人々はいいあった。

S将軍は最後に、自分とは対照的に党の新しい流れを代表する人物を聴衆に紹介した。「保守党候補ゲイブリエル少佐、ヴィクトリア勲章所持者」と。

そのときだった。たまたま私のつい近くの列の端に坐っていた（母性本能に駆られてわざわざ私の近くに席を取ったのだろうか）レディー・トレシリアンがほうっと深い溜息を洩らすのが聞こえた。

「もう少し気品のある足だとねえ」

私にはその言葉の意味がすぐにわかった。もっとも、気品のない足とは実際にどういう足のことをいうのかと訊かれたら、はっきりしたことはいえなかっただろう。ゲイブリエルは背の高い男ではなかったが、身長に相応した尋常普通の足を持っており、着ている服はきわめてパリッとしたものだった。けれどもその仕立てのよいズボンに包まれた足は明らかに紳士の足ではなかった。そもそも紳士の本質は下肢の形または釣り合いにあるのだろうか？　ともあれ、これは専門家の意見を待たねばわからないことのようだ。

ゲイブリエルの顔は彼の氏素性について何も語らなかった。それは醜い、しかし、それなりに興味をそそる顔で、美しい目を持っていた。けれどもその足はどう見ても紳士のそれではなかったのである。

さてゲイブリエルはやおら立ちあがり、微笑を浮かべつつ（魅力のある笑顔だった）、平板な、少々コックニーらしい訛りがかった声でしゃべりはじめた。

二十分間——なかなか雄弁に彼は話した。話の内容を訊かれても覚えていない。ごくありきたりのことを——ありきたりな言葉で述べただけだといってしまえばそれまでだ。けれどもその話ぶりは聴衆の心をとらえ、何がなしダイナミックなものを感じさせた。耳を傾けているとパッとしない押しだし、聞き苦しい声、下品なアクセントもいっこう気にならず、ただ真摯な態度と目的に立ち向かう一途さが強く印象づけられた。この男は最善を尽くす気だという感じ、いうなれば誠実な姿勢が感銘を与えた。

聴衆はまず、彼が諸般の問題について心から憂慮していることを感じとった。住居問題、結婚したくても世帯の持てない恋人たち、長年を異郷の地で送って復員しようとしている兵士たち、労働災害の問題、失業対策、すべてに対して彼はわがことのように関心を寄せているらしく思われた。イギリスの繁栄をひたすらに願っているのも、国の繁栄こそ、そのもっとも微々たる構成分子の福祉と安寧につながるからであった。ときおり彼は痛烈なあてこすりをとばし、そうかと思うと卑俗な、誰にでもわかるたぐいの諧諧を弄した。いずれも単純しごくな冗談口で——すでにいい古されたものばかりだった。聞き慣れたものだからこそ、耳に快く響いたということもあろう。しかし聴衆に訴えたのは彼のユーモアではなく、あくまでもその真摯さであった。戦争がいずれ終結したら、日本が戦いから手をひいたら、平和の日がくる。そのときこそ、本腰をいれてさまざまな問題に取り組まなければならない。幸いにして当選したら、自分はきっと真剣に義務を果たすつもりだ……

それだけだった。演説がはじめから終わりまでゲイブリエル少佐の個人プレーであることを、私は感じた。彼が保守党のスローガンを無視したとはいわない。いうべきことはすべて述べ、チャーチル党首についても讃嘆の念をこめて熱狂的に語り、大英帝国の将来についても触れた。演説のどこを取っても、保守党候補にふさわしいものだった。しかし聴衆は保守党候補ではなく、当選の暁に必ずよい仕事をする、またその遂行に熱意をもっているジョン・ゲイブリエル少佐個人を支持することを求められていたのであった。

聴衆は好感をもって彼の話に耳を傾けていた。もっとも最初から好感をもつつもりで彼を迎えたようなものだったが。彼らはひとり残らず、保守党びいきだったのだから。しかし私には、この候補が彼らの期待を上回っていることを感じた。人々は話を聞いているうちに、彼ら自身熱意をかきたてられたようにさえ見えた。「いわば一種のダイナモだな、あの男は」と私は、なかなかうまい表現だと我ながら感心しつつ、心に呟いたのだった。

お座なりでない熱狂的な拍手の後、本部から派遣された弁士が紹介された。彼は滔々たる雄弁でいうべきことを残らずいい、適当な間をとり、然るべき箇所で聴衆を笑わせた。もっとも正直いって、私はその話のあいだ中、あらぬことを考えていたのだが。

集会は型どおり、閉会の辞をもって終わった。

聴衆がいっせいに立ちあがって、ぞろぞろと出口の方に歩きだしたとき、レディー・トレシリアンが私に近づいた。案の定、私を保護するつもりでできるだけ近くに席を取っていたのであろう。少々喘息持ちらしくぜいぜいいいながら彼女はいった。

「いかがでして？　ねえ、ご意見を伺わせて下さいな」

「立派なものですよ。なかなか大した人物じゃないですか」

「まあ、うれしいこと。それを伺って安心しましたわ」と彼女はふうっと吐息を洩らした。

なぜ、私の意見がそんなに聞きたいのかと私は訝しく思ったが、彼女の次の言葉でいささか腑に落ちた。

「わたしはアディーやモードのように頭がよくありませんのでね。政治の方はあまり勉強したことがないんですの――それに昔風ですから。国会議員が有給だっていうのはどうかと思っていますのよ。そういう考えかたには馴染めませんでね。国会議員の仕事は国家への奉仕であるべきですわ――まったく無報酬の」

「しかし、人によっては奉仕をするだけの財政的余裕がない場合もあるでしょうからね」と私は指摘した。

「ええ、近ごろの議員はねえ。残念に思いますわ。法律を作る人たちは生活のために働く必要のない階級から出るべきでしょうに。利得にまったく無頓着でいられる階級から」

私はもう少しで「それじゃあ、まるでノアの方舟の時代に逆もどりじゃありませんか」というところだった。

ともかくもイングランドのど真ん中に、いまだに旧時代の考えかたの残っている真空地帯を見出すのは興味あることだった。支配階級、統治階級、上流階級。嫌な言葉だ。しかし――正直なところ――それなりに意味がなくもないかもしれない。

レディー・トレシリアンはまた続けた。

「ご承知と思いますけど、わたしの父も国会議員をつとめましてね。ガラヴィッシーから選出されて三十年間ご奉公しましたわ。時間をとられるし、骨は折れましたけれど、でも父はそれを自分の義務だと思っていましたから」

私は演壇の方にちらりと目を走らせた。ゲイブリエル少佐はレディー・セント・ルーに何やら話しかけていたが、見るからに落ちつかない様子で、足をたえずもじもじ動かしていた。あの男も国会議員になることを義務と心得ているのだろうか？　私にはそうは思われなかった。

レディー・トレシリアンは私の視線を追って呟いた。

「あの人、とても誠実そうに見えましたわね。いかが？」

「私もそういう感じを受けました」

「チャーチル党首についてもたいへん心のこもった話ぶりでしたし……むろん、今度の選挙でも国民はこぞってチャーチルを支持しますでしょうね。あなたもそうお思いでしょう？」

私も同意見だった。保守党が大勝とはいわないまでも、勝利をおさめることはまず確実と思われた。

このとき、テレサが私のところにやってきた。さっき車椅子を押してくれたボーイ・スカウトも姿を見せた。

「どうです？　楽しかったですか？」と私はテレサに訊ねた。

「ええ」

「我々の候補者をどう思います？」

テレサは会場を出るまで返事をしなかったが、外に出てからぽっつりいった。

「さあ、あたしにはわからないわ」

5

数日後、私はゲイブリエル少佐に会うことができた。カーズレークの所に打ち合わせに戻った彼を、カーズレークが私たちの所に連れてきたのだ。

テレサの担当の事務的な仕事について起こった行き違いを是正するために彼女がカーズレークと一緒に部屋を出て行き、私はゲイブリエルと二人だけ残された。

自分が立って行けないことを詫びて、私は彼に酒の瓶の並んでいる戸棚を示し、どうか勝手にやってくれといった。ゲイブリエルはかなり強いやつを自分につぎ、私の好みを訊いて一杯持ってきてくれた。

「戦傷ですか?」と彼は私の足を見やって訊ねた。

「いや、交通事故ですよ、ハロー・ロードで」今ではなかば紋切り型となったこの返事に対する人々のさまざまな反応が、私にはなかなか興味があったのだ。ゲイブリエルは面白そうな顔をした。

「そういっちまっちゃ、身もふたもない。ひと芝居打てるところじゃないですか?」

「武勇談をでっち上げるってわけですか?」

何もでっち上げる必要はないとゲイブリエルはいった。

「そのころ北アフリカにいましたとか、ビルマで、とか、とにかくこれまで行ったことのある海外の土地の名をあげるんですよ。出征したんでしょう?」

私は頷いた。「アラメインを振りだしにね」

「だったらただ一言、アラメインとか何とか呟けばいいんです――くわしいことは誰も訊きやしません――まあ、ってな顔をしてくれますさあ」

「わざわざそんなことをするだけのことがあるんですかね?」

「さあ」と彼は首をかしげた。「とにかく女にはいい手だな。連中、負傷した英雄ってやつが大好きなんだから」

「そうらしいですね」と私は苦々しげにいった。

ゲイブリエルはわかっているというように頷いた。

「ときにはくさくさするでしょうな。この辺にはやたらと親切な婆さんがいたり、とにかく女が多いんだから」とからのグラスを取りあげた。「もう一杯、いただくかな。今夜は例の城に晩餐によばれているんだ。こっちはあの皺くちゃ婆さんが苦手なんだが」

レディー・セント・ルーと親しい間柄の人間にそんなことをいったらたいへんだろうが、ゲイブリエルは我々がそんな仲ではないことを察しているらしかった。彼の勘はめったにはずれることがなかったのだ。

「レディー・セント・ルーのことですか？　それともあの城に住む人たち全部ですか？」

「トレシリアンとかいう、でぶの婆さんはとくにどうってことはありませんよ。その気になりゃあ、たやすく手玉にとれますからね。ミセス・ビガム・チャータリスはありゃ──まあ、馬みたいなもんですな。こっちもヒヒンといなないてみせりゃ、いいんで。問題はセント・ルー刀自だ。何もかもお見通し、小細工はまるで効かない──もっとも小細工をしようとも思いませんがね。とにかく骨の髄からの貴族ってやつに会うと、こっちはてんで意気地なくなっちまうんでね──これぱっかしはどうしようもない」

「何のことだか、ぼくにはよくわからないな」と私は呟いた。

ゲイブリエルは微笑した。

「つまり、ある意味では私は敵味方を間違えたんだ」

「政見において、保守党の連中と一致しがたいものがあるという意味ですか？」

「いや、そういうことじゃない。もともとあの連中の仲間じゃないってことさ。奴らはれっきとした学校出の男が好きだ。無理もないが。ただ、この節は奴らもそうそうえり好みはできない。こちとらのように品の悪い候補者でも我慢しなけりゃならないこともある。私のおやじは鉛管工だった」と彼はゆっくりいった。「それもあまり腕のよくない職人でね」ときらりと目を光らせた。私は思わず微笑を返して、一瞬、この男の魅力に抗しかねるものを感じたのだった。

「つまり、私は本来なら労働党から立つべき人間なんだ」と彼は続けた。

「ただし、労働党の綱領には賛成できないというんですか？」と私は訊ねた。

「なに、信念なんざ、こちとらにゃ用がない」とゲイブリエルは事もなげにいった。

「私にとっちゃあ、純粋に手段の問題ですよ。人間、職業がなくちゃ、生きていけませんからね。戦争はすでに終わったも同様です。甘い汁を吸えるのも今のうちだけだ。政界に打って出れば必ず名をなせると、かねがね考えていたんです。まあ、見てて下さい」

「それで保守党に？　政権を握る党に所属する方が得というわけですか？」

「とんでもない。保守党が勝つなんて、そんな世迷言を信じてるんですか、きみは？」

大差でとはいえないだろうが、もちろん勝つにきまっているだろうと私はいった。

「馬鹿な！　労働党が全国的に大勝を博しますよ。しかも驚くべき大差で」

「しかし、それなら――」といいかけて私は二の句がつげなかった。

「それならなぜ、勝つ側にまわらないというんですか？」ゲイブリエルはニヤリと笑った。「まさにそれだからこそ、労働党から立たないんでさあ。その他大勢じゃ、出る幕がないからね。野党こそ、こっちの望むところさ。保守党とはそも何ぞや？　紳士面した能なしと、商才を欠いた実業界が寄り寄り作った無能政党じゃないですか？　愚昧きわまる、政策らしい政策もない、四分五裂の寄り合い所帯でさあ。能力のある者なら、必ず頭角を現わせる。まあ、見ていたまえ、私はじき浮かびあがりますよ」

「そりゃ、当選したうえの話でしょう」

「当選なんざ、もう決まったようなものだ」

私はまじまじとその顔を見つめた。

「成算があるんですか？」

ゲイブリエルはまたニヤッと笑った。

「馬鹿なことさえ、やらなければね。私にも弱点はないわけじゃない」とグラスの中味を一気にあおった。「まずですよ、女には気をつけなくちゃいかん。もっともこの土地じゃ、大してむずかしくもなさそうだが。キングズ・アームズにちょっと踏める女がいるにはいるが。きみは知らないでしょうね」と私をちょっと眺めて、「知るわけがない」といった。それから一言、心底気の毒そうに何か付け加えた。「あいにくだなあ」

同情されて癪に障らなかったのははじめてのことだった。思わず口をついて出たような、自然ないいかただったからだろう。

「きみはカーズレークにもこんな打ち割った話をするんですか？」と私は訊いてみた。

「あの頓馬に？　まさか！」

初対面のその晩から、ゲイブリエルが私という人間にそんなにも隠し隔てなく何でも話して聞かせたのはどういうわけだろうと、私はいまだに不思議でならない。たぶん淋しかったのだろう。ゲイブリエルはたくみな芝居を演じていたが、ほっと一息つく幕間のくつろぎの時がほとんどなかったのだ。寝たきりの障害者はつねに聞き手の役を引き受けるようになるものだということも知っていたに違いない。私は気慰みを求めていた。ジョン・ゲイブリエルは彼の生活の背後に私を連れて行くことによって、私にその気慰みを提供するにやぶさかでなかった。もともと彼はあけっぴろげな人間だったのである。

私はふと好奇心に駆られてゲイブリエルに、レディー・セント・ルーは彼に対してどんな態度をとったかと訊いてみた。

「申し分なく慇懃だったよ。ただ、糞いまいましいのはあの目だ。むずむずしてくるんだ、あの目で見られると。どこがどうってはっきりいえないが――あれであの婆さん、実によく心得ているからね。ああした古狸がいったん無礼な振舞いをしようと思いたつと、こっちが息を呑むくらい、実にあからさまだ――その一方、それはまずいと思えば、何があろうと、チョロッともしっぽを出さない」

その語調の激しさに私はちょっと驚いた。レディー・セント・ルーのような老女が無礼な素振りをしようがしまいが、どうということはあるまいにと私は思った。どうせ、前世紀の遺物ではないか。そういった意味のことをいうと、ゲイブリエルは奇妙な表情でチラッと私を横目で見やった。

「きみにはわからないのさ」

「どうもそうらしい」と私がいうと、彼は妙に静かな口調でまたいった。

「おれを虫けらみたいに思っているんだ、あのばばあ」

「まさか、そんな――」

「何ともいえない目つきで、じろっと見やがる。物の数にもはいらん人間、新聞配達、魚屋の小僧がたまたま自分と同じ空気を吸っているだけだといった顔で」

私はこのときようやく、ゲイブリエルを悩ましているのが過去の亡霊であることを悟ったのだった。その昔、鉛管工の小倅をないがしろにした者が――ちょっとした、何気ない無礼で彼を深く傷つけた者がいたのだろうか？

彼は私の言葉を先取りしていった（最前から言葉がぐっとぞんざいになっていた）。

「その通りさ。階級コンプレックスだよ。ああいった高慢ちきな上流婦人というやつが、おれはむしょうに憎いんだ。こっちが何をしようが、あの連中と同じレベルにはとうてい達することができないという気持ちにさせられる――奴らにとってはおれはいつまでたっても虫けらさ。おれが誰さまでもないことを先刻ご承知なんだ」

私は愕然とした。彼が束の間覗かせた深淵は思いがけないものだった。そこには憎悪が、執念深い恨みがあった。過去のどのような出来事がこの男の意識下にくすぶり、煮えくりかえっているのだろうと私は訝しんだ。

「物の数にもはいらないのは、奴らじゃないか。奴らの時代は終わった。奴らの住んでいる家は崩れかかっている。奴らの収入は今では無に等しい。食べるものさえろくすっぽない連中がざらにいる。菜園でとれた野菜で空腹を満たし、しばしば自分で家事をやっている。それでいて奴らは、このおれの及びもつかない、手に入る望みすらない、羹いまいましい優越感をもっているんだ。このおれが奴らとどう違うっていうんだ？　いろんな意味でおれの方が数等上だ。しかし、奴らといっしょにいると、そうは思えないんだ」

　彼はだしぬけに高笑いした。

「気にしないでくれ。ちょっと鬱憤晴らしをしただけなんだから」窓の外に目をやって彼は呟いた。「張りぼての城に三羽の老いぼれ鴉か——それに棒を呑んだような、細っこい娘と——あのあま、おつに澄ましかえって、おれに唾も引っかけなかった。布団を幾重にも敷いた下のエンドウ豆を感じるっていうのは、ああいう女なんだろうな」

　私は微笑していった。

「王女とエンドウ豆のあの話はお伽噺としちゃあ、もってまわり過ぎているように思うが」

　ゲイブリエルは王女という一言にさっと顔をあげた。

「王女だって？　そうだ、あの娘の立ち居振舞いはまさに王女だ。あの婆さんたちがまた、ちやほやしやがって、それこそ、王女に仕えるように。だが、あの娘は王女どころか、血と肉を備えたごく当たり前の女だ。あの口の形を見りゃあ、わかる」

　そのときテレサとカーズレークがもどってきた。カーズレークとゲイブリエルはしばらくして帰って行った。

「ゲイブリエル少佐がもう少しいるとよかったのに。ちょっと話をしてみたかったわ」とテレサがいった。

「これからはかなりちょくちょく会うことになるんじゃないかな」と私はいった。

テレサは私を見やっていった。

「興味があるのね、あの人に。この土地にきて以来はじめてだわ、あなたが何かに関心を示したのは」

「自分で思ったより政治に興味があるってことですかね」

「あら、政治じゃなくて、ゲイブリエル少佐にでしょう?」

「たしかにダイナミックなものを感じさせますね。あんなに醜い顔でないといいんだが」

「まあ、そうでしょうね。でもとても魅力のある人だわ」

私は呆気にとられた。

「そんな目であたしを見ないで。女なら誰でもそういうでしょうよ」

「へえ、驚いたな。女性が魅力を感ずるような男だとは、ついぞ思わなかったが」

「それはあなたの考え違いよ」とテレサはいった。

6

翌日イザベラ・チャーチャータリスが、レディー・セント・ルーからカーズレーク大尉への手紙を持ってポルノース・ハウスにやってきた。私はテラスに出て日光浴をしていた。カーズレークに手紙を届けると、イザベラはテラスづたいにもどってきて、寝椅子の近くの彫刻を施した石のベンチに坐った。

これがレディー・トレシリアンなら、足の悪い犬に対する親切心から話相手になってやろうと思い立ったのではないかとひがんだのだろうが、イザベラが私の障害のことなど気にもしていないことは明らかだった。こんな客も珍しい。イザベラは私の状態におよそ気を遣う様子もなく、なおしばらくじっと坐っていたが、やがて口を開いて、日に当たるのは大好きだといった。

「私も同じです。しかし、そのわりには、あなたは日焼けしておられませんね」

「日に焼けないたちですの」

明るい日光を浴びたイザベラの肌は白木蓮の花のように冴えざえとしていた。誇らかな線を見せて肩の上に載っている頭を見守りながら私は、ゲイブリエルがなぜ彼女を王女と評したかを理解したのであった。

ふと思い出して私は訊ねた。

「ゆうべはたしか、ゲイブリエル少佐がお宅に晩餐に行ったはずですね？」

「ええ」

「あなたは記念堂の集会にいらっしゃいましたか？」

「ええ」

「お目にかかりませんでしたが」

「二列目にいましたの」

「面白かったですか？」

ちょっと考えて、彼女はいった。「いいえ」

「じゃあ、なぜ、いらしたんです？」

またちょっと間を置いて彼女は答えた。

「ああいうときには出席することになっていますの」

私は思わず好奇心に駆られて訊いた。

「あなたはこの土地がお好きですか？　ここに住んでいて幸せだと思われますか？」

「ええ」

人と話していて、ただ一言、「ええ」とか、「いいえ」という答を受けることは稀だ。たいていはもっと長々と答える。「海岸で暮らすのが好きですから」とか、「ここは私の故郷ですから」とか、「田舎はすてきですし」とか、「ここが気に入っていますの」などというだろう。この娘は「ええ」というだけで何もいわないが、その「ええ」には不思議なほど、力がこもっていた。それは心からの肯定、明快な「然り」であった。イザベラの目は城の方に注がれており、かすかな微笑が唇に浮かんでいた。

この娘が何を連想させるか、私はそのとき、思いついたのであった。彼女は紀元前五世紀の作品である、あのアクロポリスの娘たちのようだ。どこか人間離れのした、甘美な微笑に共通するものがある……

してみるとイザベラ・チャータリスは、あの三人の老婦人とのセント・ルー城の生活に幸せを感じているのだ。テラスの日溜まりに坐って城の方に目を向けている娘。私は彼女がひたっている静かな、自信にみちた幸せがまざまざと感じられるような気がした。そして何がなし虞を——この少女のために、ある危惧を覚えたのであった。

「あなたはこれまでもずっと幸せに過ごしてこられたんでしょうね？」こう訊きながら私はそんな問いの無意味さを感じていた。もっとも彼女は「ええ」と答える前にちょっと首をかしげはしたが。

「学校でも?」

「ええ」

私には女学生姿のイザベラを想像することがどうしてもできなかった。彼女が寄宿学校出の世の娘たちとあまりにも違うからだった。まあ、女学生といっても十人十色だから。

このとき、褐色の毛の一匹のリスがテラスを横切って走ってきて、ふと立ちどまり、ひとしきりキーッと鳴き、それからやにわに手近の木の幹を駆けあがった。

一瞬、まるで万華鏡がくるりと動き、まったく異なったパターンの世界が目の前に浮かびあがったかのようだった。それは存在することとそのことがすべてである世界、思考とか、思弁が無に等しい、感覚的世界のパターンだった。そこには朝があり、夕があり、昼があり、夜があった。食べるもの、飲むもの、寒冷温暖の別があった。動きがあり、目的があり、意識であること自体をまだ悟らない意識があった。それはあのリスの世界であり、ついついと伸びていく青草の、生きている、息をしている木々の世界だった。こうした世界にイザベラは生きているのだと私は思った。そして不思議なことだが、廃人に等しいこの私という男もまた、ここに安住の地を見出し得るかもしれないという気がした……

あの事故以来はじめて、私は抵抗を放棄していた……憤懣、挫折感、病的な自意識、それらすべてが私を離れ去っていた。私はもはや落伍者ではなく、障害者ではあっても明るい日光や、かすかに息づく周囲の世界、自分自身のリズミカルな呼吸を意識している人間、今日もまた安らかな眠りへの永遠の道程の一日だということを知っているヒュー・ノリーズであった。

それはほんの一瞬の、束の間の感じだった。しかしその瞬間、私は、自分がところを得ている世界にいた。イザベラはそうした世界に常住しているのではないかと私はそのとき思ったのである。

7

その一日、二日後だったと思うが、セント・ルーの波止場の端で遊んでいた子どもの一人が水に落ちた。遊びに夢中になって大声をあげて走りだしたはずみに足を踏み滑らせて、二十フィート下の水中にまっさかさまに転落したのであった。ちょうど上げ潮で、岸壁近くで十二フィートほどの水深があった。

たまたま岸壁づたいに歩いていたゲイブリエル少佐は瞬時も躊躇せずに、すぐ子どもの後を追って水中に跳びこんだ。二、三十人ばかりが固唾を呑んで見守るうちに、水際の階段からおりた一人の漁師がボートを出してゲイブリエルと子どもの方に向かって漕ぎはじめた。けれどもボートが二人を救いあげぬうちにもう一人跳びこんだ者があった。ゲイブリエルが泳げないということに気づいたからである。

結局ゲイブリエルと子どもはめでたく救助された——子どもは意識がなかったが、人工呼吸を行なった結果、息をふきかえした。母親は感きわまってゲイブリエル少佐の首っ玉にしがみついてヒステリックにすすり泣きつつ、感謝感激の言葉を並べたてた。ゲイブリエルは事もなげに笑ってその肩を叩き、乾いた服に着替えて一杯引っかけようとそそくさとキングズ・アームズ旅館に引きあげたのであった。

その晩、カーズレークがゲイブリエルを伴って訪ねてきた。

「じつに勇敢きわまる行動でしたよ」とカーズレークはテレサにいった。「かたときもためらわずに跳びこんだんですからなあ。すんでのことで自分も溺れ死ぬところだったんですよ——助かったのは不思議なほどです」

ゲイブリエル自身は適当に謙遜して見せて、我ながら馬鹿な真似をしたものだといった。

「間の抜けた話ですよ。助けを求めるなり、ボートを出すなりした方がよっぽど気が利いていたでしょうに。ああいうせっぱつまった場合は、やみくもに行動してしまうんですな」

「過ぎたるは及ばざるが如しっていいますわ。今後はもっと慎重になさらなくてはね」とテレサは少々素っ気ない口調でいった。ゲイブリエルははっとした様子でその顔を見返した。

テレサが茶碗を取りまとめて出て行き、カーズレークが仕事があるからと辞し去った後、ゲイブリエルはしみじみいった。

「あの人は目はしが利くな」

「誰のことだね？」と私は訊ねた。

「ミセス・ノリーズさ。よく見ているよ。あの人はそうそうは騙せない」油断はできない、と彼は付け加えた。

「そりゃそうと、あれでよかったかな？」と彼はまたいった。

何のことをいっているのかと私が訊くと彼は答えた。

「おれのとった態度さ。あれでいいんだろうね？　つまり、馬鹿なことをやったといわんばかりに恥じいって見せたことさ」彼はニヤリと例の人を引きつける笑顔を見せて付け加えた。「きみにこんなことを訊いても、べつに腹も立てんだろうね？　予期どおりの効果をあげたかどうか、自分じゃ、なかなかわからないんでねえ」

「いちいち、効果を計算しなくちゃならないのかね？　自然に振舞うだけじゃ、どうしていけない？」

もちろん、それじゃだめなんだと彼は言下に答えた。

「まさか、揉み手をして、『千載一遇の好機でした』というわけにもいくまい？」

「本音なのかね、それが？」

「打ち明けた話、おれはああいったたぐいのことが何か転がっていないものかと鵜の目鷹の目、歩きまわっていたんだよ。暴れ馬とか、火事とか、自動車に轢かれそうになった子どもを助けるとか。お涙頂戴には子役を使うのが一番いいんだ。交通事故があんなに毎日新聞に書きたてられているんだし、そうした機会には事欠かないと思うだろうが、さにあらず——おれの運が悪いのか、セント・ルーの子どもたちがいまいましいほど用心深い餓鬼どもなのか」

「まさかあの子に一シリングやって水の中に跳びこめといいつけたわけじゃないだろうね？」

彼は存外真面目な顔でちょっと考えてから、まったく偶然の出来事なのだと答えた。

「それに、危ない橋渡りだからな。子どもが母親にいいつけてみろ、立つ瀬がないじゃないか」

私は思わず噴きだした。

「しかし、きみは本当に泳げないのかね？」

「三ストロークぐらいのあいだ、やっと浮いていられる程度だね」

「とすると、たいへんな危険を冒したわけじゃないか？　まかり間違えば、きみ自身、溺れ死んでいたかもしれないんだぜ」

「まあな……だがノリーズ、一方で安全を期しつつ、称讃も——というわけにもいくまい。多少とも英雄的な行動に出る覚悟がなくっちゃ、とうてい英雄とは呼ばれないだろうよ。それに人がたくさん見ていたからね。誰だって好んでずぶ濡れになりたかないだろうが、見過ごしにもすまいと思ったのさ。おれはとにかくとして、子どもを助けるためにね、それに近くにはボートもあったし。おれの後に跳びこんだ男が子どもを差しあげてね。おれがブクブク沈む前にボートも到着したから、まずもって命拾いをしたわけだが。溺死寸前でも人工呼吸ってやつで十中八九は息を吹きかえすからね」

人なつこい微笑がまたもや閃いた。

「馬鹿げてるよ、まったく。そうは思わんかね、人間てやつはさ？　泳ぎのできないこのおれが子どもを救おうとがむしゃらに水に跳びこんだってことで、然るべき人命救助法にのっとって助けあげた場合より、おそらく点が余計に稼げるんだからね。現に町じゃ、大勢の人間が、実に勇敢な行為だと声を大きくしておれのことを讃めそやしているよ。少し目の見える奴なら、おれのやったのは何とも間の抜けたことだときめつけるところだろうがね。本当に子どもを救った男、後から跳びこんで子どもとおれの両方を助けた男は、おれの半分も讃められないだろうよ。なぜって、奴は第一級の泳ぎ手だったからな。気の毒に上等な服を台なしにしてさ。子どもだけでなく、おれまで溺れかけていたんだから、奴さん、さぞかしやりにくかったろうよ。しかし誰もそんな見方はしないだろうな――きみの義姉《ねえ》さんのように目はしの利く人間ならとにかく。世の中には利巧な人間は、そうたくさんはいないからね、ありがたいことに。選挙の場合、厄介なのは、物事を見きわめる目を持ち、頭を使うことを知っている連中だよ。そんな連中がやたらにいないことが望ましいね」

「しかし、水に跳びこむ前にまったく不安を感じなかったのかね？　何かこう、胃のあたりがおかしくなるような？」

「そんな暇はなかったね。お誂えむきのチャンス到来とばかり、有頂天になっていたから」


「どうもわからないな、なぜ、こうしたたぐいの——演技が必要なのか」

ゲイブリエルは急に口もとをぐっと結び、厳しい表情を浮かべた。

「きみにはわからないだろうが、おれにはたった一つの資産しかないんだ。見てくれはこのとおりまずい、演説だって第一級とはいえない。結構な背景も、コネも、金もない。持って生まれた才能といえばただ一つ——」と片手を私の膝の上に置いた。「何ものにもめげない勇気があるだけさ。ヴィクトリア勲章をもらっていなかったら、こうやって候補者に祭りあげられることもなかったろう」

「ヴィクトリア勲章だけでも立派なものじゃないか——」

「きみは人情の機微というものを解しないね、ノリーズ。けさおれが演じて見せた茶番劇の方が、南イタリアで戦功を立てて頂戴したヴィクトリア勲章より、はるかに効果があるのさ。イタリアは外国だ。奴さんたちはおれの大手柄なるものを自分の目で見ちゃあいない。といって、残念だが、おれの口から話して聞かせるわけにもいかない。おれに話させてくれれば、聞いている者までその場に居合わせたような、いや、勲章をもらったのは自分たちだったような気にさせてやるのにな。だが世の中の慣習上、そうした自己宣伝はできない。控え目な、へりくだった態度をとり、人間として当然のことだ、何でもないとぼそぼそ呟くぐらいで我慢しなければならないんだ。馬鹿臭い！　実際のところ、おれのやったことは、そうそう誰にでもできるこっちゃない。一つの連隊にそんな命知らずが半ダースもいりゃ、いい方さ。適切な判断、綿密な計算、事に当たっての沈着さ。それにある意味では楽しみながら危険を冒す不敵さ」

ちょっと言葉を切った後、彼はまた続けた。「おれは軍隊にはいったときから、ヴィクトリア勲章をものにする気だったよ」

「まさか！」

ゲイブリエルは醜い顔を振り向けた。何かにつかれたように目がきらきらと光っていた。

「そのとおりだよ。『ものにする』なんて簡単にいえるものじゃないくらい、よくわかっているさ。運もめっぽうよくなけりゃね。だがおれはやってみる気でいた。こんないいチャンスは二度とこないと思ったからさ。勇気なんてものはね、日常生活にはおよそ無用の長物だ。たとえ勇気を示す機会に恵まれたとしても、そのために得をするなんてことはまずない。しかし戦争のときはこりゃ別だ。いっとくが、おれは何も勇気が高潔な美徳だなんていってやしないぜ。結局のところ、勇気なんてものは神経の作用か、何かの分泌か、とにかく生理的な次元の問題さ。煎じつめれば、たまたま死ぬことを恐れていないということに尽きる。だが戦争のときには恐怖心をもっていないってだけで、ほかの人間に対してはるかに有利な立場に立てるものだってことは、きみもわかるだろう？

もちろん、チャンスが本当に訪れるかどうか、そんなことはおれにだって断言できやしなかった……戦争のあいだ中、静かな勇気をもち続けて、勲章一つもらえずに除隊という例だってむろん、あるからね。そうかと思うと、とんでもないときに無謀な行動に出て木っ端微塵に吹っとばされ、しかも誰にも感謝されないことだってあり得るんだから」

「ヴィクトリア勲章というやつは死後叙勲という例が多いしね」と私は呟いた。

「そのとおりだ。自分でもこうやって生きているのが不思議なくらいだよ。弾丸が脳天のあたりを掠めてヒューヒュー飛んでたことを考えると、今ここにいるのが嘘のような気がする。おれの体にも四発は命中したわけなんだが、どれも急所をはずれていたんだから奇妙な話さ。使いものにならなくなった足を引きずりながら匍匐前進したあの苦しさは金輪際忘れんだろうね。肩からドクドク血が流れていたっけ……そのうえスパイダー・ジェームズの奴まで背負いこんでさ。あん畜生、悪態のつき通しで、おまけにその重かったこと――」

ゲイブリエルはちょっと考えて溜息をついた。

「まあ、我らの楽しかりし日々というべきだな」こう呟いて、立って行って酒を一杯ついだ。

「ともかくも、勇者は謙虚だという通念を訂正してくれたことについて、きみに感謝する必要があるね」と私はいった。

「不公平きわまる話だよ」とゲイブリエルはいった。「分のいい取引をした実業家が自分の腕のよさをいくら吹聴したところで、誰も何とも思わないばかりか、感心されることさえある。画家がいい絵が描けたと自慢しても、妙な顔をする者はいない。ゴルフにしても、コースを規定の打数以下で回ればおおっぴらに大きい顔ができる。ところがこの武勇伝というやつばかりは」とゲイブリエルは嘆かわしそうに頭を振った。「自分でラッパを吹くわけにいかないんだからね。カーズレークはそうしたことにかけてはからきし駄目だ。保守党生えぬきの人間らしく、何でも内輪に、控え目にという固執観念にとりつかれているんだから。ああいった連中は自覚の候補の宣伝はそっちのけで、対立候補をこきおろすばかりさ」とちょっと間を置いてまた続けた。「軍隊時代の上官の准将に、来週応援演説にきてもらうことにしたよ。おれがどんなにすばらしい男か、それとはなしにうまく印象づけてくれるかもしれないからね。もっとも自分の口からこうこういうことをいってくれと頼むわけにはいかない。ままならぬものだよな」

「けさのちょっとした美談も広まっていることだし、かなりいい線をいってるんじゃないかね」と私はいった。

「ちょっとした美談だなんて馬鹿にすることはないぜ。見ていたまえ。これがきっかけになって、ヴィクトリア勲章がまた事新しく喧伝されるから。それもこれもあの子どものお蔭ともいえる。明日あたり、人形でも持って見舞いに行ってやるか。うん、それはそれでいい宣伝になるぞ」

「ちょっと聞いておきたいんだがね」と私はいった。「もしも観衆が皆無だったら――きみの義挙を目撃する者が一人もいなかったとしたら、それでもきみは水に跳びこんだろうか？」

「誰も見ていないのにそんなことをして何になる？　結局はおれもあの子も溺れて、上げ潮に乗って死体がどこかの浜辺に打ちあげられるまで誰も何も知らないんじゃあ、どうもならん」

「すると見て見ぬ振りをして家に帰り、子どもを見殺しにするのかね？」

「もちろん、そんなことはしないさ。おれを何だと思ってるんだ？　これでなかなか親切な男なんだぜ。その場合はまず階段の所までいっさんに走って行ってボートを出し、せっせと漕ぐだろうね、おそらく、運がよければうまく子どもを助けあげて息を吹き返させることができるかもしれない。とにかくその子自身の生命を助けるために最上と思えることをやるだろうよ。子どもは嫌いじゃないからな。そりゃそうと、今度のことで商工会議所から特別に衣料切符を出してもらえないもんかね？　あの服はもう着られんだろう。ひどく縮んじまったからね。政府ご指定の百貨店というやつは碌《ろく》な商品を売らないな」

ひどく実際的な結論をつけて、ゲイブリエルは帰って行った。

私はジョン・ゲイブリエルという男についてあれこれと思いめぐらした。いったい彼を好いているのか、嫌っているのか、自分でもよくわからなかった。いかにもあからさまなご都合主義には嫌悪をもよおしたが、あけっぱなしなところについひかれた。彼の判断が的を射ていることは、世論の動向の正確な把握という形で間もなく充分に証明された。

ゲイブリエルをどう思うか、まず私に話してくれたのは、レディー・トレシリアンだった。私の所に本を数冊持ってきてくれ、ついでに話しこんで行ったのだ。

「あのゲイブリエル少佐にはどこかこうたいへんに高潔なところがあると思っていまし

たのよ。この事件ではっきりしましたわ」

「といいますと？」と私は訊ねた。

「計算抜きに果敢に行動する人だってことですわ。泳げないのに水の中に跳びこむなんて、よくねえ」

「結果的にはあまり役には立たなかったわけですね。あの男ひとりじゃあ、どのみち子どもを救うわけにいかなかったでしょう」

「そりゃ、まあね、でも一刻の猶予もなく行動したんですからね。わたしが感心しますのは、そうした勇敢な衝動ですの。計算ずくじゃないんですから、見あげたものじゃありませんか？」

実は計算ずくだったと聞かされれば驚くだろう。

レディー・トレシリアンのやさしい丸顔は少女のように紅潮していた。

「男は勇気、ですわねえ……」

だいぶ点を稼いだな、ゲイブリエル、と私は心に呟いた。

妙に感傷的な、猫のように陰険な感じのするミセス・カーズレークを私はもともとあまり好きでなかったが、いつもに輪をかけて涙を流さんばかりにペラペラとゲイブリエルを褒めちぎるのでいっそう辟易した。

「何という大胆な！　あの方、前線では信じられないくらい勇敢でしたってねえ。そういうのを恐れを知らないっていうんでしょうか。部下はそれこそ、神さまのようにあがめていたそうですわ。あの方の戦歴は英雄的の一語に尽きますわね。軍隊時代の上官が木曜日に見えるそうですけど、あたくし、いろいろなことを訊きだすつもりでいますのよ。もちろん少佐がお聞きになったらお怒りになるでしょうけどねえ——あの方、そりゃあ、謙虚ですから。そうじゃありません？」

「まあ、一般にそういった印象を与えているようですね」と私はいった。

ミセス・カーズレークは私の言葉の曖昧な含みには気づかなかった。

「ですけどねえ、国のために命を賭した歴戦の勇士の手柄を隠すことはないじゃありませんか。彼らがどんなにすばらしいことをしてきたか、みんなが知らなくちゃいけませんわ。でも男の人って、そりゃあ、口が重くって。ですからね、そうしたことをいい広めるのはあたくしたち女の役目だと思いますの。現国会議員のウィルブレアムは戦時中はずっと事務所勤めでしたって。ゲイブリエル少佐とはたいへんな違いですわねえ」

ジョン・ゲイブリエルならさしずめ、「ヒヤヒヤ」といったろうが、私はミセス・カーズレークを鼻もちならないと思った。センチメンタルなことをペラペラとまくしたてながらも、その小さな黒い目はさもしく、抜け目なさそうだった。

「伺いますと、お兄さまのノリーズさんは共産主義者でいらっしゃるんですって？　残念ですわねえ」

「どんな家族にもひとりは鼻つまみ者がいるものでしてね」と私は何食わぬ顔でいった。

「共産主義者って、いろいろと怖いことを考えてるんでございましょう？　私有財産制を攻撃したり」

「私有財産制に限りませんよ、彼らが攻撃するのは。フランスのレジスタンス運動は共産主義者が中心となって展開したんですしね」

こう問題がこみいってくるとお手あげらしく、ミセス・カーズレークはあたふたと帰って行った。

何かの回文を持って訪ねてきたミセス・ビガム・チャータリスも、波止場の一件について彼女なりの意見をひとくさり述べた。

「どこかでちっとはましな血筋がまじってるんでしょうね、あの男」

「どうですかね」

「そうにきまっていますよ」

「父親は鉛管工だとかいっていましたよ」

ミセス・ビガム・チャータリスは驚きもしなかった。

「そんなことだろうと見当はつけていましたがね。でもどこかでちゃんとした血統もまじっているんですわ。四、五代前あたりに。これからはもっと頻繁に、城に招かなければね。アダレイドにもよくいっておきましょう。あの人はときどきお客にひどく居心地の悪い思いをさせますのでね――ゲイブリエル少佐も城では何かこう勝手が違うらしく、あまりパッとしませんわ。わたしとは、結構うまが合うんですが」

「町での評判は悪くないようですね」

「ええ、なかなかうまくやっています。党としてもあの人を選んだのは賢明でしたよ。今の保守党には何としても新しい血が必要なんですから」ちょっと言葉を切ってからミセス・チャータリスは続けた。「まあ、見ておいでなさい。第二のディズレーリなんてことにならないとも限りませんからね」

「ずいぶん期待をかけておいでなんですね」

「運が良ければずいぶんと上までのしあがれる人ですよ。覇気はあるし」

レディー・セント・ルーがこの事件に関して何といったか、私はテレサの口から聞いた。

「どうせ大向こうの受けを狙ったんでしょうがね」

ゲイブリエルがなぜレディー・セント・ルーを食えない婆さんというのか、私はこのとき納得したのだった。

8

あいかわらずの晴天続きだった。私は寝椅子を日のよく当たるテラスの一隅に押し出してもらって、一日の大半をそこで過ごした。テラスにそって薔薇の花壇があり、その一方の端に古いイチイの木が一本立っていた。寝椅子に横たわると、海とセント・ルー城の胸壁を眺めることができた。城から野を横切ってポルノース・ハウスに向かって歩いてくるイザベラの姿も手に取るようにはっきり見えた。

彼女は今ではほとんど毎日のようにこの家を訪れるようになっていた。ときには犬を連れ、ときには一人で。微笑を浮かべてまず私におはようと挨拶すると、きまって寝椅子の傍の彫刻を施した大きな石のベンチに坐るのであった。

それは一種奇妙な友情で、まさに友情としか呼びようのないものであった。彼女は病人に対する親切とか、哀れみ、思いやりといったものに駆られてやってくるのではなかった。その他意のない訪問は、私から見れば同情よりはるかにうれしいものだった。好きだから、私に好意をもっているから、イザベラはやってくるのであり、まるで動物がするように自然な、ゆったりした様子で私の脇に座を占めた。

イザベラと私の話題は主として目にふれるさまざまなものについてであった。雲の形、海面におどる陽の光、小鳥の動きまわるさま……

今まで知らなかったイザベラの別な面に私が触れたのも、一羽の小鳥――死んだ小鳥――を契機としていた。客間の窓ガラスに頭を思いきりぶつけて、その小鳥は窓の下に冷たくなっていた。かわいそうに、硬直した二本の足を宙に突っ立てて、かつてはやさしく輝いていたであろう目を閉じて。死骸を見つけたのはイザベラだった。その声にこもるショックと恐怖に私ははっとした。

「まあ、小鳥が――死んでいる――」

いても立ってもいられないような、その狼狽した声音に、私は思わずまじまじと彼女の顔を見つめた。まるで怯えあがった駿馬のように、彼女はぐっと口もとを引き締めて震えていた。

「どれ、見せてごらんなさい」と私がいうと、イザベラは激しく首を振った。

「あたし、さわれないわ」

「鳥にさわるのが嫌なんですか？」と私は訊いた。そういう人間もいる。

「死んでいるものにさわるのはいや」

その顔を見返した私に彼女はいった。「死は恐ろしいわ。どんなものでも死んだものはいや。自分もいつかは死ぬんだ——そう考えるからかもしれないけれど」

「人間はいずれはみんな死ぬんですからね」と私はいった。

(私はそのとき、私の手の届くところに人知れずそっと置かれているあるものについて考えていたのだった)

「あなたは平気? ぜんぜん何ともおありにならないの? あなたの前に死というものが確実にあって、刻一刻近づいているのだって考えても? そしていつか——」めったに大袈裟な動きを見せない細長い美しい手でイザベラは胸をぎゅっと抑えた。「いつかはくるんだわ、生の終わりが」

「おかしな人ですね、あなたは、イザベラ。そんなふうに考えているなんて、まったく知りませんでしたよ」

イザベラは苦々しい口調でいった。

「あたし、男に生まれなくてよかったと思うの。男だったら戦争のとき、出征しなければならないでしょう? そうしたらあたし、きっと何か、家の名誉を傷つけるようなことをしたでしょう——脱走とか……」ふたたび静かな語調に返って、考え考え彼女はいった。「自分が臆病だってこと、堪らないわ……」

私はちょっと曖昧に笑った。

「いざとなれば、臆病どころじゃないかもしれませんよ。たいていの人は――何ていうか――自分が恐れるんじゃないかと恐れているんですからね」

「戦争のとき、あなたも恐れていらして？」

「もちろんですよ！」

「だけど、いざとなったら――何ということもなかった――そうおっしゃるのね？」

私はふと前線における瞬間を思い出していた。闇の中で待機していたときの、あのいいようのない張りつめた気持ち……胃のあたりにかすかに吐き気を覚えながら、「進め！」の合図を待っている緊迫した気持ち……

私には嘘はいえなかった。

「何ともなかったとはいえないでしょうね。しかし曲がりなりにも自分の置かれた状況を受けとめることができるようになりましたよ。他の連中と同じ程度にはね。少しすると、結局のところ、いくら気を揉んだところで弾丸を止めるのは私自身じゃないんだ、相手が自分の恣意で発砲をやめることはあっても――と考えるようになって」

「ゲイブリエル少佐もそんなふうにお思いになったでしょうか？」

私は彼に対して相応の敬意を表していった。

「ゲイブリエルは恐怖というものを知らない少数の幸福な人間の一人でしょうね」

「ええ、あたしもそう思いましたの」イザベラの顔にちょっと奇妙な表情が浮かんでいた。

私はふと彼女は、物心ついたころからずっと死を恐れていたのか、それとも何か衝撃的な出来事でもあったからかと訊いてみた。イザベラは首を振った。

「そんなことないと思いますわ。父はあたしの生まれる前に戦死したんですけれど、でもそれとこれとは――」

「いや、おそらく関係があると思いますね。そのせいじゃないのかなあ」

イザベラは眉を寄せて過去を振り返っているらしかった。

「五つくらいのときに、飼っていたカナリヤが死んだことがあったわ。前の晩までは元気だったのに――朝見たら籠の中に転がって死んでいたの、さっきのあの小鳥のように。手に取ったら」とぶるっと身震いをした。「とても冷たかった……」一言ひとこと言葉を必死で探し求めながら、イザベラは呟いた。「もう命の通ったカナリヤではなくなっていたの。目の見えない、耳の聞こえない、何一つ感じることのできない……ただの物になっていたのよ――まるで……まるで……ぬけ殻のように！」

そして突然苦しげな、ほとんど泣かんばかりの声で彼女は訊ねた。「あたしたちみんな、いつかは死ななければならないって――恐ろしいことじゃなくて？」

何と答えるべきだったのか？　よく考えて慎重に答えるかわりに、私は口走っていた――私自身の真実を。

「ときには――いつかは死ねるということを考えて、せめても心を慰めることだってあるものですよ」

その言葉の意味を測りかねたようにイザベラは私の顔をじっと見つめた。

「わからないわ――どういうことでしょう、それ？」

「わかりませんか？」と私は吐きだすようにいった。「あなたの目を使うんですよ、イザベラ。私にとって人生とは何でしょう？　顔を洗ってもらい、服を着せてもらい、朝になると赤ん坊のように起こしてもらって、石炭袋よろしく人にかつがれて運ばれる――ひとりじゃ、ろくに体も動かせない、まるで老朽船だ。何をするでもなく、生きる望みすらなく、ただこうやって日なたに寝そべっているんですよ……これが古テーブルか椅子なら、惜し気もなく捨てられるんでしょうが、たまたま人間であるばっかりに、まともな服を着せてもらい、こわれものの足に毛布をかぶせて隠し、日なたぼっこをさせていただいていますがね！」

彼女は物問いたげに、怪訝そうに目を見開いて、私の顔を見返した。このときはじめて――と私は思ったのだが――その目は私の向こうの何かではなく、私に焦点を合わせ、私を見つめていた。しかしそのときでさえも、それは何も見ず、何も理解していなかった――現に目に映る物理的な事実のほかには。

「でもとにかくあなたは今、そうやって日光浴をしていらっしゃるわ。生きていらっしゃるわ。ひとつ間違えば戦死していたかもしれないのに」

「ひとつ間違えばね。私がいっそ戦死していればよかったと思ってるのが、あなたにはわからないんですか？」と私はいった。

むろん、わかるはずもなかった。彼女にとっては私は外国語を話しているようなものだったのだ。イザベラはほとんどおずおずといった。

「とても痛むのかしら――しょっちゅう？　だから、あの――」

「ときにはかなりね。しかし、イザベラ、それだからじゃあない。今の私には生きていくうえに何の希望もないんだ。あなたにはそれがわからないのかなあ」

「でも――あたし――たぶん、馬鹿だからよくわからないんでしょうけど――人間って、何かしら希望をもって生きていかなくちゃいけないものなのかしら？　ただ生きているだけじゃ、なぜ、いけないんでしょう？」

その言葉の単純さの前に、私ははっと息を呑んだ。

そのときだった。私がふと向き直った——いや、向き直ろうとぎごちなく体を動かしたはずみに、ひそかに隠しもっていたアスピリンのラベルを貼った小さな瓶がけしとんで草の上に転がり、キャップがはずれて中から小さな錠剤がぱっととび散った。

私はほとんど悲鳴に近い声をあげた。ヒステリカルな、自分の声とも思えぬ不自然な声だった。

「困るんだ、なくなると！ 拾って下さい、早く見つけて……なくならないうちに……」

イザベラは身をかがめて手早く錠剤を拾いはじめた。ふと振り向いた私は、テレサが窓からテラスにおり立ってこっちにやってくるのに気づいた。私はほとんど泣かんばかりの声で囁いた。

「テレサがくる……」

そのときだった。イザベラは思いもよらぬ行動に出たのである。すばやく、しかし、慌てる様子もなく、彼女は夏服の首に巻いていたスカーフをひらひらと草の上に落とし、散らばっている錠剤を覆い隠した。何事もなかったような、落ちついた声音で彼女はいった。

「そりゃあ、ルパートが帰ってくれば、事情が変わるかもしれないけど――」

誰かがその言葉を聞いたら、私たち二人がずっとこんな調子で話しこんでいたように聞こえたことだろう。

テレサが近づいていった。

「あなたがた、カクテルでもいかが？」

私はもう少し手のかかる飲みものを提案した。テレサは家の方にもどろうとしてスカーフに気づき、何気なく拾いあげようと身をかがめかけた。するとイザベラがゆっくりした声でいった。

「そのままにしておいて下さいません？　そのスカーフの色、草の緑によくうつってとてもきれいですから」

テレサがにっこり笑って立ち去ると、私は言葉もなくイザベラの顔を見つめた。

「驚いたなあ。どうしてあんなことを？」

イザベラはきまり悪げに私の顔を眺めていった。

「このお薬、もしかしたらミセス・ノリーズがごらんにならない方がいいんじゃないかと思ったの」

「そのとおりですよ……」と私は苦々しい口調でいった。

回復に向かいはじめたとき、私は一つの計画を立てたのだった。すでにそのとき私は、他人に頼らずには暮らしていけない自分の惨めな状態をはっきり知っていた。そんな自分から逃れる手段を何とか手近に確保しておきたい、そんな気持ちであった。

鎮痛剤として医者がもっぱらモルヒネを打ってくれているあいだは何もできなかった。けれどもやがて注射に代わって、睡眠剤の水薬や錠剤が処方されるようになった。チャンス到来と私は喜んだ。はじめのうちはクロラールの水薬が処方されて私を大いにくさらせたが、ロバート夫婦と一緒に暮らすことになり、医者に診てもらう回数が減ると、錠剤が処方されるようになった——セコナールか、アミタールか、いずれにしろ、できるだけ薬なしですますようにといわれたが、どうしても眠れないときのために二錠だけは手もとに置くことを許された。私は不眠を訴えては新しい錠剤をもらって、少しずつストックをふやした。苦しい夜長を堪えながら、この苦界からの出口が広くなりつつあることをせめてもの慰めとして、私は辛抱した。こうしてしばらく前から私の手もとには、ひそかな目的のために充分すぎるほどの薬がたまっていたのであった。

しかしはじめの計画の達成とともに、あんなにも死を乞い願っていた気持ちがいつの間にか影をひそめているのに気づいた。もう少し待ってもいいと私は思った。もちろん永遠に待つ気はなかったが。

薬を草の上に落としたとき、数分というもの、私はせっかくの自分の計画が危険に瀕し、実現が遅れ、台なしになったのではないかとさえ思った。その破局からイザベラの機智が私を救ってくれたのだった。彼女はあらためて錠剤を拾って瓶の中にもどし、それを私に手渡した。

瓶を元の場所にしまうと私はほっと安堵の溜息をついた。そして「ありがとう、イザベラ」と心からいった。

彼女は何の好奇心も危惧の念も示さなかった。私の狼狽に目ざとく気づいて、私を救ってくれるだけの才覚はありながら。彼女を馬鹿ではないかと思ったことについて私は心に詫びた。この娘は馬鹿どころではない。しかしいったい、何を思って？　中の薬がアスピリンではないということはわかっているはずなのに？　私はその顔を見やったが、その表情からはおよそ何の手がかりも摑めなかった。わからない。どうもわからない。

ふと私は好奇心に駆られた。さっき彼女は私の知らない名前を口にした。

「さっきあなたがいったルパートって、誰です？」

「あたしの従兄ですの」

「セント・ルー卿のことですか？」

「ええ、そのうち、ここに帰ってくるかもわからないの。戦争中はずっとビルマにいたんですけど」ふと口をつぐみ、少ししてまた続けた。「これからはここで暮らすことになるかもしれないわ。お城はルパートのもので、あたしたちは借りているだけなんですから」

「どうして急に彼のことを持ち出したんです？」

「気軽におしゃべりをしていたように見える方がいいんじゃないかと思って、とっさにいってしまったの」ちょっと考えてから、そっと呟いた。

「でもたぶん――あの人のことをしょっちゅう考えているから、口に出たのかも」

9

それまでは単なる名前、漠然とした名称――セント・ルー城の不在城主の――にすぎなかったセント・ルー卿が、このときはじめて現実の存在となったのであった。私は彼のことをあれこれ考えた。

その午後レディー・トレシリアンが、「興味がおありになりはしないかと思って」と一冊の本を持って立ち寄ってくれた。チラリと見ただけで見当がついたのだが、それは私が関心をもつような種類の書物ではなかった。いってみればスマートな人生論で、のんびり寝ころんで高尚な思索にふけることによって世界をより明るく、よりよい場所に変えることができるといわんばかりだった。これまで母性本能を発揮する機会に恵まれなかったらしいレディー・トレシリアンは、このところしょっちゅう何かしら持って私を見舞うようになっていた。彼女は私が作家になるといいと思いこんでいるらしく、「作家修業二十四講」と銘打った通信講座のたぐいを、すでに少なくとも三種類ほども届けてくれていた。逆境にある人間を見過ごしにできぬ、気のいい婦人たちの一人なのだろう。

憎めない人だったが、その厚意にはいささか閉口で、私はできるだけ彼女に捕まらないようにつとめていた。テレサはときには協力的だったが、ときには私の顔を見やってにこっと笑い、私を運命の手に委ねて席をはずしたりもした。レディー・トレシリアンが帰った後で、ひどいじゃないかと私がテレサを責めると、たまには反対刺激剤もいいものだと澄ましているのだった。

その午後はちょうどテレサが選挙運動に出かけて留守だったので、どうあがいても逃げられそうになかった。

レディー・トレシリアンは腰をおろすとまずほっと溜息をついてご機嫌いかがと口を

切り、近ごろはとてもお元気そうでといった。これに対し私は、本をどうもありがとう、たいへん面白そうですねと神妙に答えて、それから二人で世間話をはじめたのだった。世間話といっても、もっぱら政治的な話題に落ちつくことになった。レディー・トレシリアンは彼女が出席した保守党主催の集会のことにふれ、ゲイブリエルが野次をいかに巧みにあしらったかを話して聞かせた。イギリスにとって現在何が必要か、あらゆる企業が国有化されたらどんな恐ろしいことになるかといった彼女の話、また、相手は手段を選ばないのだからこちらもよほど気をひきしめる必要があるという意見、牛乳市販協議会なるものについて農民がどう考えているか等々、三日前にいった見解とまったく同じ話だった。

ひとしきりしゃべってから、ちょっと沈黙し、レディー・トレシリアンはまた溜息をついて、それにしてもルパートが早く帰ってくればいいのだがと呟いた。

「そんな可能性もあるんですか?」と私は訊いた。

「ええ、ルパートはビルマで負傷しましてね——あの人の所属している第十四軍のことがほとんど新聞に載らないのは不都合な話じゃありません? とにかく今は入院しているんですが、いずれ休暇がもらえると思いますの。こちらにもあの人に決めてもらわなければならないことがたくさんありまして。これまでもわたしたちなりにできるだけのことはしてきましたけれど、情勢が目まぐるしく変化していますのでねえ」

税金その他の問題があるので、いずれは領地の一部を手放さなければならないということなのだろうと私は察した。

「海ぞいの土地は住宅地に適していますけれど、ちっちゃな、殺風景な家ばかり、これ以上建つのも考えものですから」

イースト・クリフの新興住宅地のことをおっしゃっているのだと思うが、あそこは芸術的センスのない建築家が建てたものらしく、おっしゃるとおり、感心しない——こう私がいうと夫人はまた続けた。

「あそこの土地も義兄の第七代セント・ルー卿が町に寄付したものなんですよ。町の人のためにと思ったんですけれど、保護条項を付けておきませんでしたので、町議会が宅地用に少しずつ払いさげてしまって。背信行為ですわ。義兄はそんなことになろうとは思いもしなかったんですから」

それにしてもセント・ルー卿はこの土地で暮らす気持ちがおありなのだろうかと私は訊いてみた。

「さあ。まだはっきりしたことは聞いていませんので」とレディー・トレシリアンはまた嘆息した。「そうだとよろしいんですがねえ。本当にそうだと——わたしたち、あの人とは十六のときに会ったのが最後でしてねえ。イートン在学中は休暇ごとに訪ねてきたものでした。母親はニュージーランド生まれで、チャーミングな人でしたっけ。でも夫がなくなると子どもを連れてニュージーランドの実家に帰ってしまったんですの。無理もないことですけれど。ルパートがやがては自分のものになるこの領地でずっと育っていればとわたしはいつも残念に思っていましたわ。おとなになってからではなかなか馴染めないでしょうから。もちろん、万事昔とは違ってきていますけど」

レディー・トレシリアンのやさしい丸い顔は気遣わしげだった。

「わたしたちもできるだけのことはしてきましたわ。でも相続税が法外で。イザベラの父親が第一次大戦で戦死しますと、城も住む者がなくなりましてね。どうせ誰かに貸すのならと、アディーとわたしとモードが三人して借り受けることにしたわけなんですの。ですからイザベラはずっとあの城を我が家のようにして育ってきたんですわ」

打ち明け話でもするように私に向かって傾けた年老いた顔には、やさしい表情が浮かんでいた。

「こんなこと申しあげると、センチな年寄りらしい、感傷的ないいぐさとお思いでしょうけれど、わたしどもみんな、いずれはイザベラとルパートが一緒になることを願っていますのよ――そうなればなにもかもめでたく解決するわけですから……」

私が黙っているので彼女はまた続けた。

「それはハンサムないい青年ですのよ、ルパートは。わたしたちにもよくしてくれましてね。それに昔からイザベラには特別な気持ちをもっているようでした。イザベラはそのころ十一でしたが、ルパートの後をどこへでもついて回って。アディーとわたしはいつも二人を眺めては、『もしもあの二人が将来――』っていいあったものでした。モードは従兄妹同士の結婚はよくないっていいますけれど、あの人はいつも血統がどうのこうのと大袈裟にいうたちですから。従兄妹同士の結婚でうまくいっている例もたくさんありますもの。カトリック教徒というわけではないんですから、特免とかを受ける必要もありませんしね」

ふたたび彼女は口をつぐんだ。その顔にはいかにも女らしい、うっとりとした表情が浮かんでいた。頭の中で若い人の縁結びを考えているときに女性の顔によく現われる表情だった。

「毎年、イザベラの誕生日を覚えていましてね、ルパートは。花を届けてよこしますの、欠かさず。心を打たれますわね、こういうやさしい気持ちの表現って。イザベラはとてもいい子で――セント・ルーをそりゃあ、愛していますのよ」レディー・トレシリアンは城の胸壁の方に目をやった。「二人があそこで一緒に暮らすようになりますとねえ…

…」その目には涙が浮かんでいた……

(「ますますお伽噺めいてきましたね」と私はその夜、テレサにいったものだった。「妖精の国の王子が王女の手を求めてやってくるっていうんですよ。いったい、我々はどういう世界に住んでいるんですかね？　グリムのお伽噺よろしくじゃありませんか」)

「お従兄さんのルパートのことを聞かせて下さいませんか」と私は次の日、イザベラにいった。

「お話しすること、べつにないと思いますけど」

「あなたはいつもルパートのことを考えているっていわれましたね？　そうなんですか？」

ちょっと考えてからイザベラは答えた。

「いいえ、あの人のことを考えるっていうんじゃなくて——あたしの心の中にあの人がいるってことなの。いつかはルパートと結婚する——そう思っていますから」

私の沈黙が気になるように、イザベラは振り向いた。

「こんなことをいうと、おかしいでしょうか？　あたしが十一でルパートが十六だったときから、あたしたち、ずっと会っていませんの。そのときルパートは、いつかきっともどってきて、あたしと結婚するっていったんです。あたし、そう信じてきました……今でもそう信じています」

「セント・ルー卿夫妻は結婚して海辺の城でいつまでも幸せに暮らしました――ですか？」

「そんなことにはならないとお思いになるの？」まるで私の意見が決定的な重要性をもっているかのように、真剣な表情でイザベラは私を見つめた。

私は深く息を吸いこんだ。

「いや、おそらくそうなるでしょう。めでたしめでたしのお伽噺そっくりに」

そのときミセス・ビガム・チャータリスがだしぬけに現われたので、私たちは急に現実に引きもどされた。彼女は大きな紙包を抱えていたが、それを投げだすように置いて、カーズレーク大尉に渡してくれといった。

「事務所にいると思いますが」といいかけるのを遮って彼女はいった。

「知っています――でも入って行きたくないんですよ。あの女と顔を合わせる気がしなくってね」

私自身もミセス・カーズレークは苦手だったが、ミセス・チャータリスの激しい語気に普段と違うものを感じて思わず見つめた。

イザベラも不審に思ったらしくすぐに訊ねた。

「どうかなさったの、モード叔母さま？」

ミセス・チャータリスは硬ばった顔でいきなり叫んだ。

「ルシンダが轢かれたんです」

ルシンダはミセス・チャータリスのひどくかわいがっている茶色のスパニエル犬だった。

ミセス・チャータリスは同情なんかしてもらいたくないというように冷ややかに私を見つめつつ、ますますつっけんどんな口調でいった。

「波止場で——急に突っこんできたんですよ、碌でもない観光客の車が——物凄いスピードでね——停まりもせずに走ってっちまいました。さ、イザベラ、失礼して帰りましょう」

私はお茶も同情もあえて提供しなかった。

「ルシンダは今どこにいますの？」とイザベラが訊ねた。

「バート獣医の所に連れて行ったのよ。ゲイブリエル少佐に手伝ってもらってね。親切にしてくれたわ、少佐は。とてもよくしてくれてね」

キャンキャン悲鳴をあげながら倒れているルシンダの傍らに、ミセス・チャータリスがかがみこんでいるところにゲイブリエルが通りかかったのだった。彼はすぐ身をかがめて、物慣れたやさしい指つきで犬の体を探って、いった。

「後ろ足にまるっきり力がありませんね――内傷があるんでしょう。すぐ獣医の所に連れて行かなければ」

「いつもはポルウィゼンのジョンソンさんを頼んでいるんです。犬を扱うことにかけては第一級ですからね。でもここからは遠いから――」

ゲイブリエルは頷いた。

「セント・ルーでいちばん腕のいい獣医は誰です？」

「ジェームズ・バートです。腕はいいけれど、いやな男でね、家の犬をあの人に任せる気はしません――預ける気になれないんです。大酒飲みだし。でもこのつい近くだから、ともかくもあそこに連れて行くことにしましょう。気をつけて抱いて下さい。嚙みつくかもしれませんよ」

ゲイブリエルは自信ありげにいった。

「大丈夫、私には嚙みつきませんよ」それからやさしくなだめるように犬に声をかけた。「いい子だ、もう心配ないよ、さあ」こういいながら両腕をそっと滑らすように、犬の下に差しいれた。騒ぎに集まってきた子どもや漁師、買物袋をさげた若い女たちが同情の嘆声を発して、あれこれと助言を呈した。

ミセス・ビガム・チャータリスは震える声で呟いた。「いい子ね、ルーシー、しっかりするのよ」ゲイブリエルに向かって彼女はいった。「ご親切にありがとうございます。バートの家はウェスタン・プレイスの角をちょっと曲がった所です」

それはヴィクトリア朝風の取り澄ました瓦葺きの家で、門に古びた真鍮の表札が掛かっていた。ドアをあけたのは二十八歳ばかりのなかなかの美人で、これがミセス・バートであった。ミセス・ビガム・チャータリスとは見知り越しの間柄らしく、彼女はすぐにいった。

「まあ、チャータリスの奥さま、申しわけございません、主人はちょうど出かけておりますの。あいにくと助手も出ていまして」

「いつごろ、お帰りになるんでしょうか？」

「主人の方はもうおっつけ帰ってくると思います。診療時間は九時から十時までと、二時から三時までですけれど――でもできるだけのことはすると思いますわ。どうしたんですの？　轢かれたんですか？」

「ええ、つい今しがた――自動車に」

「ひどいこと――このごろの車って物凄いスピードですもの。診察室にお連れ下さいます？」

やさしい、しかし上品に響くようにことさらに心を遣っているらしい声でミセス・バートはしゃべり続けた。一方ミセス・ビガム・チャータリスはルシンダの傍らに立ってその体を夢中で撫でさすっていた。化粧っ気のない、日に焼けたその顔は苦痛にひきつり、大して意味もないことを思いやり深く、少々どぎまぎした様子で話しかけているミリー・バートには上の空だった。

やがてミリーは、心当たりの農家に電話してバートが立ち寄っていないか、訊いてみようと席を立った。

電話は玄関のホールにあったのでゲイブリエルは一緒に部屋を出た。傷心のミセス・チャータリスをひとりにしておく方が親切だと考えたのである。彼はまったくよく気のつく男だった。

ミセス・バートはダイヤルを回し、電話に出た声を農場の女あるじのそれと認めていった。

「ああ、ホイッドンさんの奥さん、バートはそちらに伺っておりますか？　よろしかったらちょっと――ええ――」

少し間があった。何気なくミセス・バートを眺めていたゲイブリエルはその顔がさっと赤らみ、何となく尻ごみする様子が見えるのに気づいた。その声音もまた一変して、言いわけがましくおずおずと響いた。

「ごめんなさいね、ジム。いいえ——そうじゃあ——」電話の向こうで何をいっているのか、はっきり聞きとれはしなかったが、威張りくさった、耳障りな声をゲイブリエルは耳にとめた。

「お城のミセス・ミリー・バートはますます言いわけがましい言葉つきでいった。

ええ、ここにいらしてますの」

ふたたびさっと顔を赤らめてミリー・バートは受話器を置いた。しかしその前にゲイブリエルは「なぜ、それを早くいわない？　馬鹿野郎！」と怒ったように怒鳴りつける声を、洩れ聞いていたのだった。

一瞬の気まずい沈黙があった。ゲイブリエルはミセス・バートを気の毒に思った。小ぎれいな、おとなしいこの女は夫を怖がっているのだ。彼は持ちまえの誠実そうな、親しみぶかい声音でいった。

「ご親切に電話して下さってありがとうございました、奥さん」こういってにっこりほほえみかけるとミリーはすぐに答えた。

「そんなこと、何でもありませんわ、ゲイブリエル少佐でいらっしゃいましょう？」セント・ルーの話題の人が彼女の家に現われたというので、ミリーはほんの少しだが興奮していた。「先夜の会館での講演会にはあたしも出席しましたわ」

「それはどうも」

「当選なさるといいですわね――いえ、もちろん当選なさると思っていますけど。ウィルブレアムさんにはみんなすっかり倦きていますから。第一、この土地の人じゃありませんのよ。コーンワル人じゃないんですから」

「それは私も同じことですがね」

「あら、でも、あなたは――」

ルシンダの茶色い目にどこか似たまなざしでミリーはゲイブリエルを見つめた。英雄に対する憧れのまなざしであった。彼女の髪も茶色――というより美しいつやのある栗色だった。少し口を開いてミリーはジョン・ゲイブリエルを見つめていた。彼女は戦場における彼を心の目で見ていたのである。熱砂の沙漠、雨霰と飛びかう弾丸、血、よろめきながら歩いている勇者……それは前の週に彼女が映画で観たシーンそっくりだった。

勇敢な英雄、それでいて親切で、気取らない人！

ゲイブリエルはせいぜい気さくに彼女に話しかけていた。彼女が診察室にもどり、いっそほっておいてほしいと思っている気の毒なミセス・チャータリスに何やかやと話しかけたりしないようにと慮ったからだった。ルシンダというあの犬はたぶんもうだめだろうと彼は思っていた。だからなおのこと、ミセス・チャータリスをそっとしておいてやりたかったのであった。美しい牝犬で、まだ三、四歳だろう。このミリー・バートは悪気のないやさしい婦人だが、何とか同情を言葉で表わそうと、自動車に轢かれる犬が近ごろは年間たいへんな数にのぼるとか何とか、愚にもつかないことをいうに違いない。ルシンダを美しい犬だと褒めたり、ミセス・チャータリスのほしくもないお茶を勧めたりしないともかぎらない。

そう思ったので、ゲイブリエルはミリー・バートを相手にひとしきり立話をし、冗談口をとばした。彼女はすぐ話に乗って美しい歯並とかわいらしいえくぼを見せて笑った。生き生きとした、興奮した声で彼女が受け答えしていたとき、ドアがぱっとあいて乗馬用の長靴をはいたずんぐりした男が入ってきた。

とたんにミリーが怯えたような顔になったので、ゲイブリエルは驚いた。

「ああ、ジム、お帰りなさい」と彼女はへどもどしながら叫んだ。「こちら、ゲイブリエル少佐ですわ」

ジェームズ・バートは素っ気なく頷いた。

「ミセス・チャータリスは診察室にいらっしゃいます、怪我をした犬と一緒に」

バートはいきなりいった。

「診察室にはよけいな人間はいれるなといったろう？　何回いったらわかるんだ、この間抜け女！」

「じゃあ、あたし、そういってきます」

「もういい、おれがいう」

肩先で妻を押しのけて、バートはずかずかと診察室に入って行った。

ミリー・バートは慌てて目をしばたたき、溢れかけた涙を押し隠して、お茶はいかがですかとゲイブリエルにいった。

ミリー・バートが気の毒でならず、その夫をつくづく無礼な、いやな男だと思ったので、ゲイブリエルはお茶をもらうことにした。

これが二人の最初の出会いだった。

10

その翌日――それとも翌々日だったか――テレサがミセス・バートを私の居間に案内

した。

「義弟のヒューですの。ヒュー、こちら、バートさんの奥さまよ。ご親切にわたしたちを手伝って下さるんですって」

「わたしたち」とはもちろん個人的な意味ではなく、保守党のことであった。

私はテレサの顔をじろりと見やった。しかし彼女は睫毛一本動かさずに澄ましかえっていた。ミセス・バートはすでに女らしい同情のこもった、やさしい茶色の目で私を思いやり深く見守っていた。私がたまさか自己憐憫にふけることがあったとしても、こうした目で眺められることはそのような愚をさっぱり振りきるこのうえないきっかけになったろう。ミセス・バートのまなざしにこもる、善意に満ちみちた思いやりの前に私は無力だった。テレサは不届きしごくにも私をこの新来の客と二人だけにして引きさがってしまったのである。

ミセス・バートは病人を楽しいおしゃべりで慰めてやろうという思いいれよろしく、私の寝椅子の脇に座を占めた。自意識とどうしようもなく惨めな気持ちを何とか抑えると、私は彼女の親切心を認めざるを得なかった。

「あたし、今度の選挙について、めいめいができるだけのことをしなくてはいけないと思うようになりましたの。といっても大したことはできそうにありませんけれど。あまり賢くないし、人前でお話しすることなんて、とんでもないことですわ。でもさっきもお義姉さまに申しあげたんですけど、事務上のお手伝いや、リーフレットを配ったりすることならできますわ。先だっての講演会でゲイブリエル少佐が女性の役割についておっしゃったこと、とてもすばらしいと思いますの。これまで自分がたいへんな怠け者だったような気がして。ゲイブリエル少佐は本当に立派なお話をなさいますわね、そうお思いになりません？　あら、つい忘れていましたわ、もちろんあなたは——」

　いわでものことをいってしまったと慌てる様子が気の毒だった。狼狽したように私を打ち見る彼女に、私は急いで助け船を出した。

「ドリル記念会堂の第一声は私も聞きました。予期どおりの効果をあげたようですね」

　私の言葉にこもった皮肉に、彼女はまったく気づかなかった。思いをこめて彼女はいった。

「何てすばらしい方でしょうね、ゲイブリエル少佐って」

「みなさんにそう考えていただくことこそ、我々の——まあ、願っているところでしてね」

「だってそう思うのが当然でございましょう」とミリー・バートはいった。「つまり——

——あんな方がセント・ルーから出て下されば、たいへんな違いですわ。本当に男らしい方、従軍して実際に戦った方なんですもの。ウィルブレアムさんも悪い人じゃありませんけど、でも社会主義者って変人が多いんじゃないでしょうか？　それに先生か何かでしょう？　ゲイブリエル少佐とではまるで違いますわ――どこか、線が弱い感じですし、馬鹿に気取った声で。これまでもろくな仕事はしてないようですし」

私は選挙民の声として彼女の意見を興味をもって傾聴し、その点、ジョン・ゲイブリエルはたしかにいろいろなことをやったようだといった。

ミセス・バートは頬を染めて熱心な口調でいった。

「ゲイブリエル少佐はイギリス陸軍切っての勇敢な将校でしたとかって。ヴィクトリア勲章を幾つもらってもいいくらいのことをなさったんですってねえ」

どうやらゲイブリエルは自分を売りこむことに成功したらしいと私は思った。もっともこれがミセス・バートの個人的な感情でないとすればだが。頬を紅潮させ、茶色の目に英雄崇拝的な光をたたえているミリー・バートは、たいへんかわいらしく見えた。

「あの方、ミセス・ビガム・チャータリスと一緒に家にいらしたんですの。チャータリスさんのお宅の犬が轢かれたとき。ご親切な方ですわね？　とても心を痛めておいでになりましたわ」

「自分でも犬が好きなんでしょう、おおかた」と私は答えた。

そんなありきたりの返事では、ミリー・バートは満足しなかった。

「いいえ、それはあの方がご親切だからですわ、たいへんに。それにちっとも気取らない、気持ちのいい話しかたをなさいますのね」ちょっと言葉を切って彼女はまた続けた。「あたし、恥ずかしくって。これまであまりお手伝いしなかったことを思いますとね。もちろん、いつだって保守党に票をいれてきましたけど、ただ投票するだけじゃ、充分とはいえませんから。そうじゃありません？」

「それは考えようでしょうがね」と私は答えた。

「ですから、今度は何かお手伝いしなくちゃいけない、そう考えまして、あたしにもできることがないものか、カーズレーク大尉に伺おうと思ってまいったようなわけですの。暇はかなりあります。バートは忙しくて診察時間のほかはほとんど外出していますし――子どももいないものですから」

茶色の目の表情がちょっと曇るのを見てとって、私は気の毒に思った。この人は子どもを持つべき人だ。どんなにかいいお母さんになるだろうに。

ここでいったんジョン・ゲイブリエルについての話を打ち切って私に向けた彼女の表情は、依然として母性的だった。

「たしかアラメインで負傷なさったとかって？」

「いや」と私はかっとなっていった。「ハロー・ロードですよ」

「あら」と彼女はびっくりしたようにいった。「でもゲイブリエル少佐のお話ですと——

——」

「あの男なら、どんなでたらめもいいかねませんよ。一言も信じない方が無事です」

ミリー・バートはあやふやな微笑を浮かべた。冗談をいっているらしいが、自分にはよくわからないという表情だった。

「でもとてもお元気そうだわ」と彼女は力づけるようにいった。

「それどころか、すっかりクサっているんです」

彼女は思い深く呟いた。

「心からお気の毒に思いますわ、ノリーズ大尉」

真正面から同情されてますますかっとなった私は何をしでかすかわからない精神状態だったのだが、運よくそのときドアがあいて、カーズレークとゲイブリエルが入ってきた。

ゲイブリエルは自分の役どころを然るべく心得ていた。ぱっとうれしげに顔を輝かし、つかつかと歩みよって叫んだ。

「やあ、バートさん、よくいらして下さいましたねえ！　ありがとうございます」

ミリー・バートはうれしそうな、しかし幾分恥ずかしげな表情を見せた。

「本当いってゲイブリエル少佐——あたくしなんぞお役にも立たないと思いますけど。でも何かお手伝いしたくって」

「いや、手伝っていただきますとも。さんざんこき使われるということにもなりかねませんよ」彼女の手をまだ離さずに醜い顔いっぱいに笑いを浮かべている彼を眺めながら、私はこの男のもつ魅力と磁力を感じていた。ミリー・バートは私にましてそれを感じているらしく、声をたてて笑い、顔を赤らめた。

「できるだけのことをさせていただくつもりですわ。国民がチャーチル氏を支持していることを示す、いい機会じゃありません？」

チャーチル氏よりジョン・ゲイブリエルを人々が支持し、彼に圧倒的な勝利を得させることこそ目下の急務なのだと私はミリーにいってやりたく思った。しかし、ゲイブリエルは「その通りですよ」と心から答えた。「近ごろでは選挙の大勢を左右するのはご婦人方ですからね。女性がそのもてる力を有効に用いさえすれば——」

「ええ、わかりますわ」と彼女は真面目な面持ちで答えた。「ただ女は関心が薄くて」

「結局のところ、どの候補者も似たりよったりで、あまり変わりばえしませんからね」

「まあ、そんなこと、ありませんわ、ゲイブリエル少佐」と彼女はショックを感じたようにいった。「もちろん、たいへんな違いでしてよ」

「そうですとも、奥さん」とカーズレークがここで口をはさんだ。「このゲイブリエル少佐がひとたび議席を得れば、目ざましい働きをしますよ」

私はよっぽど「そりゃ、どうかな」といいたかったが、かろうじて自制した。カーズレークはミリー・バートにリーフレット配布か、タイピングか、とにかく何かちょっとした用事をあてがうために連れだって出て行った。ドアが締まるとゲイブリエルは呟いた。

「かわいらしい、いい感じの婦人だな」

「うまく手なずけたものだよ、きみも」と私はいってやった。

彼は眉を寄せて私を見た。

「よせよ、ノリーズ。おれはミセス・バートに好感をもっているし、心底気の毒にも思っている。あれでなかなか苦労しているんだよ、彼女は」

「あまり幸せそうに見えないのはたしかだね」

「バートって男は、じつに冷酷ないやな奴だよ、飲んだくれで。手荒なこともするんじゃないかと思うね。昨日気がついたんだが、腕に二カ所ばかりひどいあざができていた。殴ることもあるらしい。おれはそういったたぐいのことにはすぐかっとなるたちでね」

ゲイブリエルは私の驚いたような表情に気づいて、大きく頷いた。「こいつは見せかけだけじゃないぜ。残酷な行為にはおれは我慢できないんだ……か弱い女性のおくる忍従の生活というやつについて、きみは考えたことがあるのかね？　彼女たちはじっと堪えている。他人には愚痴一つこぼさずに」

「法律に訴えることだってできるんじゃないかね？」

「そりゃ、最後の手段だよ、ノリーズ。常習的な弱い者いじめ。鼻であしらう意地悪さ。酒を少し過ごすと暴力もふるいかねない——そういった扱いに対して女にいったい何ができる？　じっと我慢して黙って苦しむだけさ。ミリー・バートのように自分の金をもたない女は夫と別れてどこに行くあてもないんだ。親類は事なかれ主義だし、彼女たちは孤独だ。誰も指一本動かしてくれやしない」

「ふむ——なるほどね……」私はゲイブリエルの顔をつくづくと眺めた。「それにしても馬鹿に興奮しているじゃないか」

「おれにだってちょっとした同情心ぐらい、あっても不思議はないだろう？　おれはあのひとが好きだ。気の毒に思っているよ。何とかしてやりたいが——おれにできることはおそらく何もあるまい」

私は落ちつかぬ思いで身動きをした。というよりも身動きをしようとした——とたんに不自由な体に鋭い痛みが走った。けれどもその苦痛とともにもっと微妙な追憶の痛みが胸をついていた。私はふたたびコーンワルからロンドンに向かう列車内に坐り、スープ皿に涙が滴るのを見ていたのであった……

そんなふうにして事は起こるのだ――思いもよらぬ筋道をたどって。憐憫の情にほだされることから人は生の火矢に曝されることになる。その結果、人は――どこに自らを見出すのか？　私の場合は無為の寝椅子の生活に、私を嘲り笑う過去に悩まされる朝夕へと……

私は唐突にいった（私の頭の中にある連想があったからなのだが）。

「キングズ・アームズにいるとかいった、ちょっとイカす女の子はどうした？」

ゲイブリエルはニヤリと笑った。

「心配いらんよ。これでおれは慎重だからな。ここにいるあいだはお役目大事さ」と溜息を洩らした。

「残念千万ではあるね。おれにはうってつけのタイプなんだが――まあ、何もかも手にいれることはできないんだし。保守党に煮え湯を飲ませるわけにもいくまいからねえ」

保守党はそんなふうに私生活にもうるさいのかと私が訊ねるとゲイブリエルは、セント・ルーには強烈なピューリタン精神がある、漁師などはとくに信心深いといった。

「港々に女ありっていうんじゃないのか？」

「それは海軍さ。混同しちゃいけない」

「とにかくきみも公私混同せんこったな。キングズ・アームズの女の子や、あのミセス・バートと妙なかかり合いにならんように」

私には意外だったのだが、ゲイブリエルはむきになった。

「おいおい、妙なかんぐりはやめろ！　ミセス・バートはちゃんとした女性だよ——しかもとてもいい人だ」

私はその顔をつくづくと見返した。

「あの人にかぎっておかしな真似はしないよ」

「そうだろうな」と私は頷いた。「ただきみをひどく崇拝しているからね」

「そりゃ、ヴィクトリア勲章と例の波止場の一件、そのほか種々さまざまな噂のお蔭さ」

「そうそう、そのことを訊こうと思っていたんだ。いったい噂をひろめているのは誰なんだい？」

彼はウィンクをした。

「噂ってな、調法なものでね。ウィルブレアムはかわいそうに顔色ないよ」

「誰が火付け役だ？　カーズレークか？」

　ゲイブリエルは首を振った。

「いや、カーズレークじゃない。あの男は要領が悪くて、とてもだめだ。おれは一から十まで自分でやらなきゃならなかったんだ」

　私は思わず噴きだした。

「というと、きみはぬけぬけと、自分ならその気になればヴィクトリア勲章を三つも物にできたはずだなんて、自分でいってまわったのかね？」

「まさか、そんなことはしないさ。おれは女を使ったよ。それもあまりお頭《つむ》のよくないご婦人方を選んで、むりやり真相を引き出されたって恰好にして、おれが困却つかまつり、どうかご内聞にと頼むと、それがまた奥ゆかしいということになってね。彼女たちからその親友に伝わり、それからそれへ……ってなわけさ」

「破廉恥な男だよ、きみはまったく」

「選挙戦だぜ。おれの将来ってものを考えなくちゃならんからな。今いったようなことはね、関税とか、賠償、平等な俸給といった問題に対する候補者個人の意見以上に重大な意味をもっているんだ。女ってやつは個人的色彩を求めるからな」

「それで思い出した。何だってまたミセス・バートに、ぼくがアラメインで負傷したなんて嘘っぱちをいったんだね？」

ゲイブリエルは溜息をついた。

「きみはおおかた彼女に幻滅の悲哀を味わわせたんだろうな。よしゃあ、いいのに。儲けられるあいだにせいぜい儲けをあげるこった。英雄は今のところ、ひどく点を稼いでいるからな。そのうちには人気が落ちるだろうから、まあ、今のうちだ」

「根拠のない人気でもかね？」

「女に本当のことをいう必要はないよ。おれならいわないね、けっして。また、先方も好まないよ。試してみりゃ、すぐわかるが」

「本当のことをいわないのと、故意に嘘をつくのとでは、いささか違うんじゃないか？」

「嘘をつく必要はない。嘘はきみにかわっておれがついておいたよ。きみはただ『くだらない……そりゃ、まったく違いますよ……ゲイブリエルも余計なことをいったものだ……』とか何とか口の中で呟くだけで、取ってつけたように天気のこととか、鰯漁のこと、ロシアの内情なんぞについてしゃべりだせばいいんだ。きみが打ち消せば打ち消すほど、女の子は目をまるくして、どこかに飛んで行って、きみのことを弁じたててくれるって寸法さ。呆れたね、きみもちっとは面白い思いをしたいとは思わないのかね？」

「当節、面白いことなんてあるものか」

「そうさな、きみの場合、女の子と寝るってわけにもいかないだろうし――」と例によってゲイブリエルは遠慮のないことをいった。「しかし、美談ってやつも悪くないぜ。女にちやほやされたくないのかい、きみは？」

「いいや」

「ほう――おれならいつでも大歓迎だが」

「さあ、どうかな、それは」

ゲイブリエルはちょっと顔を曇らせてゆっくりいった。

「きみのいうとおりかもしれない……考えてみりゃ、自分を知りぬいている人間なんていないんだろうから……おれはジョン・ゲイブリエルについてかなりよく知っているつもりでいる。ところがきみは暗に、本当いっておれには自分自身がわかっていないんじゃないかといっている。こちらはジョン・ゲイブリエル少佐です――まだお会いになったことはないと思いますが……」

ゲイブリエルは部屋の中をせかせかと歩きまわった。私の言葉が彼の心の奥底にひそむ不安を刺激したのだろうか。彼は、まるで――何かに怯えている小さな子どものように見えた。

「いいや、そんなことはない」と彼はいった。「それはとんでもない見当違いだよ。おれにはジョン・ゲイブリエルという人間がよくわかっている。それだけはね。ときにはわからない方がどんなにいいかとさえ思うが。自分がどんな人間か、何ができるかということを、おれははっきり見きわめている。他人に尻尾をつかませないように気をつけてもいるよ。自分がどこからきてどこへ行くか、何を望んでいるか——おれはちゃんと知っているし、望みのものをきっと手にいれる気でいる。かなり綿密に計画を立てたから、万に一つもどじを踏むことはないだろう」ちょっと考えてからまた彼は付け加えた。「大丈夫、手抜かりはないよ。おれは必ず到達してみせる、自分の望んだところにね」

その断乎たる声音に私は興味をそそられた。ほんの一瞬だが、私はこのジョン・ゲイブリエルという男は単なる大法螺吹きではなく、途方もなく強力な個性をもった大人物かもしれないと考えたのであった。

「なるほど、きみの望みとはそういうことなのか」と私はいった。「ふむ——おそらく、きみは手にいれることができるだろう」

「手にいれるって、何をだい？」

「権力さ。それこそきみの目ざすところなんだろう？」

ゲイブリエルは私の顔を見つめ、それからどっと笑いだした。

「冗談じゃない！　おれを何だと思ってるんだ？　ヒトラーか？　権力なんぞには、おれは用はない。人間同胞を支配したり、この世界に君臨しようなんていう野心は持ちあわせていないよ。いったいおれが何のためにこのお祭り騒ぎに乗りだしたと思う？　権力が聞いて呆れらあ！　おれが手にいれたいと思っているのは、楽な仕事口さ」

私はその顔を見返した。失望を禁じ得なかったのである。僅かのあいだにしろ、耳目を聳動させる偉大な人物とさえ思われたこの男は、今やふたたび一介のジョン・ゲイブリエルにもどっていた。彼は椅子に身を投げだして両足を伸ばした。そして私は魅力を取り去った、ありのままの彼を見たのだった。下品な、ちっぽけな、野卑な——貪欲な小男を。

「おれがまさにそれだけしか望んでいないのは、いっそ感謝すべきことなんだぜ」と彼はいった。「私利私欲を求める人間は無害だよ——この世界にはそうした人間をいれる余地は充分ある。支配者として、まずいただける。その一方、何かの理想にとりつかれている人間に支配される国こそ、気の毒なものだ！　高級な思想に燃やされている人物は人民を搾取し、子どもを飢えさせ、女たちを打ちひしぐ。自分たちがそんなことをしているとは夢にも悟らずに——いや、知ったところで歯牙にもかけやしない。だが利己的な、強欲な人間は大した害悪は及ぼさない。自分の小さな一隅が居心地がよければ、それでいいんで、それさえ確保できれば平均的な庶民が幸福な満足した生活を送っているのは甚だ結構なことだと考えているからね。いや、実際のところ、その方がいいと思っているくらいだ。それだけ揉めごとが減るからな。たいていの人間がどういうことを求めているか、おれには見当がつく。なに、大したことじゃない。自分がちょっとした重要人物だという感じ、ほかの人間より少しはましな場所にいるという意識、人にやたらと顎で使われずにすむこと、まあ、そんなところさ。見ていろよ、ノリーズ、労働党が選挙で勝利を博した暁には、この点、きっと大きなやり損ないをするぜ」

「万一勝利を博したら——だろう?」

「いや、勝つにきまっているさ」とゲイブリエルはそれはもうわかりきったことだといわんばかりにいった。「彼らがどこで過ちをおかすか、それをきみに話してやろう。奴さんたちはまず民衆をこづきまわすだろうね。それもまったく何の悪気もなしにだよ。生えぬきの保守党員でない連中にはどうしようもない変物が多い。神よ、そうした連中から我々を守りたまえだ! 高潔な思想に燃やされている、偏執的な男が遵法精神に富んだ国民に加え得る危害は驚くべきものだよ」

「つまり、国民にとって何がよいことかを心得ている人間、それがきみだといいたいんだろうね」

「とんでもない。おれはこのジョン・ゲイブリエルにとって何が得か、知っているだけさ。おれはイギリスを実験動物扱いにはしないよ。自分のことを考え、自分のために居心地のいい穴を掘ることで手いっぱいだからな。総理大臣になりたいなんて、これっぱかしも考えるものか」

「驚いたな」

「間違っちゃあいけないぜ、ノリーズ、おれはその気になれば総理大臣にだってなれる男だと思うよ。人の聞きたがっていることが何であるかを研究し、それを相手にいってやることでどんなに多くが達成できるか、こいつは驚くべきものだぜ、だが総理大臣なんぞになると、余計な気苦労を背負いこむし、第一あくせく働かなければならないからな。おれはただ名をあげたいだけでね——」

「それにしても収入の方はどうなんだ？　年六百ポンドの歳費じゃ、大したことはあるまい？」

「労働党が勝てば歳費も当然あがるだろうよ。千ポンドにはなるかもしれない。しかし、いっておくが、政治家には金儲けの方法は限りなくあるものさ。いかがわしい儲けにしろ、まともなものにしろ。そうそう、結婚という手もある——」

「結婚についても、もう考えているのか。貴族の娘とかね？」

どういうわけだか、ゲイブリエルはさっと顔を赤らめて、「いや」と激しく否定した。

「自分の階級以外のところから相手を選ぼうとは思わないね。そうとも、おれは自分の属している階級を知っている。おれは紳士じゃない」

「紳士なんて言葉に、当節、何か意味があるのかね？」と私は疑わしげにいった。

「単なる言葉としてはね。だが言葉の意味する実体はいまだにちゃんと存在しているよ」

こういって彼はじっと自分の前を凝視した。ややあってまた口を開いたとき、その声は、夢でも見たようにぼんやりと思い深げだった。

「昔、おやじと一緒に大きな邸に行ったことがあった。おやじが台所のボイラーを修理しているあいだ、おれは家の外でぶらぶらしながら待っていた。女の子が出てきておれに話しかけた。おれより一つか二つ年上のとてもいい子だった。その子はおれを庭に連れて行ってくれた――すごい庭だったっけ。噴水、テラス、大きなヒマラヤ杉、ビロードを敷きつめたような芝生。女の子の弟もいて、三人で隠れんぼをして遊んだ。興に乗ってきゃっきゃっと笑い騒いでいるとナニーがきた。糊のごわごわきいたエプロンをつけたお仕着せ姿でね。パム――というのが女の子の名だった――が、踊るような足どりでナニーに近づいて、おれと一緒に子ども部屋でおやつを食べるといった。

おつにすましたそのナニーの顔が今もありありと目に浮かぶよ――気取った声でこういったもんだ。

『それはいけませんわ。あの子はただの平民の子どもでございますからね』」

ゲイブリエルは言葉を切った。私はショックを感じ、そうした無意識の、考えなしの残酷さの加え得る傷の恐ろしさに戦慄した。この男は以来、そのナニーの声をたえず耳の底に留め、その顔を瞼の裏に刻みつけてきたのだ……その日……彼は骨の髄まで傷つけられたのだ。

「しかしねえ」と私はいった。「子どもたちの母親がそういったってわけじゃないんだろう？　だって残酷だってことを別にしても、そんなことをいうのはひどく――嗜みのない話じゃないか」

彼は青ざめた、思いこんだ顔を私に向けていった。

「きみにはわからないんだよ、ノリーズ。もちろん育ちのいい女はそんなことはいわないだろう――もっと思いやりがあったろうよ。だがそれが本当だという事実は変わらない。おれは平民の小伜さ。昔も今も。平民の小伜のまま死ぬのさ」

「馬鹿なことを！　第一、なぜ、そんなことが問題になるんだ？」

「問題じゃあない、今ではね。近ごろでは紳士でない方が都合がいいくらいだからな。

身分の高い親類をもち、そのくせ食うや食わずの貴族連中、おつに澄ましかえっているだけ哀れを誘う紳士淑女は、今日ではむしろ笑いものにされている。現代人が何かを鼻にかけるとすれば、教育だろうね。教育が、身分に代わって盲目的崇拝の対象になっている。しかし厄介なことにはだな、ノリーズ、このおれ自身が平民の小倅でありたくないんだよ。その日、おれは家に帰るとおやじにいった。『父ちゃん、おれ、大きくなったら貴族になりたいよ。ジョン・ゲイブリエル卿っていわれたいんだ』って。『そりゃだめだな』とおやじはいった。『貴族に生まれなくっちゃ、ああいう貴族にはなれないんだ。おまえがゆくゆく金持ちにでもなれば貴族にしてもらえるかもしれないが、それは同じことじゃあない』まったくそのとおりさ。おれがとうてい持つことのできない何かがあるんだ。いや、称号じゃあない。まあ、自信を身につけて生まれるということかな——何をするにしても、いうにしても、ちゃんと心得ている——不躾なことをするのも承知のうえで、単に暑いからとか、気分がすぐれないからとか、誰にも負けないということを誇示したいから、礼を欠くなどということがない——それを貴族というんだろう。カラーの下で大汗をかき、人の思惑ばかりたえず気になるなどということなしに、相手をどう評価してやろうかということに注意を集中できる人間。自分が一風変わっていようと、見すぼらしかろうと、奇妙だろうと平気なもので、自分は自分なんだからと自負している……」

「つまりあのレディー・セント・ルーのように？」

「糞いまいましい、あの老いぼれ猫め！」

と口走ったゲイブリエルの顔を私はつくづくと打ち眺めた。

「きみは興味津々たる人間だよ、ゲイブリエル」

「こんな気持ちをもっている人間がいるなんて本当とも思えんだろう？　きみにはおれのいっている意味がわかっていない。わかっているつもりだろうが――これっぱかしもわかっちゃいないよ」

「何かあるとは思っていた」と私はゆっくり呟いた。「ずっと昔に起こったショッキングな出来事――子どもの時分に受けた痛手から回復していないということなんだろうな」

「心理分析なんぞ、よしてくれ！」とゲイブリエルは吐き捨てるようにいった。「しかし、わかるだろう？　ミリー・バートのように心のやさしい女と話をするとき、なぜおれが幸せを感ずるか。おれが結婚しようと思うのはああいった女だよ。もちろん金もなくちゃあ困る――しかし金のあるなしにかかわらず、おれは自分自身の階級の女を選ぶね。貴族らしく気取った馬面の女の子と結婚して、高貴な妻にふさわしくあろうと背伸びして一生を送るんじゃ、まるで地獄の責苦だろうじゃないか？」

ふと言葉を切り、彼は唐突に訊ねた。

「きみはイタリアに行ったことがあるんだろう？　ピサへは行ったかね？」

「ああ——数年前に」

「たしかピサだったと思うが……壁画があるんだ——天国と地獄と煉獄の。地獄っての はなかなか愉快な図でね、小悪魔どもが干草用の熊手みたいなやつで哀れな罪人どもを 押しまくっていたっけ。天国は壁画の上の部分を占めている——祝福された者たちとや らがひとりよがりな、気取った表情を浮かべて木の下に並んで坐っていた。あの売女ど も！　地獄についてはなにひとつ知らないやつらさ——地獄墜ちの極道どもについても——いや、何についても、まるで知っちゃあいない！　ただそこにぺったり坐って、へど をもよおすような自己満足いっぱいのニヤニヤ笑いを浮かべているだけだ——」ますま す激昂した語調で彼は叫んだ。「おれはやつらを木の下から、彼らの至福の境地から引 きずり出して、地獄の業火の中に投げこんでやりたいと思うよ！　身悶えするのを無理 やり抑えつけて、業火の熱さをひしひしと感じさせたい、苦しませてやりたいね！　苦 しみの何たるかを知らないなんて、やつらにどんな生得の権利があるんだ？　やつらは そこに、にやついた顔で坐っている。何ものにも平安を乱されることなく……その頭は星々のあいだに……そうだ、天空の星のあいだに聳えている……」

　ゲイブリエルは声を落として立ちあがった。その目は私を超えて遠くを見つめていた……何かを探り求めているような、焦点の定まらぬまなざしであった。

「星々のあいだに……」と彼はもう一度呟いた。

　突然彼は笑いだした。

「気の毒したたな、きみに世迷言を聞かせてもはじまらんのに。しかし、結局のところ、そう悪いことでもないやな？　ハロー・ロードの一件で廃人になったかもしれないが、きみでもまだ使い道はあるってわけだ――つまりおれがしゃべりたいときに耳を傾けるっていう……これからもいろいろな人間がきみを相手に打ち明け話をすると思うね」

「すでにしばしば、そうした役割をつとめさせられているよ」

「なぜだか、わかるか？　きみが特別思いやり深い、すばらしい聞き手だからなんて理由じゃない。きみがほかのことにはまるっきり役に立たない男だからさ」

　彼は首をちょっとかしげて立ちあがった。怒りの色がいまだに残っているその目は、私の様子をじっと窺っていた。私を傷つけたいと思ったのだろうが、結果は反対だった。私は自分の頭の中だけで考えていたことが言葉に表わされるのを聞いて、何がなし、胸がスカッとするのを覚えていたのであった。

「なぜ、きみがあっさりこの世からおさらばしないのか、おれは不思議でしようがないよ。手だてがないからかね？」

「手だてはあるよ」と私はいって例の薬瓶を握りしめた。

「なるほど」と彼はいった。「思ったより勇気はあるんだな」

11

翌朝ミセス・カーズレークがやってきて、しばらく話しこんで行った。前にもいったように私は彼女が嫌いだった。痩せぎすの浅黒い顔の婦人で、意地の悪いことを平気でいった。ポルノース・ハウスに滞在していたあいだ中、私はミセス・カーズレークが人を褒めるのを一度も聞いたことがないと思う。ときたま面白半分、私は次から次へといろいろな人の名をあげ、彼女のはじめの甘ったるい褒め言葉がしだいに針を含みはじめる瞬間を待ち受けたものだった。

ミリー・バートが槍玉にあがっていた。

「かわいらしい人ですわ。役に立とうとそりゃ一生懸命で。もちろんあまり気が利かないし、政治的にも啓蒙されていないのは残念なことですけど。ああいった階級の女の人は、概して政治的に目覚めていませんからね」

ミリー・バートとミセス・カーズレークは同じ階級に属するというのが私の受けた印象だったので、彼女を怒らせてみたくもあって、わざといってみた。

「つまり、テレサのようにですか？」

ミセス・カーズレークはとんでもないといわんばかりの顔をした。

「あら、だってノリーズさんの奥さまはとてもお頭《つむ》がよくていらっしゃいますわ」それから例によってちくりと毒のある言葉で――「ときにはお利巧すぎて、あたくしなんぞじゃ、お相手できないくらいですわ。あたくしたちを軽蔑していらっしゃるんじゃないかと思うことさえありますのよ。知的な女の方って、とかく自分のことにかまけてることがよくありますわねえ。もちろん、ミセス・ノリーズが利己主義だなんて、そんなことをいってるんじゃありませんのよ、あたくし――」

それからふたたびミリー・バートのことに話題をもどしていった。

「でもミセス・バートの場合、何かすることがあるのはいいことですわ。あの方、とても不幸な生活を送っていらっしゃるんじゃないかと思いますの」

「それは気の毒ですね」

「バートって男はますますひどくなる一方ですわ。キングズ・アームズに閉店時間ぎりぎりまでとぐろを巻いていて、千鳥足で出てきますのよ、毎晩のように。酒場も酒場ですわ。なぜ、あんな男に酒を出すんでしょうかねえ。それにあの人、ときによるとずいぶん乱暴をするらしいんですの——近所では評判ですわ。奥さんはとても怖がっていますのよ、あの人のことを」

ミセス・カーズレークの鼻のてっぺんがぴりぴりっと震えた——内心うれしがっているんだろうと私は察した。

「そんな目に遭いながら、なぜ、出て行かないんですかね？」

ミセス・カーズレークは呆れたような表情でいった。

「まあ、ノリーズ大尉、そんなこと、できるわけがありませんわ！　出て行くって、どこに行きますの？　身寄りもないんですから。あたくし、ときどき思いましたのよ、あの人に同情をいだくような青年でも現われたらどんなことになるだろうって——だってご承知のように、あの人、あまりしっかりした考えをもたない人ですから。それにちょっとありきたりですけど、まあ、器量も十人並以上ですし」

「あの人にあまりいい感じをもっておられないようですね？」

「あら、そんなことありませんわ——でも、実をいうと、あんまりよくは知りませんのよ、あの人のこと。だってご主人は獣医でしょう？　お医者さまとは違いますもの」

こんなふうに身分上の差異をはっきりさせたうえでカーズレーク夫人は、何か私のために自分にできることはないかとまめまめしく訊ねた。

「ご親切にどうも。べつにないようです」

窓の外に向けている私の視線を追ってミセス・カーズレークはいった。

「まあ、イザベラ・チャータリスがきますわ」

裏門から入ってテラスへの階段をのぼってこっちにやってくるイザベラの姿を、私たちは見守った。

「顔だちのいい娘さんですわね」とミセス・カーズレークがいった。「でもばかに無口で。無口な女の子って、どこかこう陰険なところがあるとあたくし、よく思いますのよ」

陰険とは何というひどいいぐさだと私はむっとした。しかし正面切って抗議するわけにもいかなかった。わざと一般化したうえでの寸評だったからである。

しかし陰険とは――人もあろうにイザベラのことを。イザベラからまず受ける印象は正直さだった。恐れを知らぬ、ほとんど馬鹿正直とさえいえる率直さであった。

少なくとも――と考えかけて私は突然、錠剤の上にイザベラがスカーフを落としたときのことを思い出した。それまでずっと私と話しこんでいたようなふりをしたイザベラのあの何気ない素振り。取り乱しも騒ぎたてもせず——まるで生まれ落ちてからずっとそんなことをやってきたように天衣無縫に、自然に。

「陰険」とミセス・カーズレークがいったのは、そういう意味だったのだろうか？テレサの考えを訊いてみよう、と私は思った。テレサは自分から意見を述べることはしないが、求められればいつも傾聴に価することをいった。

イザベラが現われたとき、私は彼女がなぜか興奮しているのに気づいた。ほかの人も気づいたかどうかはわからないが、私はすぐにおやっと思った。このころには私はイザベラをかなりよく知るようになっていたのである。

私の寝椅子の傍にくると、何の前置きもなしに彼女はいきなりいった。

「ルパートが帰ってくるの——本当よ。今日か明日、着くわ。もちろん飛行機で」

そういうと腰をおろして微笑を浮かべつつ、形のよい細長い手を膝の上で組み合わせた。その頭の後ろの空に庭のイチイの枝が入り組んだ模様を描いていた。イザベラはいかにも幸せそうな表情でそこに坐っていた。一幅の絵のようなその姿を見守っているうちに私はふと何かを思い出した。最近見るか聞くかした何かを……

「ルパートが帰ってくることが、あなたにとってそんなに大きな意味をもってるんですか？」

「ええ、そう。そうなの」ちょっと言葉を切ってすぐ続けた。「だって、ずいぶん長いこと待っていたんですもの」

イザベラにはあの濠をめぐらした館のマリアナに似たところがありはしないか？　ある意味では彼女もテニスンの描く時代に属しているのでは——？

「ずっと待っていたって、ルパートを？」

「ええ」

「そんなに彼が——好きなんですか？」

「たぶん——世界中の誰よりも」といってから微妙に抑揚を変えてイザベラはもう一度繰り返した。「——たぶん」

「確信をもってそういえますか？」

イザベラはふと表情を曇らせて私を見返した。

「確信なんて——そんなもの、本当は何についてももてないものじゃないでしょうか？」

そう思うといっているのではない、それは問いかけであった。

自分のわからない答を私が知っているのではないか、そう考えてイザベラは訊ねているのであった。その問いがいかに私を苦しめているか、彼女にはわからなかったのだ。

「そう、確信はもてませんね」と私はいった。その声は私自身の耳にも苦渋にみちた響きをおびていた。

イザベラは素直にその答を受けいれて、静かに組んでいる両手に目を落として呟いた。

「やっぱり」

「どのぐらい会っていないんですか、ルパートに？」

「八年」

「あなたはずいぶんロマンティックなんだな、イザベラ」

イザベラは訝しげに私を見返した。

「ルパートが帰ってきたら結婚することになるって信じているから？　でもそれはロマンティックでも何でもないわ。むしろ、一つのパターンといったらいいでしょうか——」細長い手が急に生き生きと動きだして、服の上に何か模様めいたものが指先で描かれるのを私は見た。「あたしのパターンとルパートのそれと——二つが一緒になるのよ。あたってセント・ルーを離れるなんて、あたしにはとてもできないことでしょうから。あたしはここで生まれ、ここで暮らしてきたんですもの。これからもここで暮らしたいと思うわ。そしていつか——ここで死ぬでしょう」

ここで死ぬでしょう――そういったとき、彼女が身震いするのを私は見た。ちょうど太陽が雲に隠れて、あたりが一瞬暗くなった。

私は死に対するイザベラの奇妙な恐怖心について思いめぐらした。

「しかし、あなたはまだまだ死にやしませんよ、イザベラ」と私は慰めるようにいった。

「とても丈夫で、健康そうじゃありませんか」

イザベラは熱心に頷いた。

「ええ、あたし、丈夫よ、病気したことなんて一度もありませんわ。九十ぐらいまで生きるかもしれないわ。百までだって。そのくらい長生きする人も世の中にはいますわね」

九十になったイザベラなど想像もつかなかった。九十歳のレディー・セント・ルーならすぐ目に浮かぶ。イザベラと違って、彼女は強烈な個性をもった女性だ。貪欲に生を生き、出来事を自分の恣意によって按配し、創造する――彼女はそんな自分を意識している。レディー・セント・ルーは戦う人だ。がイザベラは人生をあるがままに受けいれる。

このとき、ドアがあいてゲイブリエルが入ってきた。

「おい、ノリーズ――」といいかけてイザベラに気づき、慌てて言葉を切った。

「やあ、おはようございます、ミス・チャータリス」

その物腰は少しぎごちなく、きまり悪げだった。レディー・セント・ルーの存在が影を投げかけているのだろうかと、私は興味深くその様子を見守った。

「ちょうど生と死の大問題を論じていたんだがね」と私は快活にいった。「ぼくがミス・チャータリスは九十まで生きるだろうと予言したところだよ」

「ご本人にはそんな気はないだろう」とゲイブリエルはいった。「そんな年まで生きていたいと思っている人間なんて、世の中にいるだろうか？」

「あたし、そう思いますわ」とイザベラがいった。

「そりゃまたどうしてです？」

「死にたくないからですわ」

「誰だって死にたいとは思いませんよ。死ぬこと自体はいいとしても、死ぬのは誰しも恐ろしいですからね。死とは苦痛の伴う厄介な過程ですから」

「あたしは死そのものがいやなんですの、苦痛じゃなく。苦痛なら、ずいぶんとひどいものでも堪えられますわ」

「まあ、そうお考えになるでしょうがね」

揶揄するようなその口調にイザベラは腹を立てたらしかった。さっと顔を赤らめて、彼女はもう一度いった。

「あたし、苦痛には堪えられますわ」

二人はじっと顔を見合わせて立っていた。あいかわらず軽蔑するような彼のまなざしに、挑戦するような彼女のそれが答えていた。

次の瞬間ゲイブリエルは、私がほとんど目を疑うような行動に出たのだった。

私が灰皿の上に置いた吸いさしの煙草を、ゲイブリエルはさっと身をかがめて取ると、火のついたその先端をイザベラの腕に近づけたのである。

イザベラはひるむ様子も見せず、腕を動かしもしなかった。

何をする、と私はおそらく叫んだに違いない。しかしイザベラもゲイブリエルも私にはおよそ何の注意も払わなかった。彼は赤い火のついているその先端をイザベラの皮膚に押しつけた。

障害者であることの惨めさと憤りを、私はそのとき、全身で感じていた。無力で、拘束され、およそ何の積極的な行動にも出られぬ惨めさを。私には何もできなかった。ゲイブリエルの野蛮な行為に激しい嫌悪を覚えながらも、それを止める何の手だてもなかったのである。

イザベラの顔が苦痛にしだいに青ざめるのを私は見た。唇を固く結び、身じろぎもせずに彼女は立ちつくしていた。その目はゲイブリエルの顔にじっと注がれていた。

「気でもおかしくなったのか、ゲイブリエル！　自分がどんなひどいことをしているのか、きみにはわかっているのか？」

彼は私には何の注意も払わなかった。まるで私という人間が存在していないかのように。

突然、彼は手にしていた煙草をぱっと炉の中に投げこんだ。

「失礼しました」と彼はイザベラにいった。「なるほど、あなたは苦痛に堪えることがおできになる」

こういってプイッと部屋を出て行った。

私はほとんど口もきけずに、何とか自分の気持ちを言葉に表わそうとやっきになった。

「何という野蛮な――乱暴な――あの男、いったい何を考えて――あんなやつ、射殺すべきですよ……」

戸口に目を向けながらイザベラは火傷した腕にゆっくりとハンカチーフを巻きはじめた。心ここにあらずという様子でぼんやりと。

まるで遠くからのように、彼女は私に目を移し、ちょっとびっくりしたような表情でいった。

「どうなさったの？」

ゲイブリエルの行為に対する自分の憤りを、私はしどろもどろに告げようとした。

「なぜそうお怒りになるのか、あたしにはわからないわ」とイザベラはいった。「ゲイブリエル少佐はあたしが苦痛に本当に堪えられるかどうか、試してごらんになっただけですわ。これでおわかりになったでしょう、あの方にも」

12

その午後、私たちはティー・パーティーを催した。たまたまセント・ルーに滞在中のミセス・カーズレークの姪がイザベラの学校友だちだということをミセス・カーズレークから聞いたからだった。私には女学生時代のイザベラが想像できなかったので、テレサがこのミセス・モードントをミセス・カーズレークと一緒にお茶に招こうといいだしたとき、すぐ賛成したのだった。テレサはイザベラも誘った。

「アン・モードントが見えるはずですのよ。あなたと同窓でしょう？」

「アンなら、何人かいましたけれど」とイザベラはぼんやりいった。「アン・トレンチャード、アン・ラングリー、アン・トムスン」

「旧姓は何だったかしら。忘れてしまったわ。ミセス・カーズレークから伺ったのに」

アン・モードントは——旧姓アン・トムスンで——少々不愉快なほど独断的なもののいいかたをする（少なくとも私はそんな印象を受けた）、元気のいい若い女性だった。ロンドンのどこかの官庁に勤めており、夫もべつな官庁の役人、子どもはひとりいるが、アン・モードントの国家への価値ある貢献を妨げないような所に預けてあるらしかった。

「空襲がなくなったんだし、トニーを連れもどす方がいいと私の母は考えているらしいんですけれどね。でも今のロンドンじゃあ、子どもを育てるのは一通りの苦労じゃないと思いますの。アパートは狭いし、ちゃんとしたナニーが雇えるわけじゃなし、食事ごしらえもありましょう？　あたくしは一日外に出ていますしね」

「そんなに大切な仕事についておられるうえにお子さんを持たれるなんて、あなたはたいそう公共精神に富んでおられますね。敬服しました」と私はいった。

大きな銀の盆を前にして坐っていたテレサが微笑するのが見えた。テレサは私を見やりながら目に立たぬほど首を振った。

しかし、私の言葉はミセス・モードントの意にすこぶる適ったらしかった。

「何であれ、自分の責任を避ける気はしませんわ。子どもって、現在とても必要とされていますもの。とくにあたくしどもの階級ではねえ」思い出したように彼女は付け加えた。「それにあたくし、何事にも主人第一ですから」

それからイザベラを振り返って、彼女はセント・ニニアン校時代の思い出話をはじめた。もっともイザベラはいっこうはかばかしい受け答えをせず、アン・モードントはしばしば自分で言葉を補わなければならなかった。

ミセス・カーズレークがテレサに向かっていった。

「ディックがなかなか参りませんで、本当に申しわけありませんわ。いったいどうしたんでしょう、四時半までにもどるはずですのに」

するとイザベラがいった。

「ゲイブリエル少佐がご一緒じゃないでしょうか？　十五分ばかり前にこのテラスの下をお通りになりましたから」

私はびっくりした。足音らしいものも聞かなかったからである。イザベラは窓に背を向けて坐っていたし、誰かが通っても見えるはずはなかった。私はずっと彼女の顔を見守っていたのだが、とくに振り返りもせず、それらしい素振りも見せなかった。イザベラはたしかに耳ざとい方だったが、なぜ、ゲイブリエルが通ったことがわかったのだろう。

テレサがいった。

「イザベラ、よかったら——いえ、ミセス・カーズレーク、どうぞ、そのままお坐りになっていらして——お願いよ、イザベラ、お隣に行ってカーズレーク大尉とゲイブリエル少佐にお茶にいらっしゃいませんかってお誘いして下さる？」

私たちはイザベラのすらりとした姿が戸口から消えるのを見送った。ミセス・モードントがいった。

「イザベラはちっとも変わっていませんのね。昔とまったく同じ。あの人、一風変わっていましたわ。まるで夢でも見ているようにぼんやりした顔で歩きまわって。頭がよすぎるからだって、あたくしたち、いつもいってましたけど」

「頭がいい、イザベラが？」と私は思わず聞き咎めた。

ミセス・モードントは私の方に向き直って答えた。

「ご存じありませんでした？　たしかに頭はいいんですのよ、イザベラは。校長のカーティス先生はイザベラがサマヴィルに進学しないっていうんで、すっかり気落ちなさったものでしたわ。大学入学資格を十五歳で、それも優秀な成績で取ったくらいですもの」

私はイザベラのことをチャーミングだが、どっちかといえば大して頭のよくない娘と見ていたので、信じられないといった表情でアン・モードントを見つめた。

「何を得意としていたんです？」

「天文学と数学ですわ——数学はとくによくできましたわ。それからラテン語とフランス語。でもその気になれば何だってものにしましたわ。でもあの人は成績なんて気にかけてもいませんでしたのよ。カーティス先生ががっかりしたのも当然だわ。イザベラの望んでいることときたら、このセント・ルーに帰って、あの息のつまりそうな古ぼけたお城に落ちつくことだったらしいんですもの」

ちょうどそのときイザベラがカーズレーク大尉とゲイブリエル少佐と一緒にもどってきた。

ティー・パーティーは大成功だった。その夜、私はテレサにいった。

「ぼくが戸惑いを感ずるのは、誰についても真相ってものがよくわからないことですよ。たとえばあのイザベラ・チャータリスだけど、モードントとかいう彼女の学校友だちによるとひどく頭がいいっていうんですからね。ぼくはあの子は知能障害者に近いんじゃないかと思ったくらいなのに。まだある。ぼくはイザベラの特質は真正直なところだと思ったのに、ミセス・カーズレークは陰険だというんですからね。不愉快ないいかたじゃありませんか？　さらにジョン・ゲイブリエルによれば、ひとりよがりでお高くとまっていることになるし、あなたは――さあ、わからないな――他人のことはほとんど批評しないから。それにしても、人によってそんなにもさまざまに見える人間の真相というのはいったい、どういうものなんでしょうかね？」

めったに我々の話の中に割りこまないロバートがこのとき身動きをして、思いがけず口をはさんだ。

「そこが問題なんじゃないかね？　一人の人間が相手によって違って見えるということが。人間に限らない。木だって、海だってそうだ。画家が二人いれば、同じセント・ルー波止場を主題として、それぞれまるで違う絵を描きあげるだろう」

「つまりひとりが自然主義で、もうひとりが象徴主義ってことかね？」

ロバートは少々うんざりしたように頭を振った。絵画について話す気がしなかったのだ。ロバートはいつも自分の思っていることをうまくいい表わすことができない男だった。

「そうじゃないんだ。二人は実際にまったく違う目で対象を見ているのさ。たぶん――そうだな――人間てやつはあらゆるものの中から自分にとって意味をもっているものだけを引き出すってことだろうね」

「対象が人間の場合でも同じだというのかね？　しかし一人の人間がまったく反対の性

質をあわせもつなんてことはあるものじゃない。イザベラにしたって、頭脳明晰かつ知能障害者だなんてことはありゃしないよ！」

「それはあなたの考え違いよ、ヒュー」とテレサが口をはさんだ。

「どういうことです、テレサ？」

テレサは微笑して考え考えゆっくりいった。

「ある性質を備えていながら使わないということはあるものだわ。つまり、同じ効果をあげる、もっと簡単な方法があればね。それとも――そうね――もっと手間のかからない方法があれば。わたしのいいたいのは、こういうことなの、ヒュー、わたしたちはみんな、本当の意味の単純さを失ってすでに久しいから、そういうものに出会うと困惑するのよ。でもね、何かを感じる方が、それを考えるより、いつだって、ずっとやさしいし――楽だわ。ただ近ごろのように文明が進んで生活が複雑になってくると、感情そのものも正確とはいかないのね。

わかりやすくいうと、ずっとこういうことなの。今なんどきだって、いきなり人に訊かれたら、朝だとか、昼だとか、夜だとか――べつに考えるまでもなく返事ができるでしょうね。正確な知識や道具――日時計とか、水時計とか、クロノメーターとかいった――はいらないわ。でも人と会う約束をしたとき、汽車に乗るとき、ある場所にある時間までに行かなければならないようなときには、正確を期するために予めよく考え、こみいったメカニズムを工夫することが必要になるでしょう。人生に対する態度もそれと似たようなものじゃないかとわたしは思うの。幸せを感じる、腹を立てる、誰かが——あるいは何かが好きになる、もしくは嫌いになる、悲しみに沈む。あなたやわたしのような人間はね、ヒューー——ロバートはちょっと違うけど——、自分の感じたことについて沈思し、分析し、思いめぐらすわ。どんなふうに感じたかを検討し、理屈をつけるでしょう。『これこれの理由でわたしは幸せを感ずるのだ』とか、『こういうわけでわたしはあの人が好きなのだ』とか、『こんなに憂鬱な気分なのは、これこれのことがあったからだ』とかね。ただ、そうした理由はしばしば間違っていることがあるわ。人間って、故意に自己欺瞞に陥るんでしょうか。でもイザベラはわたしたちとは違った人種だと思うの。瞑想したり、なぜかと自問したり、そんなことは彼女はしないわ。はっきりいって、そんなことには関心がないからよ。あの人に考えるようにと命ずれば——なぜ、そんなふうに感じるのか、いってごらんといえば、たぶん筋の通った考えかたをしてはっきりした答を出すことができるかもしれない。けれども彼女は、高価な、上等な時計を炉棚の上に載せておいてけっして巻こうとしない人間のようなものよ。なぜってあの人が今送っているような生活の中では正確な時刻を知ることとなんて、とくに重要な意味をもっていないんですからね。

でもその彼女も、セント・ニニアン校在学当時は知力を用いることを求められたわけよ。あの人は知的なたちでね。でも思索的な知力ではないのでしょうね。数学、語学、天文学が得意だったっていったわね。どれも想像力を必要とするものではないわ。わたしたちはみな想像力や思索を逃避の手段として使うのよ——自分の外に、自分自身から逃れる手段として。イザベラは自分から逃れる必要のない人よ。自分自身と、和合して暮らしていける人だわ。つまり、複雑な生きかたをする必要のない人間なのね。

もしかしたら、中世の人間はみんなああだったのかもしれないわ——エリザベス朝の人間も。ある本で読んだんだけれど、そのころ〝偉い人〟といえばもっぱら財産のある人ということを意味したそうよ。ただお金と勢力のある人をね。今日わたしたちがその言葉に付している精神的道徳的意味は少しもなかったらしいのよ。つまり品性とは何の関係もなかったの」

「つまり中世の人間は人生に対する態度において我々より直截で、現実的だった——思索にふけることがなかった——そういう意味ですか？」

「ええ。沈思する人間、『生くべきか、生くべからざるか』と煩悶するハムレットは、彼自身の時代とは異質の存在よ。だからずっと後々まで、シェイクスピアの批評家は、プロットが救いがたく弱いといって『ハムレット』を愚作ときめつけたほどだわ。『ハムレットはなぜ第一幕で王を殺さなかったのか？　唯一の理由は、そうしたらてんで芝居にならないからだ。ほかに理由はない』って。性格劇なんてものがあるなんて、彼らには信じられないことだったのよ。

でも現代に生きる人間はみんなハムレットか、マクベスだわ。しょっちゅう（テレサの声は急に疲れをおびた）『生くべきか、生くべからざるか』と自問しているんですからね、生きている方がいいのか、いっそ死んだ方がましかと。そしてハムレットがフォーティンブラスを分析する——羨ましがりながらも——ように、成功者を分析するのよ。

今日では理解されないのはフォーティンブラスのような人物よ。何の疑念もいだかずに自信をもって前進する人間よ。そういった人物が今の世の中にどのくらい見出されるかしら？　多くはいないとわたしは思うわ」

「イザベラはいってみれば女性のフォーティンブラスだと思うわけですか？」と私は微笑しながら訊ねた。

テレサも微笑した。

「彼ほど好戦的じゃないけれどね。でも、目的に対して直接的で一途だという点は同じだわ。『自分はなぜこうなんだろう？　本当のところ、自分はどう感じているんだろう』なんて自問することはけっしてないでしょう。でも自分がどう感じているかは知っているわ。つまりイザベラはまさにイザベラなのよ」そして低い声で付け加えた。「だからいつでも——自分のなすべきことをするのよ」

「運命論者だというんですか？」

「いいえ。ただあの人にとってはほかに道はないってこと。二つの道のどっちを選ぶかなんてことは、あの人の場合、ないでしょうよ。あるのはたった一つの道だけ。後もどりすることもけっして考えないと思うわ。いつも前進あるのみで。イザベラのような人には退路はないのよ……」

「そんなもの、誰にとってもないんじゃないですかね！」と私は吐きだすように叫んだ。

テレサは穏やかな口調でいった。

「もしかしたらね。でも、たいていの場合、抜け道はあるものよ」

「それはいったいどういう意味ですか、テレサ？」

「たいていの場合は逃げる機会が一度はあると思うの……後になるまで……後で振り返ってみるまではそれとわからないけれど……でもたしかにそういう機会は訪れるものよ……」

私は煙草をくゆらしながら、ちょっとのあいだ黙っていた……

私の胸に突然、まざまざとよみがえった思い出のひとこまがあったのだった。キャロ・ストレンジウェイの家のカクテル・パーティーに到着したときのことだった。薄暗い照明と、もうもうたる煙草の煙に霞んで見える部屋の内部に目が慣れるまで、私は戸口に佇んでいた。と、部屋の奥にジェニファーの姿が見えたのである。彼女は私の存在に気づかずに、勢いこんだ様子で生き生きと誰かに話しかけていた。

私はそのとき、二つのまったく相反する感情を意識したのである。まず湧きあがる勝利感を。二人が再会することを私は予知していた。列車内の出会いはそれだけには終わらなかったのだ。私の予感の正しいことが証明されたわけだ。しかし瞬間的な興奮と勝利感と同時に、踵を返してその場から逃げだしたいという気持ちをも感じていたのである……ジェニファーとのあの出会いを、それだけに終わった一つの出来事としたい——一生忘れられぬ出会いにとどめたいという思いがあったのだ。まるで誰かが私に「あれは二人がわかちあいうる最上のものだったのだ——人生の完全無欠な束の間。それでいいじゃないか」といったかのようだった。

テレサの言葉が正しいとすれば、その瞬間こそ、私の「逃避のチャンス」だったのに……

私はそのチャンスをやりすごして前進した。ジェニファーもまた。それを契機としてさまざまなことが起こった。私たちはお互いの愛を信じた。そこへあの交通事故。寝椅子の生活。ポルノース・ハウスへの移転……

私はふたたび当初の問題に立ち返って、イザベラのことを考えた。そしてテレサに向かってもう一度抗議した。

「しかし、イザベラが陰険ということはないと思いますがね、テレサ、ひどいいいぐさじゃありませんか。陰険だなんて」

「そうね」とテレサは呟いた。

「ひょっとして、あなたもそう思ってるんですか？」

「狡猾さって、人間がまっさきに建てる――もっとも安易な防壁じゃなくて？　人間にひそむ原始的な特質の一つじゃないかしら――穴の中にうずくまる野兎――雛のいる巣から人目をそらそうと羽ばたきの音を響かせてヒースの野を横切る雷鳥。狡猾さは本質的なものよ。追いつめられて死にもの狂いで戦わなければならないときに、用い得る唯一の武器だわ」

テレサは立ちあがって戸口に向かって歩きだした。ロバートはすでに寝室に引きとっていた。ドアのハンドルに手を掛けて、テレサはひょいと振り返った。

「もうあの錠剤を捨ててもいいころね。必要ないでしょ？」

「テレサ！　知ってたんですか？」

「もちろんよ」

「だったら――なぜ、必要ないだろうなんていったんですか？」

「あら、それともまだ必要？」

「いや、それは――」と私はゆっくりいった。「あなたのいうとおりだ……もう必要がなくなった。明日、捨てますよ」

「よかったわ。心配していたのよ」

私は訝しそうに彼女の顔を見やった。

「じゃあ、なぜ、取りあげようとしなかったんです？」

一瞬の沈黙の後、テレサはいった。

「あれが手もとにあることがあなたにとって一種の安全弁になっているんじゃないかと思ったから。そうじゃなかった？　いつでも逃げだせる出口があると思うと――何となく安心だったんじゃないかしら？」

「そう」と私は答えた。「たしかにずっと気が楽になりましたね」

「だったら、なぜ、取りあげなかったかなんて愚問じゃないこと？」

私は笑った。

「とにかく明日になったら捨てちまいますよ、テレサ――残らず下水管行きだ。約束します」

「あなたももう一度、人生を歩みだすのね、ようやく――生きる意欲がでてきたってわけだわ」

「そうらしいな」と私は不思議そうに呟いた。「なぜかはわからないが。明日の朝、目が覚めるのが待ち遠しいほどですよ」

「そうらしいわね。何のお蔭かしら？　セント・ルーでの生活？　イザベラ・チャータリスのせい？　それともジョン・ゲイブリエルの？」

「ゲイブリエルのせいだなんてことはない」

「さあ、どうかしらね。あの人には何かあるのよ――」

「おおかたセックス・アピールがどっさりね。しかし、ぼくの嫌いなタイプですよ――ああいったずうずうしい日和見主義者には我慢ならないんだ。自分の得になると思えば、実の祖母でも売りとばすだろう」

「それぐらいしかねないでしょうね」

「これっぱかしも信用できませんよ、あんな男」

「そう、信用はできないわ」

「大口ばかり叩いて、自己宣伝ばかり狙って。自分ばかりでなく、人も巻き添えにしてしまいますよ、あれじゃあ。あんな男でも私利私欲を抜きにした行動に出ることがあるなんて、あなたは本気で考えるんですか？」

テレサは物思わしげな表情で呟いた。

「ひょっとしたらね――でもそのためにあの人自身は身を滅ぼすことになるわ、おそらく」

数日たたないうちに、私はテレサのこの言葉を思い出すことになった。

13

セント・ルーにおける、次のセンセーショナルな行事は婦人会の基金集めのためのホイスト会であった。

会場にはこういう際のきまりで、ポルノース・ハウスの細長い納屋があてられた。この納屋は歴史的に由緒のあるものらしく、好事家がしばしば訪ねてきてはうっとりと眺めまわし、寸法を計ったり、写真を取ったり、はてはこの建物について論文を書いたりした。セント・ルーの住民はこの納屋をほとんど町に属するもののように考えて、誇りとしていた。

ティー・パーティーに続く二日間、ポルノース・ハウスはホイスト会の準備でごったがえし、婦人会の役員がたえず出たり入ったりした。

私自身はありがたいことに騒ぎの渦中に巻きこまれずにすんだが、テレサは私が面白がると思ってか、折にふれて、このお祭り騒ぎのうま味ともいうべきものを味わわせてくれた。

私がミリー・バートに好感をもっていることを知っているテレサは、ミリーが私の部屋で仕事をするように計らってくれた。だからミリーはちょいちょい私の所に顔を出し、私は彼女を手伝って切符を作ったり、一緒に飾り物を切ったり貼ったりした。

私がミリーの身の上話を聞いたのはそんな折のことだった。ゲイブリエルがいつぞやずけずけといったように、私は随時聞き手の役を引き受けることによってのみ、自己の存在を正当化できた。ほかのことには役立たずの障害者でも、人の話に耳を傾けることはできるからだ。

ミリー・バートは自意識にとらわれることなしに、いうならば小川のせせらぎのように、私を相手に自分について語った。

「すばらしいと思いますのは、ノリーズ大尉、あの方のご親切なところですわ。寸暇もないほどお忙しくて、次から次へと大切なご用がおありですのに、小さなことまで覚えていらして、そりゃあやさしく、からかうように話しかけて下さるんですもの。あんな方って、会ったことがありませんわ」

「まあ、珍しい人物でしょうね」と私はいった。

「戦場で目ざましい働きをなさったり、いろいろな意味でとても偉い方なのに、ちっとも取り澄ましたり、威張ったりなさらないんですのね。社会的地位のある人にも、あたしのような者にも、同じように慇懃で。誰のことでもよく覚えていらして、誰それの息子が戦死したとか、まだビルマにいるとか、どこそこにいるとか、いちいちちゃんとご存じなんですもの。いつでも気のきいたことをいって、皆を笑わせたり、元気づけたり。いったいどうしてあんなにいろいろなことに気がまわるのか、ふしぎですわ」

「おおかた、キプリングの『もしも……』っていう、あの詩の意を体しているんでしょうがね」と私は冷ややかにいった。

「ええ、あの方こそ、『毎分を意義ある六十秒でみたし』ておいでになる方ですわ」

「いや、百二十秒でみたし——でしょうよ。六十秒じゃあ、ゲイブリエルには不足でしょうから」

「あたしも政治のこと、もっとわかってるといいんですけど」とミリーは悲しげにいった。「パンフレットはみんな読んだんですのよ。でも投票の依頼や戸別訪問なんて本当は苦手で。何か訊かれても、ちっとも答えられないんですの」

「まあ、習うより、慣れろですから」と私は慰め顔にいった。「いずれにせよ、ぼくにいわせれば、投票勧誘なんて、倫理に反しますよ」

ミリーは怪訝そうな表情で私を見返した。

「個人の信念に反して票を投じさせるなんて、どだい間違っていますからね」

「ああ、そういうことですの。ええ、おっしゃる意味はわかりますわ。でも戦争を終結させ、正しい和平をもたらすことができるのは、保守党だけだとみんな心から思っていますもの」

「ミセス・バート、あなたは実に忠実な小トーリーですね。感心しましたよ。戸別訪問でもそういうことをおっしゃるんですか？」

ミリーは顔を赤らめた。

「いいえ、政治的なことはあまり存じませんから。ただ、ゲイブリエル少佐がどんなにすばらしい方か、どんなに誠実か、これからはあの方のような政治家の時代だってこと、そんなことならあたしにだっていえますから」

なるほど、それこそゲイブリエルの思う壺なのだろうと私は心に呟きながら、ミリーの紅潮した、熱心な顔を見やった。彼女の茶色の目はきらきらと輝いていた。ひょっとするとこの肩いれの背後には、単なる英雄崇拝以上の感情がひそんでいるのかもしれないと私は一瞬どきっとした。

私の胸をよぎった危惧に答えるようにミリーの顔はさっと曇った。

「ジミーはあたしのことを、しようのない馬鹿だって申しますのよ」

「ほう。なぜです?」

「あたしみたいな馬鹿な女には政治のいろはもわかりゃしないって――あの人、どっちみち、選挙なんて猿芝居だなんていいますの。いったい全体おまえのような――あたしなんかがどうして役に立つものか、戸別訪問したりしたら逆効果で、それだけ労働党に票がはいることになるって。

「ノリーズ大尉、本当にそうでしょうか?」

「そんなことはありませんとも」と私はきっぱりいった。

ミリーはぱっと明るい顔になった。

「あたしが間が抜けているのは本当ですわ、ある点では。でもどぎまぎしているときだけなんですの。ジムはいつもあたしをおじけさせますのよ。あたしが度を失うのが面白いんですわ。あの人――」といって言葉を切った。唇がぶるぶる震えていた。

突然ミリー・バートは手にしていた白い紙片をぱっとほうりだして泣きだした——胸も張りさけんばかりの深い嗚咽であった。

「ミセス・バート——」と私は途方に暮れて呟いた。

寝椅子に横になっている人間にこんな場合、何ができよう？　泣いているミリーの肩を叩くことはできなかった。手が届くほど近くにいなかったからである。といって、ハンカチーフをその手に押しつけることも、「失礼する」と呟いて席をはずすことも、「お茶をいれてきましょう」ということも、できなかった。

この期に及んで私にできることといえば、せめても自分に割りふられた役割を——ゲイブリエルが親切にも（あるいは残酷にも）私に残された唯一の役割であると教えてくれたそれを、果たすことだった。

私は心もとなげに「ミセス・バート——」と呟いて、相手の次の言葉を待った。

「あたし、つらくって——とてもつらくって。今になってわかりましたの。ジムと結婚すべきじゃなかったんですわ」

私は弱々しく打ち消した。

「そんな——まさかそれほど——」

「あの人、とても陽気で颯爽としていましたの——それに面白い冗談ばかりいって。うちの馬にちょっと故障があるとすぐ飛んできてくれましたわ。あたしの父は乗馬学校を経営していました。ジムは馬に跨るととても立派に見えますの」

「なるほど――」

「あの人、そのころはあまりお酒を飲みませんでした。少なくともあたしは気がつかなかったんです。いろいろな人が忠告してくれたんですから、気がつかなきゃいけなかったんでしょうけど。みんなはあの人は大酒飲みだからよした方がいいっていいましたわ。でもあたし、信じなかったんです。そういうものですわね？」

「そういうものです」と私は答えた。

「結婚したらやめるだろうと思いましたの。婚約していた間は飲みませんでしたし。それはたしかですわ」

「求婚中の男はどんなことでもしますからね」

「乱暴な人だとも聞きましたけど、あたしは信じませんでした。あたしにはとてもやさしかったんですもの。いっぺん馬を――癇癪を起こして――罰しているのを見ましたけど――」と身震いをして目をなかば閉じた。「ちょっとのあいだ、あたし――あの人に対してまるで違った気持ちをもちました。『あなたがそんな人なら、結婚する気はしない』ってあたし、心の中でいいました。おかしいでしょう、あたし、急にあの人が見も知らない人のような気がしましたの、あたしの知っているジムでなく。そのとき婚約を解消していたら、妙な具合になっていたと思います」

「妙な具合」という表現は彼女の意味するところを正確に表わす言葉ではなかったが、私は相槌をうち、しかしその方がずっとよかったろうと付け加えた。ミリーはまた続けた。

「でも結局うやむやになってしまいましたの――ジムは癇癪を起こした理由を説明してくれました。あたし、男って、誰でもときどき癇癪を起こすものなのだろう、大したことじゃないと思いました。あたしがあの人を幸せにしてあげよう、そうすればお酒を飲んで、癇癪を起こすこともなくなるだろう、そう思ったんです。だからあたし、あの人と結婚しようと思ったんですわ――あの人を幸せにしてあげようと思って」

「しかし、誰かを幸せにすることが結婚の目的というわけではないのですからね、本当のところ」と私はいった。

ミリーは私の顔をまじまじと見つめた。

「だって誰かを愛したら、何よりもその人を幸せにしてあげたいって、そう思うものじゃありません？」

「それも一種の自己陶酔です。そのもっとも隠微な形といいましょうかね。かなり一般化してもいます。しかし統計学上から見た場合、それこそ何にもまさって結婚生活を不幸にしているものじゃないでしょうか」

ミリー・バートは私の顔を怪訝そうに見つめるばかりだった。私はエミリー・ブロンテの悲しい智恵にみちた詩の数行をくちずさんだ。

くさぐさの愛のかたちは
人の憂いをいや増すのみ

「そんなひどいことって！」とミリーは抗議した。

「誰かを愛するということは、つねにその相手に堪えがたいほどの重荷を負わせることなんですよ」

「おかしなこと、おっしゃいますのね、ノリーズ大尉」

ミリーはほとんど笑いだしそうな顔をした。

「私のいったことを気にしないで下さい。正統的な見解ではないでしょうから」と私はいった。

「あなたも不幸せな思いをなさったことがおありになりますの？　ひょっとして——」

私は彼女の目に同情が動きかけるのを見て思わずひるみ、会話をふたたびジム・バートにもどした。ミリーがおとなしい、臆病なタイプの女であることは彼女にとって不幸なことだと私は思った。バートのような男にはこういう女が一番困った組み合わせなのだ。私の耳にはいったところから察すると、バートは馬でも女性でも生きのいいのを好むらしい。口やかましいアイルランド女でも細君だったら、逆に彼をぴしゃりと抑えつけて不本意ながらも感服させていたかもしれない。彼にとって致命的なのは相手が馬であると、人間であるとを問わず、支配力をもつということだった。ミリーが彼を恐れてびくびくしたり、涙をこぼしたり、溜息をつくのを見ると、彼の中のサディストが快感を覚えるのだった。たいていの男にとっていい細君になっただろうと思われるミリー・バートがこんな男と連れ添ったのは気の毒なことだった。然るべき男と結ばれていたら夫の話によく耳を傾け、彼の喜ぶようなことをいい、ちやほやし、その結果、夫の自尊心は満足させられ、機嫌を取り結ぶことができたろう。

たとえば彼女がジョン・ゲイブリエルと結婚していたとしたら、さぞかしいい妻となったことであろう。彼女との結婚によって野心をいっそうそそられるというようなことはないかもしれないが（彼は本当の意味で野心家なのだろうか？　どうだろう？）おりおりほとんど鼻もちならないほど自信たっぷりな態度に裏返しに表われる、あの鬱積した憤懣と自己不信は、軽減されるだろう。

ジェームズ・バートは妻をなおざりにしているくせに、人一倍嫉妬心が強いらしかった。気が弱いの、間抜けのと罵りながら、彼女がほかの男とちょっとでも親しくする様子を見せるとたいそう立腹した。

「とても信じていただけないと思いますけど、あの人、ゲイブリエル少佐のことで、そりゃあ、ひどいことをいいましたの。つい先週あたし、朝のコーヒーをジンジャー・キャット喫茶店であの方にご馳走になったんですけど。たったそれだけのことですのよ。とてもやさしくして下さって——少佐がですわ、ジムじゃなく——長いあいだあれこれお話ししましたの——お忙しい方ですから時間をとってはいけなかったんですけど——ご親切にいろいろなことを訊いて下さって。あたしの父のことや、飼っていた馬のことや、そのころのセント・ルーのことなんかを。本当によくして下さったんですの。それなのに——それなのに——ジムったらひどいことをいって——いつものようにかっとなってあたしの腕を捻じあげて——あたし、ようやっとのことで逃げだして、部屋に鍵をかけてしまいましたの。あたし、ときどきあの人が怖くって……ノリーズ大尉、あたし、本当に不幸せですの。死んでしまいたいくらい」

「まさか、そんな——ミセス・バート——本気でおっしゃっているんじゃありますまい？」

「本気ですわ。あたし、どうなってしまうんでしょう？　将来に何の希望もありませんわ。ますます悪くなるばかりなんですもの……お酒のせいであの人、近ごろ仕事の方もさっぱりになって。それでいっそう機嫌を悪くしていますの。あたし、あたし、あの人が恐ろしいんです。本当に……」

私は言葉をつくして彼女を慰めたが、彼女がいうほどのことでもないのではないかと心中考えていた。しかし、彼女の愁嘆ぶりは誇張ではなさそうだった。

私はテレサに彼女のした話を伝えたが、テレサはあまり関心を示さなかった。

「あまり聞きたくなさそうですね？」と私は咎めるようにいった。

「大してね」とテレサは答えた。「不幸せな奥さんの打ち明け話って似たりよったりでしょう？　退屈だわ」

「呆れたな、テレサ！　あなたのいうことにはまるで情がない」

「同情って、昔からわたし、苦手らしいの」とテレサは平然と答えた。

「困ったことに、彼女、ゲイブリエルにまいっているらしいんですよ」

「そのようね」とテレサは素っ気なくいった。

「それでもあなたは彼女に同情を感じないんですか？」

「そんな理由ではね。だってゲイブリエルと恋をするのは、なかなか楽しい経験でしょうもの」

「テレサ！　まさかあなたも彼を恋してるんじゃないでしょうね？」

いいえ、とテレサは答えた。幸いなことにと。

私はすかさず、そんなのは理屈が通らない、あなたはたった今、ゲイブリエルと恋愛するのは楽しい経験だろうといったばかりじゃないかとなじった。

「わたしにとってそうだとはいわなかったわ。なぜってね、ヒュー、わたしは感情に溺れることをいいと思わないの。昔から」

「なるほど」と私は考え考えいった。「なるほどね――しかしなぜです？　わからないなあ」

「うまく説明できないわ」

「まあ、聞かせて下さい」

「ヒュー、あなたって、何でも根掘り葉掘り聞きたがるのね。そうね――それはたぶん、わたしに生の本能ってものが欠けているからじゃないかしら。自分の意志や理性が感情に流されたり、圧倒されたりする可能性があるってことがたまらないのね。わたしは自分の行動を制御することができるわ。ある程度までは思考も。感情を抑えられないってことはわたしの誇りを傷つけるの――情ない気持ちになるのよ」

「ねえ、テレサ、ジョン・ゲイブリエルとミセス・バートのあいだが妙なことになる危険性は本当にないでしょうかね？」

「噂はあるわ。カーズレークが気を揉んでいてよ。ミセス・カーズレークによると、町ではいろいろなことをいっているそうよ」

「あの金棒引き！」

「ええ、ミセス・カーズレークはたしかに金棒引きよ。でも世論の代弁者でもあるわ。少なくともセント・ルーの悪意あるゴシップ屋たちのね。それにバートって男は、二杯も飲むと舌がどうしようもなくゆるむらしいから――それもたまさかのことじゃないようだし。あの人が嫉妬深いってことは周知の事実だから、聞く方もいい加減割り引きして聞くけれど、でも噂の種にはなるわね」

「ゲイブリエルも慎重に立ちまわらないと、まずいことになりますね」

「ゲイブリエルに慎重に振舞えといっても無理じゃないかしら」

「彼がミセス・バートに心底愛情を覚えているってことはないでしょうか？」

テレサはちょっと考えてから答えた。

「ひどく気の毒に思っているのはたしかね。そういう人なのよ、惻隠の情を誘われやすいっていうのか」

「夫のもとを去るようにミセス・バートを説きつけたりなんてことはしないでしょうかね？　そんなことにでもなったらことですよ」

「そうかしら？」

「そうですとも。そうなりゃ、何もかもぶっつぶれる」

「ええ」

「致命的じゃありませんか？」

　テレサはちょっと奇妙な声音でいった。

「ジョン・ゲイブリエルにとって？　それとも保守党にとって？」

「ぼくはゲイブリエル個人のことを考えていたんですがね。むろん、保守党にとってもそうだろうが」

「もちろん、わたしは本当の意味では政治に関心のない人間だから、労働党の議員が一人ふえたってちっとも構わないのよ——こんなこと、カーズレーク夫妻に聞かれたらたいへんだけれど。でも、ゲイブリエルにとっても致命的かどうか？　それによって、もしもあの人が人間として幸せになれるとしたら？」

「しかしあの男、選挙に勝つことにすべてを賭けているんですよ」

テレサは、成功と幸福とはまったく別ものだといった。

「本当いって相いれないと思うのよ、その二つは」

14

ホイスト会の朝、カーズレーク大尉が早ばやとやってきてひとくさり愚痴をこぼした。彼はひどく心配し、気を揉んでいたのだった。

「噂の種になるようなことは少しもないんですよ、まったくの話。あのミセス・バートは昔からよく知っていますが、ごくちゃんとした婦人です。躾のきびしい家庭に育った、気のやさしいかわいらしい人で、しかし、ご承知のように世間には妙なかんぐりをする人間がいるもので」

まっ先に妙なかんぐりをするのがミセス・カーズレークであることを私は知っていた。もっとも彼自身、細君の例から人間性一般について悲観的な見解を下すようになったのかもしれない。

カーズレークは行ったりきたり落ちつきなく歩きまわりながら、腹立たしげに鼻をこすった。

「ゲイブリエルは人がいいんでミセス・バートにやさしくしたんでしょうが、軽率でしたな——選挙戦では軽挙はどうも」

「つまり、女性への慇懃は控えろということですか？」

「そのとおりですよ——まさに。ゲイブリエルは慇懃すぎました——それも人目につく場所で。ジンジャー・キャット喫茶店でミセス・バートと一緒に朝のコーヒーを飲むなんて、どうしてそんなことをしなきゃならなかったんですかねえ？」

「なぜ、いけないんですか？」

カーズレークは私の反問を無視した。

「意地の悪い婆さん連がちょうどあの店にたむろしている時間にですよ。そればかりじゃない。また別な日には、ミセス・バートとかなり長いこと通りを一緒に歩いたとか。買物袋を持ってやったそうですよ」

「保守党の紳士なら、当然でしょう」と私は呟いた。

「ミセス・バートを車に乗せたこともあるそうです。スプラグ農園の傍まで。かなり長い道中ですよ。事情を知らない人間にはまるで二人してしめしあわせて遠出をしたように見えるじゃありませんか」

「しかし万事、一世紀前とは違うんですからね」

「この土地じゃあ、大した違いはありゃしません」とカーズレークはいった。「バンガローの住人や画家は当世風で、モラルのどうのということはありませんが——どうせあの連中は労働党に投票するんでしょうから。我々が危惧せねばならんのは昔風のお堅い連中の思惑ですよ。ゲイブリエルにも、今後はもっと慎重を期してもらわんと」

半時間後ゲイブリエルが怒髪天をつくといった形相でとびこんできた。カーズレークが遠回しに注意したので、時宜を得た忠告を受けた場合の例に洩れず、怒りを発したのであった。

「カーズレークの野郎、女の腐ったような奴だ、あん畜生！　あいつがおれにぬけぬけとどんな世迷言を抜かしたか、きみに察しがつくかね？」

「ああ、知っているよ、何もかも。ついでだが、今ぼくは安静時間中なんだ。この時間には誰にも会わないことにしている」

「何を下らん。そんな必要はないよ。どのみち、一日安静にしているんじゃないか。この一件について、おれの言い分を聞いてもらいたいんだ。誰かにしゃべって溜飲をさげなくちゃ、どうにもならんよ。この前もいったように、どうせ、きみはそのぐらいの役にしか立たないんだからな。壁相手でもいい、胸の内にあるものを吐きだしたいって人間がいるときには喜んで聞こうというぐらいの俠気《おとこぎ》を示すもんだ」

「いつかもきみはそういったっけね、こっちの神経を逆撫でするようないいかたで」

「きみをわざと怒らせてやろうと思ったからだよ」

「わかっていた」

「ちょっとひどすぎたかね。しかし、神経をいちいちぴりぴり立てるのもどうかと思ったからさ」

「実をいうと、かえって性根が据わったよ。思いやり深く腫れ物扱いにされているところに、ずばりと痛いことをいわれて、かえってほっとしたくらいだ」

「ふむ、だいぶ進歩したようだな」とゲイブリエルはいって、すぐ自分自身の鬱憤をぶちまけはじめた。

「惨めな気持ちに陥っている女性に公けの場所でコーヒーを一杯ご馳走しただけで、何か不道徳なことでもしたように後ろ指をさされなくちゃいけないのかね？」と彼は突っかかるようにいった。「下水溜めのように汚らしい心の連中のいうことを、なぜ気にしなきゃならんのだ？」

「なぜって、きみは国会議員になりたいと思っているんだろう？」

「もちろんそのつもりだが」

「カーズレークのいいたいことはね、この町でミセス・バートとの友情をひけらかせば、まず、当選の見込みはないってことなんだよ」

「何ていう豚どもだ！」

「そのとおり！」

「政治こそ、世界一汚らしいものなのに！」

「ヒヤヒヤ！」

「にやつくことはないぜ、ノリーズ。今朝はおれの気に障るようなことばかりいうじゃないか。おれとミセス・バートとのあいだに何か後ろめたいものがあると思うなら大間違いだぜ。おれはあの人が気の毒なんだ。それだけさ。ご亭主のバートにしろ、セント・ルーの風紀委員会にしろ、立ち聞きされて困るようなことは一言だっていってやしない。女に関する限り、このところ、おれがいかに清く身を持してきたか、考えてもみろ！　この稀代の女好きがだぜ！」

深く傷つけられたらしいその面持ちを見守りながら、私はふと、事のユーモラスな一面を感じとってくすぐったい思いを禁じ得なかった。

ややあってゲイブリエルは勢いこんでいった。

「彼女はひどく不幸なんだ。きみなんかにゃ、わかるまい——察しもつかないだろう、彼女がどんなにひどい目に遭っているか、どんなに勇気をもって堪えているか。あの人は貞淑だ。不平もいわん。幾分は自分のせいのようにも思うとまでいっている。おれはバートの奴をぶちのめしてやりたい。——没義道な獣め！　あいつ自身のお袋でも見分けのつかぬくらい、ぶん殴りたいんだ！」

「おいおい」と私はなかば本気で気を揉んだ。「きみには分別ってものがないのかね、ゲイブリエル？　バートとおおっぴらにやりあってみろ、万に一つも当選しっこないぞ」

ゲイブリエルは笑っていた。

「さあ、どうかな、そいつは。やってみるだけの価値はあるかもしれないぜ。いっとくがおれはね——」

なぜゲイブリエルが急に言葉を切ったのか、不審に思って私は顔をあげた。イザベラであった。イザベラがこのとき窓から入ってきたのだった。彼女は私たちにおはようございますと挨拶して、今夜の会のための納屋の飾りつけを手伝ってほしいとテレサに頼まれたのでといった。

「あなたご自身も列席していただけるんでしょうね、ミス・チャータリス？」とゲイブリエルはいった。その取ってつけたように快活な、馬鹿丁寧な語調はおよそ彼にはそぐわなかった。イザベラの存在はいつもきまって彼を困惑させるらしかった。

「ええ」と彼女は短くいって、思い出したように付け加えた。「あたしたち、こういうときは必ず出席することにしていますから」

テレサを探しに彼女が去ったとたん、ゲイブリエルは堰を切ったようにいった。

「お姫さまが来臨の栄を賜わるという寸法か、かけまくもかしこくも。平民風情と事をともにしたもうやんごとなき姫君――おありがたくって泣けてくるぜ！　ノリーズ、ミリー・バートはイザベラ・チャータリスのようにおつに気取った娘の何倍もいい女だよ。イザベラ・チャータリスか！　どこの誰さまだっていうんだ、あんなあまっ子！」

イザベラがどこの誰か、いや、むしろそれこそ問題なのだということは明らかなようだった。しかしゲイブリエルはなおもいいつのった。

「清貧か！　崩れかかった古城に住んでいるくせに誰よりも偉いって面つきで。指をひねくりまわす以外には何もせずに廃墟におさまりかえり、世嗣の貴公子がもどって結婚してくれる日を夢みている。場合によっちゃ、会ったこともないんだし、実は相手を指の先ほども思っちゃいないのに、唯々諾々と嫁ぐ気だ。へん、笑わせらあ！　へどをもよおすよ、あんな娘たちにゃあ。胸糞の悪い！　甘やかされた狆だ、まるで！　レディー・セント・ルーにのしあがる日ばかりを楽しみにな。当節、レディー・セント・ルーなんて三文の値打ちもありゃしないっていうのに。そんなたわごとの通用する時代はもうとうに終わったのさ。滑稽なだけだ――ミュージック・ホールの茶番劇さ――」

「やれやれ、ゲイブリエル」と私は口をはさんだ。「どう考えても間違ってるね、きみが保守党から立ったのは。きみがウィルブレアムなら大向こうをさぞかし唸らせるだろうに。なぜ、取り代わらない？」

「イザベラのような娘にとっては」とゲイブリエルは依然として鼻息荒くいった。「ミリー・バートはたかが獣医の細君さ。選挙のお祭り騒ぎの際にはお仲間にいれてもやろうが――城のお茶に招くには――ちょっとばかり憚りがある！　ミリー・バートはあの威張りくさったイザベラ・チャータリスを何人も合わせたくらいの値打ちがあるのに」

　私は決然と目を閉じていった。

「帰ってくれないか、ゲイブリエル？　きみは何と思っているか知らんが、ぼくはまだ体が本当じゃないんだ。安静時間を守らせてもらいたいね。きみのいうことを聞いていると、ひどく疲れる。帰ってくれたまえ」

15

誰もがジョン・ゲイブリエルとミリー・バートの仲について何かしらいった。そして遅かれ早かれ、私はそれを聞かされることになった。私の部屋はホイスト会の下準備の喧騒のさなかで、一種の楽屋の役割をつとめており、お茶あるいはシェリーを飲んで一息つこうという人々が次から次へと立ち寄った。テレサはその気になれば客を私の部屋から締め出すこともできたのだが、そんなことはしなかったし、私としてもその方がうれしかった。私は噂話と悪意と漠然とした嫉妬のこの目まぐるしい織模様に、尽きぬ興味をそそられていた。

私としては、ミリー・バートとジョン・ゲイブリエルのあいだに人に後ろ指をさされるようなことが何もないことを確信していた。彼の側には友情と憐憫、彼女の側には英雄崇拝——それだけだ。

しかし、それでいて私は、ことあれかしと意地の悪い噂をまき散らしている連中が待ち構えているようなことが起こる可能性が潜在しているということを不本意ながらも認めざるを得なかった。ミリー・バートとゲイブリエルのあいだが公明正大なものだということはそれなりに真実であったろうが、意識するとしないにかかわらず、彼女がゲイブリエルに対してほとんど恋愛に近い気持ちをいだいているということはたしかであった。ゲイブリエルはまた、官能的な欲望に動かされやすいたちの男だ。保護者的な騎士道精神がいつなんどき情熱に変わらないともかぎらない。

選挙という差し迫った事情がなかったなら二人の友情はとっくに恋愛に変わっていたかもしれない、と私は思った。ゲイブリエルという男は愛されると同時に崇拝されることを必要とする人間ではないだろうか。誰かを愛し、保護する立場にあるかぎり、彼の中にくすぶる陰鬱な憤懣は毒気を抜かれるだろう。そしてミリー・バートはまさに、愛されること、保護されることを必要としている女なのだ。

シニカルないいかたをすれば、それはより高次の——欲情でなく愛と同情、温かい思いやりと感謝にもとづいた恋愛ともいえる。しかし、それとて一種の姦通であることには変わりないし、有権者の大部分は諸般の事情など考慮することなく、まさに姦通としてそれを受けとるだろう。その結果、面白みもないかわりに私生活に非の打ちどころのないウィルブレアムに票がはいるか、あるいは多くの有権者があえて棄権するか、どちらかということになるだろう。事の当否は別として、ジョン・ゲイブリエルはこの選挙を個人的な魅力を武器として戦っている——票はウィンストン・チャーチルでなく、あくまでもジョン・ゲイブリエルに投ぜられるだろう。そのジョン・ゲイブリエルは現にひどく危ない綱渡りをしているのだった。

「こんなこと、口にするのもどうかと思うんですけれど」とある日レディー・トレシリアンが息を弾ませていった。急ぎ足で歩いてきたのであろう。灰色のフランネルのコートをぬぐと、彼女は故ミス・エイミー・トレジュリス秘蔵のロッキンガムものの茶碗に注がれたお茶をありがたそうに啜り、急に内緒めかしく声をひそめた。「あのミセス・バートと――わたしたちの候補者についての噂――何かあなたのお耳にもはいっていまして？」

こういって、彼女は途方に暮れたスパニエル犬のような目で私を見つめた。

「まあ、いろいろ、いっているようですね」

レディー・トレシリアンの善良そうな顔はいかにも心配げに曇った。

「みんな、つまらないことをとやかくいわないといいと思いますのに。ミセス・バートはいい人ですわ、とても。あの人のタイプからいったって、まさか――とにかくひどいと思いますのよ、いらない蔭口をきくのは。もちろん、噂の種になるようなことが――少しでもあれば――用心するにきまっていますから、かえって人には知れませんわ。何もやましいことがないからこそ――隠しだてするようなことがないから――大したこととも思わなかったんじゃあ――」

そのときミセス・ビガム・チャータリスが足音荒く入ってきた。馬のことで何かひどく腹を立てているらしかった。

「本当にずさんたらありゃしない。バートって男は。まったく信用できませんよ。ますます飲んだくれるようになって、近ごろじゃ仕事にも影響が及んでいますからね。犬の扱いかたは前々からなっていなかったけれど、馬や牛については、まずまともな仕事をやってのけてましたよ——農家じゃ、どこでもあの人の腕を買っていたくらい。それが今では——ポルニシーの牝牛がお産で死んだのもバートの不注意からだっていいますよ——ベントレーの牝馬にしたって——気をつけないと、獣医として立っていけなくなるわ、あれじゃあ」

「わたし、今ノリーズ大尉にミセス・バートのことを申しあげていたんですけどね」とレディー・トレシリアンはいった。「噂がこちらのお耳にもはいっているかどうか」

「むろん、たわごとですよ、みんな」とミセス・ビガム・チャータリスはあっさりいってのけた。「ただ噂ってものはどこまでもついて回るからねえ。世間じゃ、そのせいでバートがあんなに飲んだくれてるんだって取沙汰しはじめたようだけれど、馬鹿も休み休みいってほしいわね。ゲイブリエル少佐がこの土地に現われるずっと以前から、バートは大酒を飲んじゃあ、奥さんに暴力をふるってたんじゃありませんか。でも何とかしなけりゃまずいわ。誰かが少佐に助言する必要があるわね」

「カーズレークが話したようですよ」と私は口をはさんだ。

「あの男も気がきかないからね。ゲイブリエルはさぞかし怒ったでしょうね」

「ええ、そのとおりです」

「ゲイブリエルもゲイブリエルですよ——気がやさしいのが欠点ね。そう——彼女にいって聞かせることだわ。選挙がすむまでは彼に近づかない方がいいと遠まわしににおわせるとか。みんながつまらない噂をしているってことを、彼女、夢にも知らないんでしょうから」いきなり義妹に向き直って彼女はいった。「あんたの口からいうといいわ、アグネス」

レディー・トレシリアンは顔をみるみる紫色にして泣き声をあげた。

「あら、だめよ、モード——そんなこと、とても。だって、どういったらいいのか、わたしには見当もつかないわ」

「だって、まさかミセス・カーズレークの口からいわせるわけにもいかないじゃありませんか。あの女の舌に蝮の毒があるからね」

「そのとおり!」と私は叫んだ。

「それに私の睨んだところじゃ、大体がこの噂の黒幕はあの女よ」

「まさか、モード。そんなことをしたら、わたしたちが推している候補者を落選させることになるかもしれないのに――」

「あんたは胆をつぶすでしょうよ、アグネス、連隊長の家内としてのわたしの体験談を聞かせたら」とミセス・チャータリスは陰気な口調でいった。「女が意地悪をしてやろうと思ったら、ほかのことはいっさい目にはいらなくなるものらしいわ――たとえ夫の昇進だろうと。本当のところ、カーズレークの奥さんは自分がジョン・ゲイブリエルといちゃつきたかったのよ」

「モードったら！」

「嘘だと思うならノリーズ大尉のご意見を伺ってごらんなさいよ、現場にいらしたんだし。たっぷり見物させてもらった人はいくらもいてよ」

二人の婦人は一様に私の顔を見つめた。

「べつにその――」といいかけて一瞬気を変えて私はいいはなった。「いや、まったくおっしゃるとおりですよ」

ミセス・カーズレークの妙にもってまわったようないいかたや、思わせぶりな目つきの意味が突然腑に落ちたのだった。ミセス・カーズレークが噂を打ち消す努力をしなかったばかりか、ひそかにそれを焚きつけたということさえ、あり得ないことではないように思われた。

不愉快きわまる世の中だと私はしみじみ思った。

「さてと、誰かがミリー・バートに上手にいって聞かせなければいけないわけだけど、それにはノリーズ大尉、あなたが適任者だと思いますわ」とミセス・チャータリスは急に矛先を私に向けた。

「とんでもない！」と私は叫んだ。

「彼女、あなたには好感をもってますし、それに病人はいつでも、特権的な立場にあるんですから」

「まあ、そりゃ、いい考えだわ」とレディー・トレシリアンは一転して不愉快な役目から解放されることになったので大喜びだった。

「彼女、いま納屋の飾りつけをしてますけれどね」とミセス・チャータリスはさっと立ちあがった。「すぐここによこしますわ。お茶がはいっているとか何とかいって」

「絶対にお断わりします！」と私は叫んだ。

「いいえ、お引き受けいただきます」とかつての連隊長夫人の貫録を示してミセス・チャータリスはいい放った。「社会主義者に政権をとらせないように、めいめいが自分にできることをしなくてはいけません」

「それがひいてはチャーチルを助けることになるんですから」とレディー・トレシリア

ンが口を添えた。「考えてもごらんなさいまし、チャーチルがイギリスのためにどんなにつくしたか」

「チャーチルはたしかにイギリスに勝利をもたらしました」と私はいった。「だからこれからはじっくり腰を据えて第二次世界大戦史でも書けばいいんですよ。彼は現代有数の文章家ですからね。平和時の失政は労働党政府に委せてひと休みすることです」

ミセス・ビガム・チャータリスは早くも窓から勢いよく退場していた。私はレディー・トレシリアンにいった。

「チャーチルにも、もういい加減に安息の時を与えていいんじゃありませんか？」

「でも労働党が政権をとったら、収拾がつかなくなりますわ」

「誰がやっても同じことですよ。戦争の後始末というやつは、どだいうまくいかぬものです。どうせのことなら、失政は反対党に引き受けてもらう方がいいんじゃありませんか？　それはとにかくとして」近づいてくる足音と話声に気づいて、私はやっきになっていった。「あなたから、ミリーにそれとなくおっしゃるべきですよ。同性の口から聞く方があたりが柔らかいでしょう」

レディー・トレシリアンは首を振って答えた。

「いいえ、そういうものじゃありませんわ。モードのいうとおり、あなたが適任です――

あの人、きっと納得しますわ」

あの人とはミリー・バートのことなのだろうが、納得するかどうかは甚だ疑わしいと私は思った。

ミセス・ビガム・チャータリスは商船を護衛する駆逐艦のようにものものしくミリーを伴って部屋に入ってきた。

「さあ、どうぞ」と彼女は勢いよくいった。「ミセス・バート、お茶がここにありますから一杯ついで、しばらくノリーズ大尉のお相手をしてさしあげて下さいな。アグネス、賞品はどこにあって？」

二人の婦人があたふたと出て行くと、ミリー・バートは自分の茶碗にお茶をつぎ、私の傍らに腰をおろした。少々戸惑ったような表情であった。

「あの――何かありましたの？」と彼女は訊ねた。

彼女がこんなふうに口を切らなかったなら、私は自分に課せられた仕事を回避したことだろう。彼女がそう訊ねたことでいくらか話しやすくなって、私は思いきっていった。

「あなたはとてもいい人だから、ミリー、世の中にはあなたのようないい人ばかりはいないということに気づいたことがないんでしょうね？」

「それどういう意味ですの、ノリーズ大尉？」

「実はね、あなたとゲイブリエル少佐のことで意地の悪いデマがいろいろと飛んでいるんですが、知っていますか？」

「あたしとゲイブリエル少佐のことで？」ミリーは私の顔を呆然と見つめた。その顔がやがて前髪の生えぎわまで燃えるような色に染まるのを見て、私は困惑して目をそらした。「じゃあ――ジムばかりじゃなく――ほかの人も――そう思っているんでしょうか？」

「選挙の際にはね」と私はこんなことをいう自分をいとわしく思いながら続けた。「候補者はとくに注意しなくてはいけないのですよ。李下に冠をただサずという言葉がありますす。わかるでしょう？ ジンジャー・キャットで彼と一緒にコーヒーを飲むとか、町で行き会って彼に買物包みを持ってもらうとか、そんな些細なことでも噂の種になるんですからね」

ミリーは茶色の目を怯えたように見開いて私を見つめた。

「でも――でも何でもないんだってことはあなたはわかって下さいますわね？ あの方が人に聞かれて悪いようなことは一言だっておっしゃったことがないこと、ただご親切からよくして下さったんだってことも？ だって、それだけですのよ、本当に」

「もちろん、わかっていますよ。しかし、候補者は人に親切にすることもほどほどにしなければならないのですよ。我々の政治の理想はきわめて純粋なのでして」と私は苦々しげにいった。

「あの方が傷つくようなことはあたし、絶対にしたくありませんわ、どんなことがあっても」

「そりゃそうでしょうとも」

ミリー・バートは訴えるように私を見つめた。

「あたし、どうしたらいいんでしょう——あの——どうしたら噂を——？」

「そうですね——選挙がすむまで彼とできるだけ顔を合わせないようにする、それでいいんじゃないでしょうか。できれば一緒にいるところを人に見られないように」

ミリーはすぐ呟いた。

「ええ、もちろんそうしますわ。話して下さってありがとうございます。教えて下さらなかったら、あたし、ちっとも気がつかなかったと思いますわ。あの方、あたしにとてもよくして下さって——」

こういってミリーはそそくさと立ちあがった。これで万事うまくおさまったといいたいところだが、具合の悪いことにそのとき、当のゲイブリエルがぶらりと部屋に入ってきたのだった。

「やあ、何のお談義だね、いったい？　いま講演会を一つ終えてきたんだが。すっかり咽喉を涸らしてしまった。シェリーがあるかね、きみ？　お次は母の会というやつなんだが——ウィスキーは息が酒臭くなるからよした方がいいんじゃないかと思ってね」

「あたし、もう帰らなければ」とミリーは呟いた。「さようなら、ノリーズ大尉。失礼いたします、ゲイブリエル少佐」

「ちょっとお待ちなさい」とゲイブリエルはいった。「お送りしますよ」

「いいえ、よろしいんです——急いで帰らないと」

「じゃあ、シェリーは涙を呑んでやめます。ご一緒しましょう」

「お願いですわ！」とミリーは顔を赤らめて困惑した様子でいった。「いらしていただかない方がいいんですの。ひとりで——帰りたいんです」

こういい残して走らんばかりに慌てふためいて出て行った彼女を呆れた顔で見送ると、ゲイブリエルはくるりと私の方に向き直った。

「誰か、あの人に下らんことを吹きこんだんだね？　きみか？」

「ああ」

「こいつはおれの問題だぜ。余計な口を出すな」

「きみの問題なら、まったく関心がないが、これは保守党全体の問題だからな」

「保守党がどうなろうと、きみの知ったことか？」

「そりゃ、まあ、そうだな」と私は認めた。

「じゃあ、なぜ、干渉する？」

「本当のところ、ミセス・バートに好意をもっているからだろうね。きみとあの人との友情が問題になって、そのせいできみが落選したと思いこんだら、彼女、ひどく悩むだろうから」

「そんなことで落選したりするものか」

「いや、そういう可能性も大ありだよ、ゲイブリエル。きみはいかがわしい想像のもつ力というものを過小評価している」

　ゲイブリエルは頷いた。

「誰がきみを焚きつけたんだ？」

「ミセス・ビガム・チャータリスとレディー・トレシリアンだよ」

「あの糞ばばあども！　セント・ルー刀自も一枚加わっているのか？」

「いや、レディー・セント・ルーは何の関係もない」

「あの古狸が指令を出しているんなら、いっそミリー・バートを連れて週末をどこかで過ごして、みんなの度胆を抜いてやるんだが」

「そんなことをしようものなら、万事休すさ。きみは是が非でも選挙に勝ちたいんじゃないのか?」

ゲイブリエルはいつもの上機嫌な彼に返って突然ニヤッと笑った。「大丈夫、勝つよ、おれは」

16

その夜はことのほか美しい月夜であった。大勢の人々がポルノース・ハウスの納屋に集まり、ホイストばかりでなく、仮装やダンスを楽しんだ。

テレサが車椅子を押して、私に会場を覗かせてくれた。誰も彼も浮き浮きと楽しそうだった。わけてもゲイブリエルは上機嫌で、みんなの中にまじって面白い話をして聞かせ、何かいわれれば機智に富んだ答をし、からかわれれば負けずに洒落のめした。彼は平素にもまして快活で自信に溢れ、とくに婦人たちには大袈裟なほど慇懃に振舞っているようだった。こういうところが彼のそつのなさなのだろう。周囲の者まで引きこむようなその陽気さのおかげで、雰囲気はいやがうえにも盛りあがった。

威厳のある痩身のレディー・セント・ルーは会の中心的役割をつとめており、その臨席はこの夜の催しに少なからず光彩を添えるものと考えられているようだった。レディー・セント・ルーは町の人々から好かれると同時に恐れられてもいた。忌憚のない意見を躊躇せずにずばりと述べることはあったが、それとない親切心は嘘偽りのないもので、セント・ルーとその近郊の地域に対して強い関心を寄せていた。

「お城」に人々が敬意を払うのは故ないことではなかった。戦争の初期、役場の吏員が都市からの疎開者を割りふるのに四苦八苦していたとき、レディー・セント・ルーは、城を特別扱いすることはない、なぜわたしたちの所だけ疎開者の割り当てがないのかときつい申しいれをした。

役場のペンジリー氏は大いに恐縮して躾の悪い子どもたちもいることだし、由緒あるお城に迷惑を及ぼしてはとご遠慮したのだと弁解したが、レディー・セント・ルーはきっぱりいった。

「もちろんわたしども、それなりのお手伝いをさせていただくつもりです。学童五人、もしくはそちらのご都合次第で二組の家族をお引き受けしましょう」

しかし割り当てられた二組の家族は城の生活に馴染むことができなかった。ロンドン育ちの二人の主婦はがらんとした石畳の長い歩廊に恐れをなし、幽霊でも出そうだとぶつぶついった。暖房が不充分なので海風が吹きつけるときなど、身を寄せ合って歯の根も合わず震えていた。それなりに暖かく居心地のよかったロンドンの借家にくらべて、城の暮らしは彼らにとって悪夢のようだった。というわけでこの家族たちはいくらもたたないうちにほうほうの体で逃げだし、代わって今度は小学生が送りこまれた。子どもたちにとってはこの古城はわくわくするようなスリルに満ちみちた場所だった。彼らは廃墟をあちこちと探検し、どこかにあるといわれている地下の秘密の抜け道を飽くことなく探しまわり、足音が無気味にこだまする森閑とした長廊下に有頂天になった。彼らはまた、母性愛を発揮して何くれとなく世話を焼きたがるレディー・セント・ルーを寛大に受けいれ、レディー・セント・ルーに畏怖と魅力を感じ、ミセス・チャータリスから馬や犬に恐れずに接することを教わった。またコーンワル生まれの年とった料理番とすっかり仲よくなって、サフランいりの菓子パンを作ってもらったりした。

この後レディー・セント・ルーは疎開者係の役人に二度手紙を送った。辺鄙な農場に送られた児童について至急調査してほしい、その農家の人たちは不親切であるか、少なくとも信用できないように思う、というのであった。役人が調べてみると一軒に預けられた子どもたちは栄養失調に陥っていたし、もう一軒では栄養状態はまずまずだったが、身のまわりは不潔で、碌に面倒を見てもらっていなかった。

こんなことからレディー・セント・ルーに対する人々の尊敬は増し加わり、不正をけっして見逃さないという点でも、「お城」は一目置かれるようになった。

その晩レディー・セント・ルーはあまり長居をせずにレディー・トレシリアン、ミセス・ビガム・チャータリスと連れだって早目に引きあげた。イザベラだけはテレサやミセス・カーズレークら、会のいわゆる裏方を手伝うために後に残った。

私自身は二十分ほど見物した後、ロバートに付き添われて母屋にもどったが、すぐには家の中に入らずに車椅子をテラスに据えてもらった。暖かい晩で月光がすばらしかった。

「しばらくここにいよう」と私はいった。

「いいよ。膝掛けか何かいるかい？」

「いいや、今夜はかなり暖かいから」

ロバートは頷いて踵を返し、大股に納屋にもどった。彼も用事を割りふられていたのだった。

私はしばらくのんびりと煙草をふかした。月光を浴びた海を背景に城は黒々と聳え、つねにもまして芝居の書き割りのような感じがした。納屋の方向から楽の調べや、がやがやという人声が聞こえてきた。私の背後にはポルノース・ハウスが黒々と静まりかえり、一つだけあけはなされている窓をのぞいて鎧戸はみな締まっていた。月光のいたずらで、城からポルノース・ハウスまで明るい光の街道がくっきりと一筋ついているように見えた。

私はふと輝く銀の甲冑に身を固めた騎士が馬に跨ってその道をやってくる姿を想像した——自分のものである城に帰る若いセント・ルー卿……軍服が鎖帷子ほどロマンティックでないのは残念なことだった。

納屋の方から聞こえてくる賑やかなさざめきとはまったく異なった夏の夜の音に私は耳を澄ました。ひそやかな、忍びやかな音——自分たちの出番がきたのを感じて動きまわりはじめた小さな動物たちのたてる音。草葉のそよぎ。遠くで梟が鳴いた。

満ち足りた思いが私の胸に忍びよっていた。テレサにいったことは嘘ではなかった——私は人生の再出発をしようとしていた。過去の月日とジェニファーは輝かしい、しかし、実態のない夢のようにぼやけていた。その思い出と現在の私とのあいだには、苦痛と呆心の暗い沼地がひろがっていた。そこから私は今ようやく抜け出ようとしているのであった。かつての生活に帰ることはできない——過去との断絶ははっきりしていた。私はまったく新しい生活をはじめようとしている。それはどんなものになるだろう。どのようにしてそれを形づくっていこう？　新しいヒュー・ノリーズはどんな人間なのだろうか？　私は自分のうちに新しい関心が動きはじめるのを覚えていた。私は何を知っているか？　何を望むことができるか？　何をしようとしているのか？

白い服をまとった背の高い人影がこのとき納屋から現われ、一瞬ちょっとためらう様子を見せた後、こちらに向かって近づいてきた。イザベラだった。イザベラは私の傍までくるといつものベンチに腰をおろした。彼女の出現によって夜の織りなすハーモニーは完璧となった。

私たちは長いこと黙って坐っていた。ひどく幸せな思いであった。しゃべることでこの幸福を損なうように忍びなかったし、考えることさえしたくなかった。

海から吹いてきた一陣の微風がイザベラの髪をそよがせたので、イザベラはつと片手をあげ、呪文はようやくやぶられた。振り返ると彼女はさっきまで私が見つめていたあの城へ続く光の街道に目を注いでいたのであった。

「今夜のような晩にこそ、ルパートがくるべきでしょうね」と私はいった。

「ええ」彼女の声はかすかに震えていた。「ほんとうに」

「たった今もその到着の瞬間を想像していたんですがね。鎖帷子を着て馬に跨っている彼を。しかし本物のルパートはおそらく軍服で現われるでしょう」

「早くきてくれないと困るわ」とイザベラは呟いた。「本当に少しでも早く……」

その声にはせっぱ詰まったような、ほとんど苦しげな響きがあった。彼女が何を考えているのかはわからなかったが、私は漠然とした不安を覚えた。

「あまり期待しない方がいいんじゃありませんか？　物事はえてして思うような結果にはならないものだから」

「ええ、ときには」

「思いこんでいると、ふと肩すかしをくわされる……」

「ルパートが早くきてくれないと本当に困るんです」

思いつめた激しい声音にそれはどういう意味かと私が訊ねようとしたとき、納屋からジョン・ゲイブリエルが出てきて私たちの仲間いりをした。

「ミセス・ノリーズがきみの様子を見てきてくれといわれたのでね。何か飲むかい？」

「いや、結構」

「本当に？」

「ああ」

彼はイザベラを何とはなしに無視しているようだった。

「何か飲むなら、自分でつぎたまえ」と私はいった。

「いや、いいんだ」ちょっと言葉を切って彼はふと呟いた。「美しい晩だな。さしずめ、こんな晩に若きロレンゾは――」と柄にもなくシェイクスピアがとびだした。

申し合わせたように沈黙が続いた。納屋の方から楽の音が流れてきた。ゲイブリエルはイザベラの方に向き直った。

「よかったら踊っていただけませんか？」

イザベラは立ちあがって持ちまえの慎みぶかい声で呟いた。「ありがとうございます。喜んで」

それっきり黙って二人は何となくぎごちない様子で連れだって姿を消した。

私はひとしきりジェニファーのことを考えた。どこで何をしているだろう？　幸せに暮らしているだろうか？　それとも――？　すでにほかの相手と結ばれているかもしれない。そうだといいが。

今ではジェニファーのことを考えても、これという苦痛はなかった。かつて私の知っていたジェニファーは、はじめから実在していなかったのだ。自分の好みに合わせて、私が彼女を創造したのである。本当のジェニファーがどんな女かということなど、考えたことがなかった。二人のあいだには、ジェニファーを恋い焦がれている私が立ちふさがっていたのだ。

大きな階段を一段一段おぼつかなくおりて行く子どものように、私は追憶にふけっていた。

「ヒュー坊やが今おりて行くよ」と偉そうに叫ぶ子どもらしい声がかすかに耳もとに響くようだった。少し大きくなると、子どもは「私」とか「ぼく」と、一人称で語ることを学ぶ。しかし、その心の内奥には依然として、「私」の浸透していない部分があるのだ。彼は「私」ではなく、あくまでも一人の傍観者に終始する。ひと続きの絵の中の人物のように自分を見る。私はジェニファーを慰めているヒューを、彼女のすべてであるヒューを、ジェニファーを幸せにするつもりでいる彼を、これまでの彼女の不幸をすべて埋め合わせようとしているヒューを見ていたのだった。

そうだ、ちょうどミリー・バートのように、と私は考えた。ミリー・バートはジムと結婚する決心をし、彼を幸せにする自分を、その飲酒癖をやめさせることに成功した自分を思い描いていたのだ。本当のジムを見ようなどという気はさらさらなかった。

私はこのプロセスをジョン・ゲイブリエルに当てはめてみた。かわいらしいミリーの不幸な身の上に同情し、彼女を元気づけ、いたわり、力強く支えてやっているゲイブリエルの姿を。

一転して私はテレサのことを考えた、ロバートと結婚したテレサ。テレサについてはゲイブリエルの場合のようにロマンティックな場面は思い浮かばない。テレサはおとなだ――「私」という言葉で語ることをすでに知っている女なのだ。

このとき二つの人影が納屋から出てきて私の方に背を向けて階段をおり、下のテラスから水際の方へと消えた……

私はふたたび最前の考えを追った。私に同情をよせ、早く元気になって人生に興味をおもちなさいと勧める自分の姿を思い描いているレディー・トレシリアン。何についてもいつでも、自分が一番よい解決の方法を心得ていると自負しているミセス・チャータリス、彼女の目に映っているのはいまだに有能な連隊長夫人である自分の姿なのだ。それがどうして悪い？　人生は辛いものだ。それなりに夢がなければ。

ジェニファーも夢を見ていたのだろうか？　本当のジェニファーはどんな女だったのだろう？　真の彼女を見ようという努力をおまえはしたことがあったか、と私は自問した。おまえは終始自分が見たいと願っている、実のある、不幸な、すばらしいジェニファーを見ていたにすぎないのではないか？

彼女はどんな女だったのだろう？　大してすばらしくも、実があるわけでもなく（よく考えてみると、そういうことになるらしい！）不幸な……たしかに不幸な女……私は彼女の痛恨を、障害の身となってベッドに横たわっている私の前で自分を責めている彼女を思い出していた。みんな、あたしのせいですわ、あたしが悪かったんですといいつづけていた彼女を。それはジェニファーが悲劇の女主人公として自分を見ていたからにほかならない。

それまでに起こったことはことごとくジェニファーのせいでなければならなかったのだ。不幸つづきのジェニファー。ほかの人の身に起こった禍をことごとく自分のせいにする不幸な、悲劇の女主人公。ミリー・バートもしかしたら同じたちの人間なのかもしれない。ミリーは――人間性についての一般論から、私は急転直下、日常的な問題へと思いを帰した。ミリーは今夜の会に姿を見せなかった。その方が賢明だったかもしれない。それともいなければいないで、またとやかくいわれるだろうか？

私は突然ぶるっと身震いをして我に返った。うたた寝をしていたのか。夜気が急に冷えびえと身に沁みた。

下のテラスの方から足音が近づいてきた。ジョン・ゲイブリエルであった。私はその妙にふらついた足どりに気づいて酔っているのかと思った。

近くにやってきた彼の様子に私は一驚した。私に話しかけたその声はくぐもり、発音もはっきり聞きとれなかった。どう見ても酔いどれのようだったが、彼をそんな状態にしたのはアルコールではなかったのである。

酔っぱらいのような濁み声で彼はいきなり哄笑した。

「あのあま！　おれはいったろう？　あの娘も世間のほかの女の子と変わりはないって。頭は星のあいだに聳えているかしれないが、足はちゃんと泥に埋まってらあ」

「何のことだ、ゲイブリエル？」と私はきっとなっていった。「きみ、飲んでいるのか？」

ゲイブリエルはまたもや高笑いした。

「へっ、笑わせるなよ！　おあいにく、飲んじゃあいない。酒なんぞよりもっとすてきなことが世の中にはあるものさ。へん、おつにすましやがって！　しもじもの者とまじわることは妾《わらわ》にはできかねまするってな姫君がさ！　つい今しがたあの女に思い知らせてやったんだ。天空の星のあいだから引きずりおろして——土くれでできた安人形だってことを教えてやったのさ。いつだったか、きみに、あの娘は聖女じゃない——あの口もとを見りゃわかるっていったっけな……そうとも、人間さ、りっぱに。その辺に掃いて捨てるほどいる下らん人間の一人だよ。女なんてみんな同じさ。嘘だと思うなら、口説いてみろ……みんな同じだよ」

「いい加減にしろ、ゲイブリエル！」と私は嚙みつくようにいった。「いったい何をやったんだ？」

彼はげらげらと笑った。

「こたえられないいい思いをしてたのよ。こたえられない思いをな。おれのやりかたで――何ともいえないよ」

「きみがあの子を辱めるようなことを何かしたのなら――」

「あの子？　ありゃあ、きみ、成熟しきった女だよ。自分のしていることについちゃ、百も承知してるさ。当然な。そうとも、もう一人前の女だよ。おれが太鼓判を押す」

こういって彼はまた笑った。その笑い声の響きはその後何年ものあいだ私の耳の底に残っていた。おそろしく不快な、粗野な、動物的な笑い声であった。私はそのとき彼を憎み、ずっと憎みつづけた。

私は自分の無力さを、思うように身を動かすことのできない情なさをたまらなく意識して歯嚙みした。彼は軽蔑するような目つきでじろりと私を見やり、この無力感をいっそう煽りたてた。その夜のジョン・ゲイブリエルほど醜悪なものはまたとなかったろう……

ゲイブリエルはまたげらげらと笑いながらよろめきよろめき納屋の方にもどって行った。

私は怒りに燃えてその後を見送った。自分のままならぬ状態を情ない思いで嚙みしめていたとき、誰かがテラスの階段をのぼってくる足音がした。軽やかな、ひそやかな足音であった。

やがてイザベラがテラスを横切って私の傍にやってきて、石のベンチに腰をおろした。いつもと変わらぬ落ちついた物静かな身のこなしだったが、さっきまでの彼女と異なったものを私は感じていた。彼女を何か力づけてくれるもの、安心させてくれるものを求めているとでもいおうか。彼女のうちの何かが乱され、目覚めていた。しかしいかなる思いがその胸をよぎっているのか、私は知らなかったし、察することもできなかった。たぶん彼女自身も知らなかったのかもしれない。

少ししどろもどろに私はいった。

「イザベラ——大丈夫ですか？」

何をいっているのか、自分でもわからなかった。

しばらくしてイザベラは呟いた。

「あたし、わからないの……」

ややあって彼女はそっと滑らせるように手を私の片手の中にいれた。信頼にみちた、愛らしいしぐさであった。その瞬間のことは今も私の胸に焼きつけられている。私もイザベラも何もいわなかった。小一時間もそうして坐っていただろうか。やがて客が納屋からぞろぞろと出てきた。婦人たちが入れかわり立ちかわりやってきてしゃべり、今夜の成功を祝しあった。その中の一人の自動車に乗って、やがてイザベラは帰って行った。

夢のように、現実離れのしたひとときの記憶を私の胸に残して。

17

ゲイブリエルはてっきりその翌日私を避けるだろうと思ったのだが、そこはいつも意表をつくこの男のこと、十一時ちょっと前にやってきた。

「きみがひとりだといいと思ってきたんだが。昨夜おれは何とも阿呆な真似をしちまったらしいな」

「それがきみのせりふか。こっちはそんななまやさしいいいかたじゃおさまらんね。ひどい男だよ、きみは。まるで話にならない」

「彼女、何ていってた？」

「何もいわんよ」

「取り乱していたか？　それとも腹を立てて？　畜生、何かいうはずじゃないか。小一時間もきみの所にいたんだから」

「何一ついわなかったよ」と私は繰り返した。

「いっそ、あんなことをしなければ――」といいかけて急に語調を変えて続けた。「おいおい、おれがあの娘を誘惑したなんて思っているんじゃあるまいね？　とんでもない。おれは誓って――ただちょっといいよっただけさ。月夜にきれいな娘といたんだ。誰だって――」

私は答えなかったが、ゲイブリエルはまるで私がなじりでもしたようにむきになった。

「そのとおりさ。おれだっていいと思っちゃいないよ。だがあの娘を見ていると気がおかしくなってくるんだ。最初会ったときからそうだった。神聖不可侵とでもいうような、おつにかまえた面をしやがって。だからちょっかいを出してみたのさ――お上品に持ちかけたんじゃない――おれのやりかたはえげつないよ。だがあの娘、けっこう反応を示したぜ、ノリーズ……ありゃあ、熱い血のかよった女さ。土曜の晩、行きずりにものにできるそんじょそこらの女と変わりはないね。今ごろはおれを憎んでるこったろう。おれの方はまんじりともしなかったが――」彼は荒々しい足どりで歩きまわった。「本当に何もいわなかったのか？　何も？」

「もう二度いったはずだ、そのことなら」と私は冷ややかに答えた。

ゲイブリエルは頭を掻きむしった。滑稽なしぐさと人はいうかもしれない。しかし本当のところ、哀れを誘った。

「彼女が何を考えているか、おれには皆目わからない。何一つ。彼女はどこかおれの手の届かぬ所にいる。あの糞いまいましいピサの小壁画《フリーズ》と同じだ。天国の木の下に微笑を浮かべて坐っている祝福された女だ。そんなあいつをおれは引きずりおろさずにはいられなかった——堪まらなかったんだ！　思いきり辱めてやりたい、地面に引きずりおろしたい、恥じいっているその面を見てやりたい、そう思った。おれと一緒に堕地獄の苦しみを味わわせてやりたかった——」

「いい加減にしないか、ゲイブリエル」と私は激昂していった。「きみにはわきまえというものがないのか？」

「ないね。おれが味わわされたような気持ちを経験すれば、わきまえも何も吹っとぶさ。ここ数週間というもの、おれは彼女に出会わなかったらと、どんなに口惜しく思ったかしれない。彼女が忘れられれば——彼女が存在していることを知らなかったらと——」

「ぼくにはわからないね、きみが——」

「何でわかるわけがある？　へん、自分の鼻の先も見えないくせにして。まったく、きみほど利己的な男も珍しいよ。畜生、勝手な感慨にとっぷりひたりやがって。おれはあの娘に大恥をかかされたんだぜ。もうちょっとこんな状態が続いてみろ、議員になろうがなるまいが、どうでもよくなっちまわあ」

「国益の上からは、その方がありがたいかもしれないな」

私は答えなかった。「おれはもうだめだ」とゲイブリエルは陰鬱な口調で呟いた。これまでゲイブリエルが勝手な熱を吹くのをさんざん聞かされてきたので、こんなふうに意気消沈しているところを見るのはまんざらでもなかった。

私の沈黙は彼を立腹させた。それは私の思う壺だった。

「おいおい、その取り澄ました、聖人ぶった面はいい加減に引っこめてくれ。おれがどうすりゃいいというんだ？　彼女に謝罪しろっていうのか、我を忘れてつい失礼をとか何とか、いえっていうのか？」

「きみがどうしようが、ぼくにはおよそ何の関係もないね。第一、女の子のことには経験ゆたかなんだろうが？」

「あんな娘とはこれまで関わったことがない。どうだろう、彼女にはショックだったろうか、おれに愛想がつきたかな？　いやらしい男だと思ったろうか？」

イザベラがどう思い、どう感じたか、そんなことはぼくの知ったことではないと、私は少なからずいい気持ちで突っぱねた。

「それはそうと」と私は窓の外に目をやりながらいった。「そのご本人が今こっちにやってくるよ」

ゲイブリエルはさっと顔を赤らめた。その目に追いつめられたような色が浮かぶのを、私は見てとった。

彼は両足をふんばり、顎を突き出した醜い格好で炉の前に立っていた。その顔に浮かんだ打ちしおれたおどおどした表情はおよそ彼に似つかわしくなかった。こそこそした、卑屈な、下品なその姿に私はいい気味だと思った。

「あの娘が、猫のくわえてきたものでも見るような目つきでおれを見やがったら――」

と彼はいいかけて口をつぐんだ。

入ってきたイザベラはそんな目つきをするどころか、まず私に、ついでゲイブリエルに尋常に朝の挨拶をした。二人のあいだにこれといった隔てを置かず、いつものように物静かで慇懃だったし、その表情も晴れやかで、何の曇りもなかった。彼女はテレサへの伝言を託されてきたので、カーズレーク家に行っていると聞くと、私たちにちょっと微笑を向けて出て行った。

イザベラがドアを締めて立ち去るとすぐ、ゲイブリエルは悪態をつきはじめた。あまりいつまでも毒づいているので、堪まりかねて遮ろうとしたが、彼は反対に私に食ってかかった。

「余計な口を出すな、ノリーズ、きみなんぞの知ったことか。おれはあの思いあがった小娘に思い知らせてやる、その結果、どんなことになろうと」

こういい捨てると、家中が震動するほど激しくドアを叩きつけて、ゲイブリエルは部屋を出て行ったのであった。

私はカーズレーク家からもどるイザベラを引き留めたかったので、ベルを鳴らして寝椅子をテラスへと押し出してもらった。

待つほどもなくイザベラが幅の広いフランス窓からテラスにおり立ってこっちにやってきた。いつもの自然なしぐさで石のベンチに腰をおろすと、何もいわずに細長い手を例によって軽く膝の上で組み合わせた。

いつもならこの娘が傍らに坐っているだけで満ち足りたものを覚えるのだったが、その朝、私はしきりに考えていた。どこか高貴な輪郭をもつこの頭の中をいったいどんな思いがゆききしているのであろうか？　ゲイブリエルの陥っている精神状態を私はまざまざと見せつけられていた。しかしイザベラは前夜のことからどんな印象を――もしも何か印象を受けたとしたら――受けたのだろうか？　イザベラから何かを引き出そうとする場合、困るのは、遠まわしの表現がまったく通用しないことだった。世間一般に通用する婉曲ないいまわしでは、まじまじと見返されるばかりであった。

しかし、世の中には慣習というものがある。だから私はまずしごく曖昧な問いを発した。

「どうなんです。イザベラ？　大丈夫ですか？」

イザベラは落ちついたまなざしで物問いたげに私を見た。

「ゲイブリエルがけさだいぶ興奮していたんですがね。昨夜のことであなたに謝りたかったんでしょう」

「謝るって――なぜ？」

「それはつまり――」と私はちょっとためらった。「あなたに――失礼をしたというわけで――」

イザベラはふっと考えこむ様子で「ああ、あのこと」と呟いた。

どぎまぎする様子はまったく見えなかった。口を出す筋合いではないと思いながらも、私は好奇心に駆られた。

「あなたは彼が失礼だったとは思わないんですか？」

「わかりません……わからないんです」ちょっと弁解するようにイザベラは付け加えた。

「考える暇がなくって」

「ショックも、恐怖も、狼狽も感じなかったっていうんですか？」

私はイザベラの反応を知りたかったのである。

イザベラは私の言葉を仔細に吟味している様子だったが、依然として遠くのものでも見ているようにぼんやりと呟いた。

「いいえ、べつに。感じるはずかしら?」

そう訊かれて、私はどぎまぎした。何と答えたものか、わからなかったのだ。普通の女の子がはじめて――むろん、恋ではない――そんな情緒的なものでなく――いささか粗野な男の、容易に掻きたてられやすい情熱の炎に曝されたとき、いったいどんな思いを感じるものであろう?

イザベラにはどこか、きわだって純潔な乙女らしいところがあるというのが私の受けていた印象であった。(それともただそう感じたかったのだろうか?)しかし、それははたして現実のイザベラであろうか? ゲイブリエルは彼女の口が官能的であると二度もいった。私は今その口もとをつくづくと見守っていた。下唇がふっくらと――ほとんどハプスブルク家の女性を思わせた――口紅は塗っておらず、自然のままの、新鮮な赤い唇であった。そうだ、たしかに官能的――情熱的な口もとである。

ゲイブリエルは彼女のうちに彼に応えるものを目覚めさせたという。しかしそれはどんなものだったのだろう? 官能的なものか、本能的なものか? それとも彼女の理性も肯定する答であったのか？

　こんなことを思いめぐらしている私にイザベラは、ゲイブリエル少佐をあなたは好きかと単刀直入に訊ねたのであった。

　昨夜のことがなかったら、私は何と答えてよいか迷ったかもしれない。自分でもおりわからなかったのだから。しかし今の私の気持ちははっきりしていた。

「いいえ、嫌いですね」とにべもなくいった。

「ミセス・カーズレークもお嫌いらしいの」

　ミセス・カーズレークといっしょにされるのは心外だった。

「で、あなたは彼が好きなんですか、どうなんです、イザベラ？」

　彼女は長いこと口を開かなかった。しばらくしてぽつりぽつりとその唇を洩れた言葉に耳を傾けながら私は、彼女の魂が深い困惑の沼の中をさまよっていることを感じた。

「あたし、あの方を知らないんです……少しも。誰であれ、話もできないくらい、人について知らないって恐ろしいことですわね」

　私にはその言葉の意味がよくわからなかった。私が女性に魅力を感ずる場合には、理解が牽引力となっているのがつねだった。すなわち特別に通じあうものがあるという（ときには誤った）確信である。好悪の傾向の相似、芝居や書物の好み、倫理観といったものをともにするという感じ。つまり私にとっては温かい仲間意識が、きまって恋の出発点であった。しかし多くの場合、それは単にカムフラージュされた性的牽引ではなかったか。

ゲイブリエルは女性にとって魅力のある男だとテレサはいう。イザベラもそう思ったのかもしれない。もっとも彼はそれをおおっぴらにひけらかしているくらいで、理解などという虚飾で覆い隠してはいない。彼はよそ者、局外者として彼女の前に現われたのであった。イザベラは本当に彼の魅力を感じたのだろうか？　彼という人間でなく、その求愛の荒々しさが彼女を引きつけたのではあるまいか？

とはいえ、そうしたいっさいの臆測はイザベラには無縁だろう。ゲイブリエルに対してどんな気持ちをいだいているにしろ、彼女はそれを分析することなく、あるがままに受けいれることだろう。人生という綴れ織りの一部として受けいれて、すぐまた次の紋様に立ち向かうに違いない。

私ははっと悟った。ゲイブリエルのほとんど狂気じみた怒りを触発したのは、実は彼女のこの態度だったのだ。ほんの一瞬ながら、私はふとゲイブリエルに対して同情の動くのを感じた。

しばらくしてイザベラは何事もなかったように、赤い薔薇が冬長もちしないのはどうしてだろうと、持ちまえの沈静な声で訊ねた。ひとしきりそのことを話題にした後、私は彼女の好きな花は何かと訊いてみた。

赤い薔薇、濃い褐色のニオイアラセイトウ、それから薄紫のアラセイトウ、とイザベラは答えた。

ずいぶん雑多な取り合わせだと私は思った。なぜ、好きなのかと訊くと、彼女はわからないと答えた。

「あなたは無精な人ですね、イザベラ、ちょっと考えさえすれば理由ははっきりするんでしょうに」

「そうかしら？　でしたら、考えてみますわ」

しゃんと背筋を伸ばした姿勢でイザベラはそこに真面目な面持ちで坐り、じっと考えこむ様子だった……

(イザベラを思い出すとき、私の目に浮かぶのはそうした姿だ——今も、そしておそらくこの世のきわみまでも。彫刻を施した石のベンチの陽だまりに頭を誇らかにあげて坐り、細長い手を安らかに膝の上で組み、彼女はじっと花のことを考えていた)

しばらくしてイザベラはようやくいった。

「たぶん、それはどの花も指で触ったら、まるでビロードのように——しっとりした感じがしそうだから……そしてすてきな匂いがするからじゃないかしら。薔薇は花壇ではあまり美しく見えないわ――生えている所は見ばえがしないけれど――それだけ取ってガラスの器に挿すと――本当に美しいわ――でもほんのひとときだけで――萎れて死んでしまう。人はアスピリンを水に溶かしたり、茎を焼いたり、いろいろなことをするけれど、何にもなりはしない――ほかの薔薇ならとにかく、真紅の大輪の薔薇はだめ――死ななければ本当にいいんだけれど」

イザベラがそんなに長いこと話すのを聞いたのはそのときがはじめてだったと思う。彼女はゲイブリエルよりも、薔薇により多くの関心をもって語っていた。

それは前にもいったように、いつまでも記憶にとどまる瞬間であった。いうならば私たち――イザベラと私との友情のクライマックスであったといえる。

私の寝椅子は野を越えてセント・ルー城を見はるかす位置に据えられていた。その野を走るひとすじの小径をこのときこちらに向かって近づいてくる人影があった。軍服に軍帽――突如つきあげた激しい胸の痛みに思わずはっとしつつ、私はセント・ルー卿がついにその城に帰ってきたことを悟ったのであった。

18

人はときどき、一つづきの出来事が、以前にもうんざりするほど何度か繰り返し起こったことがあるという妙な感じをいだくことがある。近づいてくる若いセント・ルー卿の姿を見守りながら、私はちょうどそんな気持ちを味わっていたのだった。この同じ場所、同じ椅子に、身動きのできぬ無力な病人として横たわり、野道を近づいてくるルパート・セント・ルーにじっと目を注いでいた私……以前にも何度か目にし……これからも……そしておそらく永遠にわたって思い出す光景。

イザベラ、と私の心は叫んでいた。さようなら。いましも運命があなたを訪れようとしているのだ。

お伽噺の雰囲気がふたたびあたりにみなぎっていた。それは幻であり、非現実であった。私たちの耳に親しいお伽噺。めでたしめでたしのその結末。私もまたそれに一役買うのだろうか？

イザベラを見やって、私はほっと小さく溜息をついた。彼女は近づきつつある運命にまだまったく気づいていなかった。細長い白い自分の手を眺めつつ、イザベラはあいかわらず薔薇のことを、それとも濃褐色のニオイアラセイトウのことを考えているらしかった。

「イザベラ」と私はそっといった。「誰かくるようですよ……」

イザベラはちょっと興味をそそられてゆっくり頭をあげ、振り返った。そしてそのとたんにはっと体を硬くし、かすかに身を震わせた。

「ルパート……まあ、ルパート……」

まだかなりの距離があったのだから、思い違いということもあったはずだ。しかし、それはたしかにルパートであった。

ルパートは少しためらいがちに門を入り、階段をテラスへとあがってきた。少々後ろめたげであった。ポルノース・ハウスが彼のまだ会ったことのない人々の持ち家だったからだろう……。しかし城の老婦人たちがいったに違いない――彼のいとこは今そこを訪問していると。

彼がテラスにあがると、イザベラは立って二歩進み出た。ルパートは足どりを速めて彼女に近づいた。

「ルパート……」とイザベラは低く囁いた。

「イザベラ！」

二人は手を取りあってそこに立っていた。彼は心もち頭をかがめていた、美しい従妹を保護するように。

それはまさに一幅の絵であった。映画の撮影であったら、撮り直しの必要はなかっただろう……芝居の一場面であったら、中年過ぎのロマンティックなおばさまがたにぐっと訴えたことだろう。牧歌的で現実離れし、……まさにお伽噺の結末、ロマンスの花ひらく光景であった。

何年ものあいだ想いあっていた少年と少女の出会い。相手の像をなかば夢のように心のうちに思い描きつつ、年月を送り迎えし、ついに相見ることのできた日、その像が不思議なくらい現実と一致することを見出した幸福なカップル……

現実にはそうしたことは起こらないと人はいう。しかし現実にそれは私の目の前で起こりつつあるのだった。

二人はその出会いの最初の瞬間、すでにすべての心づもりをしたのだろう。ルパートは心の奥底でいつかはセント・ルーにもどってきてイザベラと結婚しようという決心をし、それを保ちつづけてきたのである。イザベラはイザベラで、ルパートが必ずもどってきて彼女の手を求めること、そして二人でセント・ルーの城で末長く幸せに暮らすことを静かに確信していた。

そして今や、その確信が報われ、幻は現実の肉づけを与えられたのだ。

その瞬間は長くは続かなかった。イザベラは私を振り返った。その顔は幸福に輝いていた。

「こちらはノリーズ大尉。ノリーズ大尉、いとこのルパートですわ」

進み出て私の手を握ったセント・ルー卿を、私はつくづく眺めた。

私は今でもルパート・セント・ルーほどの好男子に会ったことがないと思っている。ギリシアの若い神のような整った美貌というのではない。それはたくましい、きわめて男性的な美しさであった。日焼けした、痩せた顔にやや目立つ鼻下髭。深い青い目。がっしりした肩の上に載った形のよい頭。ほっそりした胴。形のよい足。深い、気持ちのよい声には、植民地風の訛はなかった。その顔にはユーモアが、知性と根性と、一種物静かな落ちつきがあった。

こんなにだしぬけに伺ってと彼は私に詫びをいった。飛行機で着いて自動車でまっすぐにセント・ルーにきたのだが、レディー・トレシリアンからイザベラがポルノース・ハウスに行ったと聞いたのでお邪魔したのだと。

彼はふと口をつぐんでイザベラを見やり、きらりと目を輝かせていった。

「あなたはずいぶん成長しましたね、イザベラ。この前会ったときには、ほんの女学生だったのに。ひょろ長い足をして、髪を二つに分けて堅く編んで、思いつめたように真剣な顔で」

「きっとさぞみっともなかったでしょうね」とイザベラはしみじみと呟いた。

セント・ルー卿はテレサとロバートに会いたいといった。ロバートの絵は前からとてもすばらしいと思っていたと。

イザベラが、ミセス・ノリーズはお隣にいらっしゃるからお呼びしてこよう、カーズレーク夫妻も誘った方がいいだろうかと訊ねるとルパートは、その必要はないと思うと答えた。いずれにせよ、どんな人たちか、思い出せないのだ。自分がイートン在学中、ここを訪ねた折、会ったことがあるかどうか、それは知らないがと。

「でもお会いにならなくちゃならないと思うわ、ルパート。あなたがいらっしゃるのをわくわくして待っていらしたと思うの。たぶん、ここではみんなそうでしょうけど」

セント・ルー卿は当惑したように、賜暇は一カ月しかないのだといった。

「そうしたらまた東洋におもどりになるの？」

「ええ」

「日本との戦争が終わったら——帰っていらして、今度はずっとここでお暮らしになるのかしら？」

真面目な問いに、彼の表情もふと真面目になった。

「それは場合によりますね——いろいろなことがあるから」

何がなし沈黙が続いた——ルパートもイザベラも同じことを考えているようだった。二人のあいだにはすでに完全な和合と理解があったのだ。

やがてイザベラはテレサを呼びに行き、ルパート・セント・ルーは私の傍に腰をおろした。私たちは戦争について、戦線について話した。私は我を忘れて彼の話に聞きいっていた。ポルノース・ハウスにきてからというもの、私は必然的に女性的な雰囲気のうちに住むことになった。セント・ルーは終始戦争の影響の圏外にあった数少ない地域の一つだった。ここでは噂とか、ゴシップで間接的に戦争について聞かされるばかりで、たまさか見られる帰郷中の軍人たちも、多くは戦争のことを忘れたいと思っているらしかった。

そのかわり、私は政治に明け暮れる世界にとっぷりつかることになったのである——少なくともセント・ルーのような町では、政治の世界とは性質上女性的なものであった。PRの効果の予想、説得、微妙な幾多の駆けひき、かてて加えておよそ面白みのない単調な仕事が山のようにあって、それもまた、いってみれば女性の領分に属した。それは細密画の世界であって、流血と暴力の横行する宇宙は、せいぜい芝居の背景としての存在価値をもっているにすぎなかった。まだ終結していない世界大戦を遠景として、私たちは地方的な、著しくパーソナルな選挙という戦いに従事していたのである。民主主義、自由、安全保障、帝国、国有化、国家への忠誠、新世界——同じように聞こえのよい、陳腐な合言葉、旗印のもとに同じ茶番がこのときイギリス中で演じられていたのであった。

しかし実際の選挙は、おそらく十年一日のごとく、それらの聞こえのよい言葉や名前——擬装的な旗印よりはるかに強力な、執拗な自己主張によって左右されるものだった。どっちの陣営がこのわたしに住宅を与えてくれるか？　わたしの息子のジョニーを、夫のデイヴィッドを戦線から帰してくれるのは？　わたしの子どもたちに明るい将来をもたらしてくれるのは？　ふたたび三たび戦争が起こって、夫が、またおそらく息子たちが命を落とすということにならないように守ってくれるのは？

口約束には三文の値打ちもないわ。わたしにふたたび店を開かせてくれる候補者。家を建ててくれる候補者。食料を、衣料クーポンを、タオルを、石鹼を与えてくれる候補者。

（チャーチルは立派な人ですよ。あの人がイギリスに勝利をもたらしてくれたのよ。ドイツ軍がこの国に上陸することを阻んでくれたのよ。わたしはチャーチルを支持するわ。

ウィルブレアムは教師よ。教育こそ、子どもたちの将来を築くものですわ。労働党が政権をとればもっと家が建つそうよ。チャーチルに委せたんじゃ、復員は手っ取り早く運ばないわ。炭坑を国有化すれば——もっと石炭が手にはいるでしょうし。

　あたしはゲイブリエル少佐が好きよ。ああいう方こそ本当の男ですわ。小さなこともおろそかにしないし。それにあの人は名誉の負傷をした歴戦の勇士よ。安全な仕事にしがみついて戦争に出て行かなかった人とは違う。未帰還の兵士たちについてのあたしたちの気持ちが、あの人にはよく理解できるのよ。あの人こそ、あたしたちの望む人だわ——しかつめらしい先生なんかじゃなく。先生なんて、何よ！　学童疎開についてきた先生たちは、ポルウィデンのおかみさんが忙しくてきりきり舞いしているのにお皿一枚洗わなかったっていうじゃありませんか。お高くとまってるのよ、先生なんて、みんな）

　政治とはそもそも市に並ぶ屋台店のようなものだ。すべての悪弊の特効薬であるかのように安ぴか物を押し売りして……騙されやすい大衆はその饒舌を鵜呑みにする。浮き世にもどってふたたび生活しはじめた私を迎えたのはこんな世界であった。それは私のそれまで知らなかった、まったく新しい世界であった。

　最初私は世間によくあるお祭り騒ぎの一つとして、寛容な幾分軽蔑的な態度をとった。しかしそのよって立つ基盤を理解しかけるとともに、その示す白熱した現実を目のあたりに見せつけられ、生存のための相矛盾する無限の願望がここにあることを知った。それは男性でなく、女性の世界であった。男はいつも狩人である——無頓着で、がさつで、しばしば腹をすかせ、女と子どもを率いて前進し続ける。狩人の世界には政治の必要はない。機敏な目と手、獲物を確実に追いつめる腕があれば。

しかし、文明世界は大地の上に根を据えている。物を生い育て、作り出す大地の上に。それは建物を建設し、そこをさまざまな持ちものでみたす世界だ——母性的な、多産な世界。そこでは生存がかぎりなく複雑な様相を呈し、成功も失敗も種々様々だ。女性の目には星は映らない。女性は吹きすさむ風から自分を守ってくれる四囲の壁と、炉に掛かっている鍋を、子どもたちの栄養のよい寝顔のみを見る。

私はその女性的な世界から逃れたかったのだ——どうしても。その場合、ロバートは助けにはならなかった。彼は画家だ。新しい生命を世に送り出す母親のように、生産にたずさわっている画家だ。ゲイブリエルはいかにも男性的な男だった。蜘蛛の糸のようにはりめぐらされている権謀術数の細かい網目に食傷している私にとって、彼の存在はありがたい解毒剤となった。しかし彼と私は本質的には相通ずるものがなかった。

ルパート・セント・ルーと語るとき、私は自分自身の世界にもどることができた。アラメイン、シシリー、カイロ、ローマ。私たちは古い言葉で、耳なつかしいいいまわしで語った。共通の知人がいることもわかった。彼と話しながら私は一人前の男として、死と直面している、それでいて底抜けに朗らかな戦時の世界、体で楽しむことを知っている世界へともどっていたのであった。

私はルパート・セント・ルーが気に入った。彼は第一級の将校であり、魅力に富んだ人物だった。頭がよく、ユーモアもあり、繊細な知性の持ち主であった。新しい世界を打ち立てるにはこんな男が必要とされているのだと私は思った。伝統を背負いつつ、現代的な前向きの姿勢をとるこんな人物こそが。

やがてテレサがロバートとともにもどってきて、私たちの仲間いりをした。彼女がルパートに、この土地では目下選挙戦がたけなわなのだというとルパートは、自分は政治についてはおよそ不案内だといった。そこへカーズレーク夫妻がゲイブリエルと一緒にやってきた。ミセス・カーズレークはお世辞たらたら挨拶し、カーズレークは例によって磊落らしい態度を装い、セント・ルー卿にお目にかかれて幸せですといいつつ、ゲイブリエルを我々の候補者として彼に引き合わせた。

ルパート・セント・ルーとゲイブリエルは快活に挨拶をかわし、ルパートは彼の成功を祈り、少しばかり前線の模様を話した。二人は日光をあびつつ並んで佇んでいた。そして私は二人のあいだの残酷なまでの著しい対照に気づいたのだった。ルパートがハンサムで、ゲイブリエルが醜い小男だというだけではなかった——それ以上に深刻な違いがあった。ルパート・セント・ルーには落ちつきと自信、身についた慇懃さ、やさしさがあった。彼はまた見るから廉直な男であった。抜け目のないことで有名な中国商人でも彼を信用し、代金後払いで商品を渡すことを許したろう。またその信頼が裏切られることはなかったろう。このルパートと並ぶと、ゲイブリエルはひどく不利だった。彼はどぎまぎし、そのくせ妙に居直った様子で、足を醜く踏んばって立ち、あるいは落ちつかぬ様子で部屋の中を歩きまわった。そのためにいかにも見ばえがせず、嫌みな感じを与えた。いや、それどころか、自分に得がいくあいだだけ公明正大に振舞うといった、信用のならぬ男に見えた。血統のよい犬と並んで観覧に供されるまでは一通りの犬に見えながら、いい犬と並ぶとたちまちお里をあらわす、いかがわしい雑種犬——まさにそんな感じであった。

私は寝椅子の脇に立っているロバートにそうした意味のことを呟いて、彼の注意を喚起した。

ロバートは私の言葉の意味を了解し、二人を思い深く見守った。ゲイブリエルはあいかわらずそわそわと貧乏揺すりしていた。しゃべりながら相手のルパートに目を注がないわけにはいかなかったが、それがたまらなく辛いらしかった。

二人の男を見守っている人間は私たち以外にもいた――イザベラである。彼女はまず二人を見くらべ、それからルパートにひたと目を注ぐ様子であった。少し唇を開き、頭を誇らかに少し仰向けて。頰がかすかに赤らんでいた。誇らしげな、うれしげなその表情はいかにも愛らしかった。

ロバートはその様子をすばやく見てとり、ふたたび思い深げにルパート・セント・ルーの顔に目を注いだ。

テレサに誘われて一同が飲み物を飲むために家の中に入った後にも、ロバートはまだ私の傍らに立っていた――ルパート・セント・ルーをどう思うと私が訊いたとき、彼の答は奇妙なものだった。

「あの男の命名式には、意地の悪い妖精は一人も出席しなかったんだろうな」

19

ルパートとイザベラは事を決めるのに手間どらなかった。私にいわせれば、事はむしろ、彼らが私の椅子の傍らで会った、その瞬間に決せられていたのであった。

長いことひそかに胸に秘めていた夢が裏切られなかったという痛いまでの安堵が、おそらくどちらにもあったのであろう。

数日後にルパートが私に告げたように、彼もまさに一つの夢を胸にいだいていたようだ。

ルパートと私はかなりに親しくなった。彼もまた男同士のつきあいをうれしく思っていたらしい。城の雰囲気は著しく女性的で、三人の老婦人たちの讃美のまなざしは朝夕おおっぴらに彼に注がれていた。彼がきて以来、レディー・セント・ルーの厳しい人柄すら、いささか和らいで見えたほどだった。

というわけでルパートは好んで私の所にやってきて話しこんで行った。

ある日彼は唐突にいった。

「ぼくは自分でもイザベラに関するかぎり、大馬鹿だと思っていたんですよ。相手がほんの痩せこけた小娘のときに結婚の決意を固めるなんて、しかもその決心が少しもぐらついていないのに気づくなんて、実際妙ですよ」

私は、そんな例はほかにもあるといった。

「たぶん、それは、ぼくとイザベラがお互いに相手に属しあっているということだと思うんですよ……ぼくはいつもイザベラを自分の一部のように――まだ自分のものにはなっていないが、すべてを完結させるために他日必ず手にいれなければならない自己の一部のように思っていたんです。奇妙といえば奇妙ですが。イザベラは変わった子ですね」

一、二分黙って煙草をくゆらして後、彼はまたいった。

「イザベラでぼくの一番好きなところは、ユーモアのセンスがまったくない点です」

「ユーモアがないと思われるんですか？」

「ぜんぜん。しかしそのために彼女といると、すばらしく心が安まるんです……ユーモアのセンスというやつは、我々文明人が幻滅の悲哀を味わわないように自らに教えこんだ社交術の一種だと思いますね。我々は物事を滑稽化しようと意識的な努力をします——おそらく現状に不満だからなんでしょうが」

それも一つの考えかただと私は思った。私はかすかな笑いに唇をゆがめつつ思った……そうだ、たしかに一理あると……

ルパート・セント・ルーは城を見つめて唐突な口調でいった。

「ぼくはあの城が好きです。昔から。しかしイートンにはいるまでニュージーランドで育ったことはよかったと思っています。お蔭でぼくは自分の愛するものをある距離をおいて見られるようになりました。ぼくはセント・ルー城を外側から見ることができます。

むろん、その一方、きわめて自然に自分を城に重ねて考えているのですが。イートンから休暇ごとにここを訪ねるとき、この城が自分のものだと思うとき、自分はいつかここに住むのだと――いつもほしいと思っているものがここにあることを認めるとき……その感じ――最初に城を見たときのこと――不思議な、この世離れのした――その感じ――我が家に帰ったという気持ち……

イザベラはその一部だったのです。そのときすでに、またそれからもずっと、ぼくは二人が結婚して生涯ここで暮らすことを確信していました」彼は顎を決然と張って続けた。「ぼくらはここに住むでしょう。税金や、修理費や、もろもろの出費がかさんでも――土地国有化が叫ばれても。あそこはぼくらの家なのです――イザベラとぼくとの」

ルパートが帰って五日目に、彼とイザベラは正式に婚約した。

二人の婚約について私たちに知らせてくれたのはレディー・トレシリアンであった。あすかあさってのタイムスに載ると思うけれども、あなた方にまずお知らせしたいと思ってと彼女はいった。自分はもううれしくてたまらないのだと。

彼女のやさしい丸顔はセンチメンタルな喜びにおののいていた。その喜びように、テレサも私も我知らず心を動かされた。それは彼女自身の日ごろの生活の空虚さを物語っているように思われた。うれしさのあまり、レディー・トレシリアンは母親らしく私の世話を焼くことさえ忘れるようになり、そのために彼女の訪問は私にとって以前より楽しいものとなった。私の所に小冊子を持ってくることもぷっつりなくなり、朗らかな口調で話しかけて気を引き立てようなどともつとめなくなった。ただもうルパートとイザベラのことで頭がいっぱいだったのだろう。

ミセス・ビガム・チャータリスとレディー・セント・ルーの態度はレディー・トレシリアンのそれとはいささか異なっていた。ミセス・チャータリスのバイタリティーと精力はルパートの到着以来倍増したかに見えた。彼女は彼を領地内のあちこちに伴い、小作人に引き合わせ、屋根の状態や修繕の必要な箇所、手をつけた方がいいこと、ほうっておいた方がいいことなどを、事こまかに話して聞かせた。

「アモス・ポルクレクシンは始終ぶつぶついうたちでね。二年前に壁をすっかり新しく目塗りしたんだから、文句はないはずなのに。でもエレン・ヒースの家の煙突は何とかしなければいけませんよ。あの人はとても辛抱がいいんですよ。何しろヒース家は三百年来、うちの小作人なんですからね」

しかしなかんずく私の興味をそそったのは、レディー・セント・ルーの態度であった。しばらくは私はそれを何とも解しかねていた。ところがある日、はっと悟った。それは紛れもなく戦いに勝った人のそれであった。いわば、見えない、実在さえしない仮想の敵に対して勝ちとられた苦しい勝利の喜びを、彼女は味わっていたのであった。

「これで万事うまくおさまりますわ」とレディー・セント・ルーはある日私にいって、ほっと、疲れたような溜息を洩らした。「主よ、今こそみ言葉にしたがって、しもべを安らかに逝かしめたもうなれ……」というシメオンの讃歌のような嘆息であった。長い年月、不安を秘かに胸にいだきながら敢えてそれを示さずに過ごしてきた人が、そんな危惧の霧散した喜びをしみじみと噛みしめている、そんな感じがした。

考えてみれば、セント・ルー卿がこの土地に帰り、八年も会っていない従妹と結婚するということはかなりに可能性が薄いことだったといわねばなるまい。ルパートが戦争中、見も知らぬ女と出会って結婚してしまうことだって充分あり得たのだから。戦時には結婚は手っとり早く行なわれる。ルパートがイザベラを妻とするということは、ほとんど望み得べくもない夢だったといえよう。

にもかかわらず、そこにはすべてが落ちつくべき所に落ちついたという——まさにうってつけの縁組だという感じがあった。

私がテレサに、そうは思わないかと訊くと、テレサはゆっくり頷いた。

「すばらしいカップルだわ」

「『お互いのために生まれていらしたようなお似合いのご夫婦だ』って、古くからいる召使がよく結婚式のときにいいますがね、あの二人の場合、まったくそのとおりだな」

「ええ、本当に。信じられないくらいにねえ。ヒュー、あなた、何かこう手をつねってみたいような気がしないこと？」

テレサのいう意味は私にもよくわかった。ちょっと沈黙したのち、私はいった。「セント・ルー城に関することで現実的なものなんて、一つもありませんよ」

むろん私はこの婚約についてのジョン・ゲイブリエルの意見も聞かされることになった。彼はあいかわらず私には腹蔵のないことをいっていた。ゲイブリエルはどうやらセント・ルー卿が嫌いらしかった。それはしごく当然ともいえる。ルパート・セント・ルーの出現によって彼自身は大いに精彩を失ったからである。

セント・ルーの町は城の正当な所有者の到着に沸きたっていた。古くからの住民は旧家の由緒ある称号を誇りとし、彼の父親を記憶していたし、新しい住民は俗物根性から興奮を感じた。

「まったくへどが出るよ、どいつもこいつもしっぽを振りやがって」とゲイブリエルはいきまいた。「ロじゃあ、いっぱしわかったようなことをいうが、イギリス人というやつは称号というと目がないんだから」

「コーンワル人にイギリス人という大ざっぱなレッテルを貼ると、反感を買うぞ。そのくらい、きみにだってわかっていようが？」

「つい口がすべったんだ。しかし、そのとおりだろう？　しっぽを振ってご機嫌をとるか――それとも逆にすべてを茶番呼ばわりして偶像破壊といくか。それだって逆立ちした俗物根性にほかならないんだからな」

「きみ自身はどうなんだい？」と私は訊いてやった。

ゲイブリエルはすぐニヤッと笑った。彼は自分の弱点をつかれると、いつもいさぎよく認める男だった。

「おれもその口さ。世界中のどんなものを手にいれるよりも、ルパート・セント・ルーに生まれていたらというのが本音だからねえ」

「これはまた、驚いたことを聞くな」

「持って生まれでもしなけりゃどうにもならんものが世の中にはあるものさ――あの格好のいい足と引きかえなら、何をやっても惜しくないね」

私はゲイブリエルの最初の演説会のときにレディー・トレシリアンがいったことを思い出して、ゲイブリエルが思ったより敏感な人間であることを興味深く心に銘記したのだった。

ルパート・セント・ルーが登場したために彼自身が影が薄くなったという気がするか

どうかという私の問いに対して彼は腹を立てる様子もなく、まともにその問いを受けとめて考える様子だったが、ややあって、いや、そんなことはないと思うと答えた。ルパート・セント・ルーは何も自分の政敵ではないのだし、ああいう人間は保守党のためにはむしろいい看板になると。

「もっとも彼自身が選挙に出馬するとすれば労働党から立つだろうがね。貴族だから下院議員にはなれないわけだが」

「労働党から？　まさか。だって彼は地主じゃないか」

「土地の国有化には賛成しないだろうさ。しかし当節は何かと逆さまごとがはやるからな。農民や中堅労働者は頑固な保守派――知性や学位、まとまった金のある若手は労働党を支持するのさ。たぶん、それは奴らが、自分の二本の腕を使って働くということが実際にはどんなことか、労働者が真に欲しているものが何か、てんでわかっていないからだが」

「で、その労働者の求めているものは何だときみはいうんだね？」と私は訊いた。ゲイブリエルが場合によってこの問題にいろいろな答を出すことを知っているからであった。

「彼らは国家の繁栄を願っているよ――自分たちも金まわりがよくなるようにね。金儲けについては保守党の方がよく心得ているから保守党が政権をとれば国が栄えると考えているのさ。すこぶる健全な考えかただがね。セント・ルー卿は実際は昔かたぎの自由党員というところだろうが——むろんもう自由党の出る幕じゃないしな。そうとも、ノリーズ、口をぱくぱくさせることはないぜ。まあ、選挙の結果を見るんだね。自由党の議員は激減して、拡大鏡でも使わないかぎり、見当たらなくなるだろうよ。自由党の考えかたを好む人間なんて、実際にはいないからね。つまり、中道というやつはいつも人気がないものさ。いまいましいほど生ぬるいからね」

「ルパート・セント・ルーは中道主義者だというんだね？」

「ああ。奴さんはものわかりのいい男だよ——古いものと歩調を合わせる一方、新しいものを受けいれるにやぶさかでない——つまりはおよそはっきりしない代物、いってみりゃ、張りぼてさ！」

「何だって？」

「張りぼてだっていうんだよ！　張りぼての城、張りぼて城主」彼は馬鹿にしたように鼻を鳴らした。「ついでに張りぼて結婚式ときやがった」

「そして張りぼての花嫁か？」

「いや。あの娘は違う……彼女はたまたまそこへ紛れこんだにすぎない——ヘンゼルとグレーテルが菓子でできた家に迷いこんだようにね。端をちょっとばかりへし折って食べると、結構食えるんだ、この菓子の家は」

「きみはどうやらルパート・セント・ルーを好かんらしいね？」

「当然だろうが？　先方だっておれを好いちゃあいないぜ」

なるほど、と私は思った。ルパートはたしかにゲイブリエルに好意をもっていない。

「だが、おれを受けいれないわけにはいかんだろう」とゲイブリエルはいった。「おれは奴の世界から立った国会議員ということになるんだからな。たまには晩餐に招かないわけにもいくまいし、ひとつ演壇に坐ることにもなるだろう」

「まるでもう決まったようないいかたをするね、ゲイブリエル。まだ当選したわけでもないのに」

「決まったようなものさ。どうでも当選してみせるとも。こんなチャンスは二度とこないからね。いってみりゃあ、おれは実験動物さ。実験が失敗すればおれの面目はまるつぶれ、たちまち、ポイだからな。今さら軍人稼業に帰るわけにもいかない。もともとおれはドンパチパチってな、撃ち合いの中でしか役に立たないんだから、対日戦争が終わったら、用なしさ。失業したオセロって寸法でね」

「ぼくはオセロはあまり買っていないんだ。褒められる男じゃないと思うね」

「嫉妬なんてものはもともと褒めたものじゃないよ」

「つまり、同情を起こさせないんだな。ただ度しがたい馬鹿だという気がして」

「そうだな。オセロに同情する気にはなれんね。イヤゴーほどには」

「イヤゴーに同情する？　ゲイブリエル、きみは変わった同情心をもっているんだな」

ゲイブリエルは妙な目つきで私をチラッと見た。

「きみにはわからないさ」

彼は立ちあがってぎごちない足どりで歩きまわり、机の上のものをやたらに動かしたりした。この男は何か深い、言葉にいい表わせぬ感情をもてあましているのだと私はふと関心をそそられた。やがて彼はいった。

「おれにはイヤゴーが理解できる。あの哀れな男がなぜただひとこと

何も訊くな。先刻ご承知のこともあるはず。

もうこれからはおれは何もしゃべらぬ。


といったか、その理由すらもね」くるりと私の方に向き直って彼は続けた。「きみみたいな男はね、ノリーズ、きみみたいに一生自分自身と仲よく暮らしてきた男、忸怩《じくじ》たることなく自分自身とともに成長することができた男――そんないいかたが通用すれば

だが——に、いったい、イヤゴーの何がわかる？　地獄行きのあの卑劣な小男について、きみが何を知っているというのだ？　おれにシェイクスピアを演出させれば、イヤゴーに集中するね。役者の名に価する役者、観客の腸まで揺り動かすような名優を選んで！　臆病者に生まれ——嘘をつき、人を騙し、しかもまんまと騙しおおせるということ——金を愛し、寝ても覚めても——食事をするとき、妻を抱くとき——たえず金のことばかり念頭にあるということ。しかもしょっちゅう自分がどんな下らぬ人間であるかを意識している——そんな男に生まれたらどんなに惨めか、想像してみるがいい……

それは生き地獄だよ——命名式のときに意地の悪い妖精ばかり集まった中にたった一人いい妖精がいたということはね。悪い妖精がよってたかってきみを汚らしい破廉恥に仕立てあげた後に、いい妖精が魔法の杖を一振りしてフルートのような声で高らかに叫ぶのさ。『私はこの人に真実を見る力、知る能力を贈りましょう』って。『最高のものを目のあたり見れば、愛さずにはいられないはずだ』って？　こんな世迷言をほざいた馬鹿は誰だ？　ワーズワースか？　一輪の桜草を見て、その可憐な美しさに満ち足りることを知らなかった男だ……

手が届かぬほど気高いものは、いっそ憎いものだよ、ノリーズ、手にはいらないとわかっているからさ。魂を悪魔に売りわたしてもいいとまで切望するものになれないということは、その当のものを憎ませる。勇気を何よりも重んずる人間は多くの場合、危険に際して真先に逃げだす人間だ。おれは一再ならず、そんな場合を知っているがね。人の願望こそ、その人間の本質だって？　冗談じゃない。人間の本質は彼が持って生まれたものさ。拝金主義者は好きで金を拝んでいると、きみは思うのかね？　みだらな想像をする男は好きでそんな想像をすると思うか？　危険から逃げだす男は逃げたくて逃げるというのか？

人間が羨ましく思うのは――心から羨ましく思うのは――その当人より出世した男じゃあない。生まれながらにして彼よりすぐれている男だ。

泥の中にもがいている者は、天空の星と高さを競う人間を憎むものだ。その足を引っぱって引きずりおろし、自分と同じ豚小屋の泥の中をのたうちまわらせたいと思う。イヤゴーを哀れと思え。オセロのような男に出会わなかったら、彼は平穏無事な生涯を送っただろう、せいぜい信用詐欺をやるぐらいで。そう、今の世の中に生まれていたら、さしずめリッツのバーあたりでとぐろを巻き、いいカモと見てとると、ありもしない金鉱の採掘権でも売りつけていただろうな。

口先のうまい、正直そうな男だったんだ、イヤゴーは。単純至極な軍人を騙すぐらい、朝飯前だった。軍人ほど騙されやすい種族はいない――階級が上になるほど、実務については能なしだ。紙きれ同様の株券を摑まされ、海の底に沈んだガリオン船から財宝を引きあげるという話に乗り、先行きの見込みのない養鶏場を買う。軍人はうまく取りいればどんなことでも信じる。その道の芸術家がもっともらしい話を持ちかければ、たちまちころりとまいる阿呆だったんだ、オセロは。イヤゴーは芸術家だった。彼が連隊の金を使いこんでいたことは、あの芝居の行間にいわず語らずのうちに明らかにされているよ。しかしそう聞かされたところでオセロは信じやしない——とんでもない、あの馬鹿正直なイヤゴーにかぎってというわけさ。ただ愛すべきわがオセロどのは不覚にもイヤゴーを出し抜いてキャシオを奴の上に据えた。キャシオは副官で、オセロの金の出し入れも委されていたに違いない。真正直な男とオセロはイヤゴーを信じきっていたが、副官に昇進させるにはちと頭が足りないと思ったんだ。

自分の戦功についてのイヤゴーの大言壮語をきみは覚えているかね？　みんな、嘘っぱちさ、ノリーズ。このごろでもパブに行きゃあ、前線の近くに行ったこともない男が似たような大口を叩いているよ。フォルスタッフの伝さ。ただイヤゴーの場合は喜劇でなく、悲劇だったんだ。イヤゴーはかわいそうに、オセロになりたかった。勇敢な軍人、清廉潔白な男に。背中の曲がる病気の人間が真っ直ぐな背を持てないように、イヤゴーはオセロにはなれなかった。女にもてることを願ったが、はなも引っかけてもらえなかった。人はいいが、尻軽の妻のエミーリアは、男としての彼を馬鹿にしきっていた。誘いをかけられればほかの男と寝るくらい、何とも思わなかったろう。一方、オセロと寝たいという女は掃いて捨てるほどいただろうよ。なあ、ノリーズ、性的に劣等感を感じている男は妙なことになるものだ。その劣等感が病的に現われるんだ。シェイクスピアはそれをよく承知していた。イヤゴーは口を開きさえすれば苦々しい、挫折感に満ちみちた、猥雑な毒言をとめどなく吐いた。そんなことに気づいた批評家はいないようだが、奴もそれなりに苦しんでいたと思うよ！　奴は美を——美の何たるかを知っていた——気高い品性というものも認めることができた。誓っていうが、ノリーズ、物質的な事柄についての羨望、成功や富に関する羨望は、精神的な事柄についての羨望にくらべたらまったく取るに足らぬものだよ！　それこそ人を蝕む毒だ——蝕み、破壊する毒だ。至高のものを見、自分自身の意志に反してそれを愛する。だからそれを憎み、破壊しつくすまで心が安まらない——八つ裂きにし、踏みにじり、息の根を止めるまでは……そうだ、イヤゴーは苦しんだ、かわいそうに……

おれにいわせれば、シェイクスピアはそれを知っていた。そして哀れな下郎を気の毒に思っていたんだよ。少なくとも芝居の結末においてはね。はじめは鵞ペンか何か知らんが、今日のペンのたぐいのものをインクか何ぞにひたし、腸まで腐り果てた悪漢を描くつもりでいたに違いない。しかし、それにはイヤゴーとともに堕地獄の苦しみを味わわねばならなかった。だからシェイクスピアは、イヤゴーの奸計《かんけい》が明るみに出たときに——悪業の報いがふりかかることになったときに、せめても誇りだけは彼に残してやったのさ。イヤゴーに残された唯一のもの——すなわち沈黙をね。シェイクスピアは自ら死者のあいだに下った。地獄に行ったことのある者はそれについては黙して語らないということを知っていたのさ……」

ゲイブリエルはくるりと私の方に向き直った。特異なその醜い顔は引きつり、目はこの男の隠れた奇妙な真情を覗かせてきらきらと輝いていた。

「おれはね、ノリーズ、ついぞ神を信じることができなかった。父なる神、美しい獣や花の創造主、人間を愛し、いつくしむ神、世界の創り主。おれはそんなものは信じちゃあいない。しかしときどき——どうしてか——キリストは信じられるんだ……キリストは地獄に下った……彼の愛はそれほどに深かった……

悔い改めた盗賊に彼はパラダイスを約束した。しかし、もう一人はどうなのだ？　彼を呪い、嘲ったもう一人の盗賊は？　キリストは彼とともに地獄に下った。そしておそらくその後——」

突然ゲイブリエルはぶるっと身震いした。居ずまいを正したとき、その醜い顔の中でただ一つ美しい目は、すでにさっきの輝きを失っていた。

「しゃべりすぎたようだ。失敬するよ」

プイッと踵をめぐらしてゲイブリエルは立ち去った。

彼はシェイクスピアについて語ったのだろうか？　それとも自分自身について？　おそらく幾分かは自分自身についての告白だったのだろうと私は思った。

20

ゲイブリエルは選挙の結果については自信たっぷりで、万に一つも自分が落選するわけはないと公言していた。

不測の事態はポピー・ナラコットという小娘がもとで起こった。ポピーはグレートウィジールのスマグラーズ・アームズという酒場の女で、ゲイブリエル自身は彼女に会ったことはなく、その存在すら知らなかった。けれども彼が当選のチャンスを棒に振りかけることになったのはこのポピーが原因であった。

ジェームズ・バートとポピー・ナラコットは懇ろな仲だった。しかし酒を過ごすとジェームズ・バートはとかく手荒くなった。それもひどくサディスティックに。そこでポピーは彼に秋風を立てた。つまり、これ以上彼と交渉をもつことを頑として拒んだのであった。

　というわけでジェームズ・バートはある晩、べろんべろんに酔っぱらい、向かっ腹を立てて帰宅し、妻のミリーの怯えた様子にいっそう怒りを掻き立てられた。つまり彼は完全にたがをはずしていたのであった。ポピーに対する憤懣と撥ねつけられた欲情の炎を、彼は哀れな妻に向けた。まるで狂人のようなその振舞いにミリー・バートは、無理もないことながら、まったく度を失ってしまったのであった。

　ジムに殺される、彼女はそう思った。

　彼の手をやっと振り切ると、彼女は夢中で玄関から走り出た。どこに、誰に助けを求めるかということは念頭になかった。警察に行くことは思いも寄らなかったし、近所は店舗ばかりで、夜は鎧戸が閉ざされていた。

　本能に促されて彼女は恋する男――自分に親切にしてくれた男の所に赴いた。はっきり意識してそう考えたわけではなかったし、スキャンダルが起こる可能性があることなど思いもしなかった。ただむしょうに恐ろしく、彼女はジョン・ゲイブリエルのもとに走った。さながら狩りたてられて避難所を求める動物のように無我夢中で。

髪の毛を振りみだし、息せき切って、ミリーはキングズ・アームズ旅館にとびこんだ。バートがわめき散らしながらその後を追ってきた。

ゲイブリエルはたまたまホールにいた。

私にいわせればゲイブリエルとしては当然の行動に出たまでであった。彼はミリー・バートに好意をもっていたし、気の毒にも思っていた。しかも彼女の夫は泥酔しており、何をしでかすかわからなかったのである。ジェームズ・バートが大声でわめきながらホールに飛びこんできて、妻を渡せ、おれの目を盗んで乳繰り合いやがってなどと罵ったとき、ゲイブリエルは、「たった今、出てうせろ、おまえのような獣は妻など持つ資格はない。この人はおれが預かる」といったのだった。

ジェームズは猛り狂った牡牛のようにゲイブリエルに飛びかかった。ゲイブリエルは彼を殴り倒した。それから彼はミリー・バートのために部屋を借り、じっと閉じこもって外に出ないようにといい含めたのであった。今となってはもう家に帰るわけにもいくまい、朝になれば万事うまく解決する、彼はこういった。

翌朝、噂はセント・ルーの町中に広まっていた。ジェームズ・バートがとうとう妻とゲイブリエル少佐のことを嗅ぎつけたそうだ。ゲイブリエルとミセス・バートは一緒にキングズ・アームズに泊まっている、人々はこういった。

投票日を目前にしてこんな噂が広まったのだから、目も当てられなかった。投票日はすでに二日後に迫っていたのである。

「これじゃあ、自ら墓穴を掘ったようなものだ」とカーズレークは私の居間を行ったりきたり歩きまわりながら、泣かんばかりに呟いた。「我々はもうおしまいです。完敗です。ウィルブレアムが当選しますよ、こうなったら。災難だ。悲劇です、実に。私としちゃあ、実はあの男ははじめから虫が好かんかった。育ちは争えん。結局は私たちの顔をつぶすだろう、そう睨んでいましたが」

ミセス・カーズレークは例の上品めかしたアクセントで嘆いた。

「似非《えせ》紳士を祭りあげたりすると、碌なことになりませんのねえ」

私の兄のロバートは政治の話には平素はめったに口を出さなかった。たとえ同席しているときでも、黙って煙草をふかしていた。しかし彼はこのとき思いがけず口を開いた。

「問題はむしろ、今回にかぎって彼が紳士らしく振舞ったことでしょうね」

そのとき私は、ゲイブリエルが紳士の一般的標準からはずれた行為をするとかえって人気が増し、たったいっぺんドンキホーテ的な騎士的行動に出たために卑しめられるとはまったく皮肉なことだとしみじみ思ったのだった。

やがて当のゲイブリエルが入ってきた。頑な表情で、自分の引き起こしたことを悪いなどとは少しも思っていないらしかった。

「じたばたしてもはじまらんよ、カーズレーク。あの際、どうしたらよかったっていうんだ？」

ミセス・バートはいまどこにいるとカーズレークが訊いた。

まだキングズ・アームズにいる、とゲイブリエルは答えた。ほかにどこに行くわけがある？　第一、もう手遅れだと。テレサを一座中のリアリストと見たのだろう。彼は彼女の方を振り向いていった。「そうでしょう？」

テレサは頷いた。「ええ、そうですわ。手遅れでしょうね」

「何といっても夜でしたからなあ。人間が関心をもっているのは昼間じゃあない。夜なんですから」とゲイブリエルはいった。

「まさか、あんたは——その——ゲイブリエル少佐……」とカーズレークは口ごもった。動転して二の句がつげなかったのである。

「やれやれ、汚らしい想像をする人だな、あんたは。おれはミリー・バートと一夜を過ごしてなんかいないよ、あんたが妙な臆測をしているなら断わっておくが。手遅れとおれがいったのは、いずれにしろ、セント・ルーのうるさ方にとっては同じことだろうということですよ。ゆうべはおれもあの人も、キングズ・アームズに泊まったんだから」

みんなが関心をもつのは、もっぱらそういうことだけなんだ、と彼はいった。それとバートの罵言、自分の妻とゲイブリエルの関係について彼がしゃべり散らしている嘘っぱちと。

「せめてもミリー・バートがこの町からいなくなれば」とカーズレークは気もそぞろに呟いた。

「身のまわりのものをまとめてどこかほかの土地に行くといいんだが。そうなればもしかしたら——」とちょっと顔を明るくしかけたが、すぐ頭を振った。「いや、かえってまずいな。怪しまれるだけだろう」

「それにもう一つ別な問題がある」とゲイブリエルがいった。「彼女自身の問題はどうなんだ?」

カーズレークは怪訝そうな表情で見つめた。

「どういうことだ?」

「ミセス・バートの立場ってものを、まるっきり考えにいれてないようだが」

カーズレークは傲然といった。

「そんな些細なことをいちいち考慮している場合じゃあない。我々が考えなきゃならんのは、何とかあんたをこの泥沼から救いだす手だてだ」

「そのとおり」とゲイブリエルはいった。「重大問題の前にはミセス・バートなど、問題ではないというんだろう。ミセス・バートとはそも誰だ？　名のある人物でもない。いじめられ、虐待され、半狂乱に怯えている哀れな、まっとうな女性にすぎない。どこに行くあてもなく、僅かな金さえ、持っていないんだ」一段と語気を強めて彼はいった。

「このことははっきりいっておくよ、カーズレーク、あんたの態度は気にいらんね。ミセス・バートは誰か？　何よりもまず、人間だぜ。あんたたちにとっては、糞いまいましい党組織がすべてだ。選挙だけが問題なんだ。政治の腐っているのはそこだよ。かつての暗い時代にボールドウィンは何ていった？『真実を語っていたら、私は、選挙に敗北を喫していただろう』おれはボールドウィンとは違って、名も無い人間だ。だがあんたはいまおれに『おまえは人間らしく振舞った。だから落選するだろう』といってるんだぜ。ああ、結構！　選挙なんざ、糞食らえだ！　腐りはてた、碌でもない選挙はあんたらに委せる。おれは何よりも人間でありたい。政治は二の次だ。しかしあの気の毒なミリー・バートに、いって悪いようなことは、今までだって一言だっていってやしない。むろん、いいよったこともない。おれはただ彼女が気の毒でならなかった。ゆうべ彼女がおれの所に駆けこんだのは、ほかに誰に助けを求めようもなかったからだよ。いいとも、彼女はこのままおれの所にいたらいい。おれが保護する。セント・ルーも、国会も、選挙も、どうなろうとおれの知ったこっちゃない」

「まあ、ゲイブリエル少佐」とミセス・カーズレークがきいきい声をあげた。「そんなこと、いけませんわ！　バートがもしもあの人を離婚したらどうしますの？」

「そうしたら、おれがあの人と結婚しますよ」

カーズレークは激昂した声音でいった。「そんな馬鹿な――ここへきて我々の顔をつぶすようなことを――それじゃあ、おおっぴらにスキャンダルの種を蒔くようなものじゃないか――」

「だからどうだっていうんだ？」ゲイブリエルの目は爛々と燃えていた。そんな彼を、私はこれまでにないほど近しいものに感じた。「威かしていうことをきかせようたって、だめだ。偏見で凝り固まった有権者どもが、夫たる者は妻を虐待し、気がおかしくなるほど怯えあがらせ、根も葉もない汚らしい中傷をすることが許されるという立てまえに賛成票を投じるのなら――勝手にそうするがいい！　ぎりぎりクリスチャンらしい行為をよしとするなら、このおれに票をいれたらいいんだ！」

「ええ、でもたぶんそうはしないでしょうねえ」とテレサは呟いてほっと嘆息した。

ゲイブリエルは彼女を見やり、ふと表情を和らげていった。

「そう、たぶんね」

ロバートがもう一度パイプを口からはずしてだしぬけにいった。

「馬鹿な連中だ」

「もちろん、ノリーズさん、お宅は共産主義者でいらっしゃいますものね」とミセス・カーズレークが意地悪く口をはさんだ。

どういう意味やら、私にはさっぱりわからなかったのであるが。

さてこんなふうに苦々しい感情がふつふつとたぎっていたさなかに、イザベラ・チャータリスが登場したのであった。テラスに面した窓からすっと入ってきたイザベラは何ごともなかったように冷静で落ちついていた。

その場の様子にはまるで無頓着に、彼女は部屋の中にいるのがゲイブリエルひとりであるかのようにつかつかと歩みよると、内緒ごとでも打ち明けるようにいった。

「もう大丈夫だと思いますわ」

ゲイブリエルはその顔をまじまじと見つめた。私たちもみな茫然と彼女の顔を凝視した。

「ミセス・バートのことですの」きまり悪げな様子もなく、なすべきことをしたと単純に喜んでいるらしい様子で彼女はいった。「あの方、いま城にいらしています」

「お城に?」とカーズレークが自分の耳を疑うように訊き返した。

イザベラは彼の方に向き直った。

「ええ、ゆうべのことを聞くとすぐ、あたし、それが一番いいんじゃないかと思いましたの。お祖母さまにそういうとお祖母さまも同じ意見で、すぐ車でキングズ・アームズに行ったんです」

後で聞いたところによると、それはまさに王さまのお出ましといったものだったらしい。イザベラの機敏な頭は事態を収拾する唯一の可能な手だてを思いついたのであった。

レディー・セント・ルーは前にもいったようにセント・ルーではたいへんな勢力があった。彼女の人となりには、いってみれば道徳の標準時が具現されていたのだ。町の人々は彼女を嗤い、古くさいとか、反動的だとか批評しつつも、その一方深く尊敬していた。彼女が是認したことであれば、誰も後ろ指を指す気遣いはなかった。

さてレディー・セント・ルーは古ぼけたダイムラーでイザベラとともに旅館に乗りつけた。威厳のある物腰で中に入ると、彼女はすぐミセス・バートに面会を求めた。

目を泣きはらし、怯えきって階段をおりてきたミリーは、まるで謁見式のように大仰に迎えられた。レディー・セント・ルーは単刀直入に、わざとあたりを憚らずにいった。

「このたびはひどい目にお遭いになりましたねえ。ゲイブリエル少佐がゆうべのうちにあなたをわたしどもの所にお連れ下さるとよかったんですが——夜も更けていたし、わたしどもを騒がせてもと、気をお遣いになったんでしょう」

「あの――あたし――どうもご親切に――」

「さあ、早く荷物をまとめておいでなさい。今から城にきていただきますからね」

ミリーはさっと顔を赤らめて、荷物といっても――何一つ持ってきていないのでといった。

「そうでしたねえ。気のつかぬことを申しました。お宅に寄って行きましょう」

「あのう――」とミリーは恐ろしげな表情を見せた。

「さ、お乗りなさい。途中で寄りますからね」

鶴の一声にミリーは言葉もなく頭をさげ、二人と一緒にダイムラーに乗りこんだ。フォア・ストリートの二、三ヤード先で車は停まった。

レディー・セント・ルーはミリーと一緒に家の中に入って行った。血走った目のジェームズ・バートが治療室からよろよろと出てきていきなり妻に罵言を浴びせようとしたが、レディー・セント・ルーにじろりと見られてかろうじて自分を抑えた。

「さあ、手まわりのものだけ、まとめておいでなさい」とレディー・セント・ルーはいった。

ミリーが急いで二階に駆けあがると、レディー・セント・ルーはジェームズ・バートに向き直った。

「あなたは奥さんにたいへん恥知らずな振舞いをしたんですよ、お話にも何にもならないくらい。あなたの困った点は、バート、お酒を飲み過ぎることです。まあ、どっちにしろ、あなたは碌でなしですがね。わたしはあなたとはっきり切れるように奥さんに勧めるつもりです。奥さんについてあなたのいいふらしていたことはまっかな嘘です――自分でも承知しているんでしょうに。そうじゃありませんか？」

もじもじと佇んでいたバートは老婦人の厳しいまなざしに射すくめられてたじろいだ。

「ええ、まあ――あなたがそうおっしゃるなら」

「嘘と承知でいってたんですね？」

「何とでもいって下さい。ゆうべはどうかしてたんでさあ」

「じゃあ、嘘だったと世間様の前ではっきり認めることですね。さもないとゲイブリエル少佐にお勧めして裁判沙汰にしますよ。ああ、もうよござんすか？」

ミリー・バートが小さなスーツケースを片手に階段をおりてきた。

レディー・セント・ルーはその腕を取って戸口に向かった。

「ええ、その――ミリーはどこへ行くんで？」と彼女の夫が口走った。

「わたしと一緒に城にきてもらいます」挑むように彼女は付け加えた。「何か言い分でも？」

バートは曖昧に頭を振った。レディー・セント・ルーは鋭い口調でいった。

「いっておきますがね、バート、手遅れにならないうちに立ち直ることですよ。お酒はきっぱりおやめなさい。仕事一途にやることです。あなたは腕もいいんだし。今のような調子でいったら、取り返しのつかないことになりますよ。いさぎよく立ち直るんです。その気になればできるはずですよ。それからね、言葉を慎むこと」

こういい残すと、ミリーを促して自動車に乗った。ミリーはレディー・セント・ルーの隣に坐り、イザベラが前の席に乗りこんだ。車は大通りから波止場に出て、市場の脇から城へと向かった。前にもいったように女王の出御のような物々しさで、ほとんどセント・ルーの全住民がこれを目撃したのであった。

その夜人々はいいあった。

「結局あの二人は何でもなかったんだろうよ。でなけりゃ、セント・ルーの奥方があの人をお城に引き取るわけはない」

むろん火のない所に煙は立たずと蔭口をきく者もいた。さもなかったらミリー・バートが夜半家を飛びだして、ゲイブリエル少佐の所に走るわけはない。レディー・セント・ルーは政治上の必要からゲイブリエル少佐の肩をもっているのだと。

しかしこんなことをいう連中は少数だった。それもこれもレディー・セント・ルーの人柄で、彼女の率直さ、正直さは隠れもない事実だったのである。レディー・セント・ルーがミリー・バートの味方になってお城に迎えたとするると、ミリーには後ろ指をさされるようなことはまったくなかったのだろう。あの奥方は曲がったことは容赦しない。その点、じつに頑固な婆さんなんだから！

ミリーが城の人となったいきさつを、私たちはイザベラの口から聞いたのであった。彼女はミリーが城に落ちつくとすぐポルノース・ハウスにやってきたのだ。

イザベラの話の意味を理解すると、カーズレークの意気消沈していた顔が急に明るくなった。ぴしゃりと股《もも》を叩いて彼はいった。

「そうか。これで火は消える。あのお年寄りはどうして大した人だ。いいところに目をつけたものだ。じつに機転がきく」

いいところに目をつけたのも、機転をきかしたのもじつはイザベラだったのだ。それにしても何とすばやく事情を呑みこんで行動したのであろうと私は舌を巻いた。

「こっちもぐずぐずしちゃあいられない。その線で押そう、口裏を合わせて。おいで、ジャネット。ゲイブリエル少佐――」

「すぐ行く」とゲイブリエルは答えた。

カーズレーク夫妻が出て行くと、ゲイブリエルはイザベラに近づいた。

「あなたがやって下さったんですね。どうしてです？」

訝しそうに彼女は彼の顔を見つめた。

「どうしてって——選挙ですもの」

「つまり——保守党に勝ってほしいから——そうですか？」

イザベラは驚いたように彼を見返した。

「いいえ、あなたのためですわ」

「私の？」

「ええ、当選したいと思っていらっしゃるんでしょう、とっても？」

奇妙な、戸惑ったような表情を浮かべて、ゲイブリエルは顔をそむけた。そして彼女に向かってというよりは誰にともなく、ひとりごとのように呟いた。

「さあ——それはどうですか……」

21

前にもいったように、これは選挙戦の正確な記録ではない。第一、私はその本流をはずれた、いわば淀みともいうべき所にいて、たまさかその轟きを耳にするばかりだったのだ。しかし、それとは別に私はますますある緊迫感を感じとっていた。どうやら私以外の誰もそれには気づいていないらしかったが。

選挙戦の最後の二日は目まぐるしく過ぎた。ゲイブリエルはその間、二度私の所にやってきた。一息いれたその顔には疲れの色がありありと見えた。野外集会で声を張りあげたためだろう、声はすっかりしゃがれていたが、あいかわらず精力的だった。口数がいつもより少なかったのは、声もエネルギーも貯えていたのであろう。

グラスを投げだすように置くと、彼は呟いた。「何というひどい毎日だ、まったく！大衆を前に愚にもつかんことばかり並べなけりゃならんのがやりきれないよ。政治が悪いっていうが、あんな連中が相手じゃあ」

テレサはたえず車で東奔西走していた。投票日の朝は大西洋から吹いてくる強風に明けた。激しい風が吼えたけり、雨が家に激しく降りつけた。

朝食後すぐイザベラがやってきた。黒いレーンコートを着ていたが、髪の毛は濡れ、目がきらきらと輝いていた。彼女は大きな青いリボンを薔薇のようにまとめて、ピンでコートの胸につけていた。

「今日は一日、有権者を自動車で投票所まで運ぶのよ。ルパートも手伝っていますわ。ミセス・バートに後でこちらに伺ったらっていったんですけど、お嫌でしょうか？　あなたがひとりぼっちになるから」

べつに嫌ではなかったが、私は、本を読んで平和な一日を過ごすことができると考えてうれしいくらいに思っていたのだ。

私がひとりになることを気にするなんていつものイザベラらしくないと私は思った。まるでレディー・トレシリアン——彼女のいわゆるアグネス叔母——のお株を奪ったようではないか。

「ルパートへの愛があなたをやさしくしたのかな、イザベラ？」と私はいささかひがみっぽくいった。「それともレディー・トレシリアンの思いつきですか？」

イザベラは微笑した。

「ええ、アグネス叔母は自分が伺うっていいましたわ。あなたが淋しいだろうし——それに——何ていったんだったかしら——そうそう、ひとりだけ何も知らされずじまいという気がするだろうって」

私自身の気持ちを問うように彼女は私を見つめた。イザベラ自身はそんなことは夢にも考えなかっただろう。

「しかし、あなたはそうは思わなかったんですね？」

「だって、慣れていらっしゃるんでしょ？」と例によって率直な返事であった。

「そのとおりですよ」

「あなたには悪かったかもしれないけど、でもあたし、アグネス叔母がお相手にきたところでどうってことはないと思いましたの。アグネス叔母まで何も知らされないだけで」

「もちろん叔母さまだってそんなのはお嫌でしょうからね」

「ミセス・バートに声をかけましたのはね、いずれにしろ、あの人はこの際、選挙に関することから遠ざかっていた方がいいと思ったからなの。それにあなたから、よく話してあげられるでしょうし」

「話してあげられる？」

「ええ」イザベラは白皙の額をちょっとしかめた。「だってあたし――話下手なんですもの。人の話を黙って聞いているのも苦手だし。話しだすとあの人、とめどがなくて」

「ミセス・バートの話がとめどがないっていうんですか？」

「ええ、それに何の意味もないことだと思うの――あたしじゃ、うまくいえないから。あなたなら上手にいって聞かせてあげられるんじゃないでしょうか」

「とめどなくどんな話をするんです？」

イザベラは椅子の肘掛けに腰をおろし、少し眉を寄せつつゆっくり話しだした。まるで旅先で見聞した未開の種族の摩訶不思議な儀式について説明する旅行者のようだった。

「あの晩――ゲイブリエル少佐の所に駆けつけたときのことを。みんな、自分が悪かったんだ、少佐が落選したら自分のせいだって、そればっかりいうんです。自分がもっと思慮深く行動していればよかったのだ、あんなことをしたら少佐にどんなご迷惑がかかるか、わかっているはずだったのに。ジェームズ・バートにしろ、妻の自分がもっとやさしく理解していたら、あんな大酒飲みにはならなかったかもしれない。そう思うと、すまなくていても立ってもいられない、夜中に目が覚めると眠れなくってそのことばかり、くよくよと考えはじめる。自分のためにゲイブリエル少佐の一生が台なしになったら、死んでも死にきれない。悪いのはあたしだ、いつだってあたしが悪いんだって――」

イザベラはふと口をつぐんで私の顔を見た。彼女自身にとってまったく不可解な態度をわからぬままに告げているというふうだった。

過去からのかすかなこだまが私の胸に忍びよった。美しい眉を寄せ、ほかの人のしたことまですべて自分のせいにして雄々しく運命に立ち向かっていたジェニファー。

かつて私はそれをジェニファーの性質中のむしろ愛すべき点だと考えたものだった。しかし、同じような態度をとっているミリー・バートについては、そうした姿勢が人をいらいらさせるということは頷けた。誰かをただ感じのいいかわいらしい女だと思うのと、その当人を恋しているのとではおのずから見かたが違うのだろうと私はシニカルな結論を下した。

「そう、まあ、あの人としては無理もないんでしょうがね」と私は呟いた。

イザベラはときどきひどくはっきりものをいうことがある。今がそうだった。彼女は一言いった。

「無理もないなんてことないわ」

「なぜです？　説明して下さい」

「あたしがうまくいえないの、ご存じでしょうに」こう咎めるようにいって眉をよせて黙り、それから——あやふやな口調で続けた。「物事って、すでに起こったか、まだ起こっていないか、どっちかだと思うの。もちろん、何も起こらない先に心配することもあるでしょうけど——」

それすらも彼女にとっては実のところ、まったく合点のゆかぬ態度らしかった。

「すんでしまったことでくよくよし続けるなんて、まるで野原を散歩しているときに牛の糞か何かを踏みつけた人が、別の道を取っていたらこんなことにならなかったんだとか、もっと下を見て歩いていたらとか、自分はこんな馬鹿なことばかりやっているってくどくど自分を責めつづけているようなものじゃないでしょうか？　汚いものを踏んでしまったという事実からは逃げることはできないけれど、でもそれを心にまでこびりつかせることはないと思うの。まわりを見回せばほかのものだってたくさんあるんですもの——野原、空、生け垣、一緒に歩いている友だち、牛の糞のことをまた考えなければならないのは、家に帰って汚れた靴の始末をするときだわ。そのときにはもちろん、考えないわけにはいかないけれど——」

過度に自責の念にふけるという姿勢について考えてみることはなかなか興味があると私は思った。ミリー・バートはまさにそれだ。しかし、ある種の人々がとくにこうした気持ちに陥りやすいのはなぜだろう？　かつてテレサは私に、「あなたは人を元気づけ、その人の陥っている事態を改善することを人間として当然なすべきことだと思っているようだけれど、本当はそんな態度はちっとも当人の役に立ってはいないのだ」といったことがあった。しかしそれとて、ある事についての自分の責任をいいたてることを好む人間がいるのはどうしてかという問に対する答にはならない。

「あの人にそういって下さるでしょう？」とイザベラはもう一度いった。

「しかし、彼女が自分を責めることで心を慰めているとすれば、べつに悪いってわけもないんじゃないかな」

「でもあの方に――ゲイブリエル少佐にとってはたまらないわ。あなたのせいじゃないって何度も何度もいわなければならないなんてやりきれないと思うの」

やりきれない――そう……かつて私もやりきれない気持ちになったっけ……ジェニファーはすべてについて自分を責めた……しかしジェニファーの光沢のある黒髪、愁いを含んだ青い目、愛嬌のある鼻を見ていると……

ひょっとするとジョン・ゲイブリエルもミリーの栗色の髪とやさしい茶色の目に見とれ、「何もあなたのせいではありませんよ。心配しないで下さい」と繰り返しいうことをさして苦にしていないのかもしれない。

「これからのことについてミセス・バートには何かはっきりした計画があるんですか？」

「ええ。お祖母さまがサセックスに仕事を見つけてあげましたの。お祖母さまのお友だちの家政婦兼相手役として。お給料はいいし、仕事も楽なんですって。ロンドンに汽車で行けるから、たまにはお友だちにも会えるでしょうし」

お友だちというのはジョン・ゲイブリエルのことだろうか？　ミリーはゲイブリエル

に恋している。ゲイブリエルの方もひょっとしたら幾分心をひかれているかもしれない。あり得ることだ。

「ここでバートさんとはっきり離婚したっていいわけですけど、でも離婚はお金がかかるから」とイザベラはいって立ちあがった。「あたし、もう行かなければ。じゃあ、あの人に話して下さいますわね？」戸口で立ちどまってまた続けた。「ルパートとあたしは後一週間たったら結婚しますの」と囁くようにいった。「教会の式に出て下さいます？　お天気がよかったら、ボーイ・スカウトに車椅子を押してもらって」

「私が出席した方がいいんですか？」

「ええ、出ていただきたいの——とても」

「だったら出ましょう」

「ありがとう。ルパートがビルマに帰るまで一週間しか一緒に過ごせないわけだけれど。でも戦争ももう長いことは続かないんじゃないかと思いますから」

「幸せですか、イザベラ？」

イザベラは頷いた。

「何だか怖いようで——長いこと——ずっと考えてきたことが現実になるって……ルパートは前にもあたしの心の中にいましたけれど……だんだんぼんやりしてきて……」ふ

と私の顔を見やってイザベラは続けた。「二人が結婚するってこと、本当に違いないのに――まだ夢でも見ているようで――はっと目が覚めるんじゃないかと……」聞きとれないほど低い声で彼女は付け加えた。

「何もかも手にはいるなんて……ルパートも……セント・ルーも……願いどおりになるなんて……」急に我に返ってイザベラは驚いたように叫んだ。「こんなに長居をするはずじゃなかったのよ。二十分だけ、一息いれていらっしゃいっていわれたのに」

一息いれるというのは私の所にくることだったのだろう。

午後になってからミリー・バートがやってきた。レーンコートとフードと雨靴を脱ぐと茶色の髪を撫でつけて、鼻の頭をちょっとぎごちなくパフではたき、それから私の傍にきて坐った。本当にかわいらしい、気持ちのいい女性だと私はあらためて思った。ミリー・バートに悪意をもつことのできる人間はあまりいないだろう。少なくとも私は彼女を嫌う気になれなかった。

「ほうりっぱなしにされたってひがんでいらっしゃりやしませんわね」とミリーはいった。「お昼食はあがりまして？　ご不自由はありませんかしら？」

大丈夫、身のまわりのことはちゃんと気をつけてもらっているからと私は答えて、後でお茶を一緒に飲もうと提案した。

「ええ、結構ですわ」こう答えてから、彼女は落ちつきなく身を動かした。「あのう、大丈夫、当選なさるでしょうか、あの方？」

「まだ結果はわかりませんがね」

「でもどうお思いになります？」

「当選することはかなり確かだと思いますよ」と私は慰めるようにいった。

「あたしのことがなかったら、確実だったでしょうに。どうしてあたし、あんな馬鹿なことを――あんなとんでもないことをしてしまったんでしょう？　あたし、しょっちゅうそのことばかり考えて、自分で自分を責めていますの、ひどく」

そうら、始まったと私は心に呟きながらいった。

「そんなことはもう考えない方がいいんじゃないですかね」

「でもどうして考えずにいられまして？」大きな、愁わしげな茶色の目を見張って彼女は私を見つめた。

「自制心と意志の力で」

ミリーはそんなことは無理だというように恨めしげな顔をした。

「何でもないことだなんて、そんなにあっさり考えることは間違っていると思いますわ。だって何もかもあたしのせいで起こったんですもの」

「いくらあなたがくよくよしたからって、それでゲイブリエルが当選するわけじゃないんですからね」

「ええ、それはわかっていますわ……でもあの方の将来をめちゃめちゃにすることになったら、あたし、自分をとても許せませんもの」

こんなふうに押し問答が続いた。ジェニファーを相手に私は何度か同じようなことをいったものだった。ただ、ミリーに対しては私は、ジェニファーの場合と違い、ずっと冷静だった。ロマンティックな情感という個人的要素に左右されることがなかった。それは大きな違いである。ミリー・バートを私は好きだったが、いい加減腹が立ってくることはたしかだった。

「後生だから、そんなに大騒ぎするのはやめて下さい。せめてもゲイブリエルのために」

「あの方のためにこそ、あたし、気が揉めますのに」

「あなたが悔恨の涙に暮れなくたって、あの男はすでに重過ぎるほどの荷を背負いこんでいるんですからね」

「でももしも落選なさるようなことになったら――」

「万一落選したら（ついでながら、まだそうときまったわけではないんですよ）、そしておっしゃるようにあなたのことがその一因だったとしたって（もっとも何が原因か、知りようはないし、心配なさるようなことはまったくないかもしれないわけですが）、選挙に敗れるだけでも痛手なのに、そのうえ、涙に暮れた女性に掻き口説かれるんでは、彼としてはたまったものじゃないでしょう」

ミリー・バートは困惑したような表情で、しかしあいかわらず頑にいいはった。

「でもあたし、自分のしたことの償いをしたいんですの」

「だからって、どうしようもないでしょうね。あなたにできることはせいぜい落選したことは彼にとってむしろすばらしいことだったのだ、人生に対してもっと興味深い角度からぶつかるチャンスが開けたのだとでもいって聞かせることぐらいでしょう」

ミリー・バートは怯えたような顔をした。

「でもあたし、そんなこと、とてもいえそうにありませんわ」

まあ、そうだろう、と私は思った。もっと心の豊かな、物怖じしない女ならとにかく、ミリーには無理だ。テレサなら——万一テレサがジョン・ゲイブリエルを愛したなら、そんなことも可能だろうが。テレサは不断の攻撃という角度から人生に取り組むたちなのだから。

ミリー・バートの態度はそれとは対照的だ。不断の敗北——絵に描いたような敗北である。しかし、ゲイブリエルは木っ端微塵になった花瓶のかけらを拾い集めて接ぎあわせるといったことを好むたちなのかもしれない。私自身がそうだったように。

「あなたはゲイブリエルが好きなんですね、ひどく？」と私は訊ねた。

ミリーの茶色の目には見る見る涙が溢れた。

「ええ──だって──あの方──あんな方にはあたし、これまで会ったことがないんです……」

私もゲイブリエルのような男には会ったことがなかった。もっともミリーのように彼を崇拝する気持ちにはならなかったが。

「あたし、あの方のためならどんなことでもします。ノリーズ大尉、本当ですわ」

「あの男が好きなら、それはそれでいいじゃありませんか。とくに何かしようと思う必要はありませんよ」

「愛するなら、干渉するな」、そういったのは誰だったろう？　世の母親に対する心理学者の助言だろうか？　子どもばかりではない。大人に当てはめても、それは傾聴に価する智恵を含んでいる。しかし、どんな人間にせよ、そっとしておくことなんてできるものだろうか？　自分の憎む敵の場合は努力すればあるいは──しかし、愛する者をそっとしておくことは……

私は無益な思弁を打ちきってベルを鳴らし、お茶の支度を頼んだ。

お茶がくると、私は記憶に残っている前年度の映画のことを話題にした。ミリーは映画が好きだったので最近の傑作について詳しく話してくれ、お蔭で私は新しい知識を仕入れることができた。こんなふうにして結構楽しく時が過ぎ、ミリーが帰るといったときは名残惜しいくらいだった。

そのうちに、あちこちに散っていた運動員が続々ともどってきた。誰も彼も疲れきっており、ばかに楽観的な者も、反対に悲観的な見解をとる者もいた。ロバートひとりは普段と変わらなかった。古い石切場にブナの朽木が転がっているのを見つけたのだが、ちょうど心に思い描いていたような場景だったと喜んでいた。小さなパブでとびきりうまい昼食にありついたともいった。絵になる風景とうまい食物のことが彼の気に入りの話題である。なかなかいい話題だと私も思っているのだが。

22

翌日の夕方遅く、テレサがふらりと部屋に入ってきて、疲れた顔から黒髪を掻きあげながらいった。

「当選したわ、彼」

「何票の差で？」

「二百十四票よ」

私はピューッと口笛を吹いた。

「危なかったんだな」

「ええ。ミリー・バートのことがなかったら、少なくとも千票は引き離しただろうってカーズレークはいってるわ」

「カーズレークのいうことなんぞ」

「全国的には左翼の大勝利よ。労働党はどの選挙区でも進出しているわ。セント・ルーは保守党が勝利をおさめた数少ない選挙区の一つってわけよ」

「ゲイブリエルのいうとおりになったわけだ。彼、そう予言していたんですよ。覚えているでしょう？」

「ええ、気味が悪いほど的中したわね」

「これでミリー・バートも今夜は枕を高くして寝られるってものだ。彼女のせいでゲイブリエルが落選したなんてことにならなくて、さぞ安心するだろう」

「本当にそうかしら？」

「意地の悪い人ですね、あなたは、テレサ。あの人はゲイブリエルに献身的な愛情をささげているんですよ」

「わかってるわ」とテレサは考えこんだような表情でいった。「あの二人はお互いにぴったりなのにね。ミリーとなら、彼もまあ、幸せに暮らせるでしょうよ――もしも幸せを願うならね。幸せなんて、望まない人もいるけれど」

「ぼくはジョン・ゲイブリエルにあまり禁欲主義的なところを感じたことはないんですがね。まあ、一通りの成功をおさめて、人生から摑みとれるだけのものを摑みとることを考えているだけじゃないですか。いずれにしろ、結婚は金持ちの女とするでしょう。自分でそういっていますよ。それに奴さん、間違いなく成功しますよ――いずれ俗受けのする成功でしょうがね。ミリーはどうやら運命の犠牲者というタイプのようですが、あなたはそれを当人が喜んでいるとでもいうんでしょう？」

「もちろん、そんなことはいわないわ。でも、『わたしは馬鹿なことをした』と認めて笑いとばし、さっぱりと次のことに取りかかるのは本当に強い性格の人にしかできないことよ。気の弱い者は何か支えになるものがなくちゃいられないのよ。自分のおかした過ちを真剣に立ち向かうべき失敗としてでなく、どうにもならない欠点として、罪悪として見ずにいられないんでしょうね。ねえ、ヒューー」とテレサは唐突に話題を変えた。「わたしは悪自体っていうものがあるとは思わないの。この世界の不幸は弱者が招くのよ。悪気はないんだし――ロマンスの主人公を気取っているだけだけれど。でもわたしは弱者を恐れるわ。危険だからよ。弱者はね、暗闇の海を漂流して堅牢な船に衝突して沈没させる老朽船のようなものよ」

私は翌日までゲイブリエルに会わなかったが、ひとまわり小さくなったような、消耗しきった顔をしていた。人が違ったようだった。

「選挙の二日酔いってところらしいな」と私がいうと彼は唸るように答えた。

「まさにそれさ。成功というやつはまったくへどが出るな。いちばん上等なシェリーはどこにある?」

私が教えてやると、彼はさっそくグラスについだ。

「もっとも敗れたウィルブレアムにしても、意気軒昂としているとは思わんが」私がこういうと、ゲイブリエルは生気のない顔をちょっとくずした。

「まあね、気の毒に。あの男は自分についても、政治についても、真面目だったからね。始末に困るってほどでもないが、感傷的すぎる」

「きみたち、フェア・プレーでいこうとか、スポーツマン精神でとか、きまり文句をとりかわしたんだろうな、おおかた？」

ゲイブリエルはまたニヤリと笑った。

「ああ、然るべき口上はね。そこはカーズレークがついているからな。だがあいつは何という阿呆なんだ！　自分の役目についちゃ、こまかいところまで心得ているが、頭はまるっきりからっぽだ」

私はグラスをちょっとあげていった。

「まあ、とにかくきみの将来に乾杯だ。これでスタートを切ったわけだな」

「そう、スタートをね」とゲイブリエルは大して熱のない口調でいった。

「あまりうれしそうには見えないな」

「きみのいわゆる選挙の二日酔いってやつさ。敵を屈服させてしまったときは人生、とかく味気ないものだ。しかし戦いはまだこれからさ。おれが否応なしに大向こうの目を引きつけるのを、刮目して見ていろってことだ」

「労働党がだいぶのしたようだが」

「結構だね」

「驚いたな、ゲイブリエル、保守党新議員としては聞き捨てならぬことをいうじゃないか？」

「それがどうした？　おれの出る幕がきたってことさ。そもそも我が党を再建できるようなどんな人物がいるかね？　ウィンストンは戦時には頼りになるファイターさ。とくに難局に際してはね。だが平和時の問題を処理するには年がいきすぎている。平和ってやつは厄介千万でね。イーデンは、当たりのいいイギリス紳士の典型だが——」と次々に保守党の名士を槍玉にあげた。「まあ建設的な考えをもった人間は一人もいないな。国有化に反対してキーキーいい、社会主義者が失敗すると待ってましたとばかり、欣喜雀躍するのが関の山だろう（労働党にしたって、間違いなく失敗するさ。頭でっかちの寄り合い所帯だからな、頑固な労働組合主義者やら、オックスフォード出の無責任なことばかりいう理論家やらの）。そうなりゃ、こっちは昔ながらの手を使うだろう——市に出された曲芸犬のようにまずキャンキャン、ワンワンと鳴き、それからちんちん、あげくは眠くなるようなワルツに合わせて踊りまわるって寸法よ」

「で、野党のその魅力あふれる政府攻撃の一幕に、ジョン・ゲイブリエルはどんな役割を演ずるんだね？」

「総攻撃ってやつは、まず細かい点まで周到な準備あってのことだよ。準備が完了したうえで——いざかかれというわけだ。おれは若い連中に働きかけるよ——一応『反政府的』な新しい考えをもった連中にね。奴らに思想を売りつけるんだ。そのうえで一緒に

「二十年後には、おれもでっぷりふとって安楽な暮らしになずみ、いっぱし慈善家って
「まあ、きみの今後を興味津々見守らせてもらうよ」と私はいった。
それが人間性ってものさ」
ら寄付金はどっと集まる。だが疎開児童を自分の家に引き取ろうという人間は少ない。
た対象に向けられる思想が受ける。トルコとか、アルメニアの地震の犠牲者のためにな
漠然と人道的な考え、とくに誰といって個人的つながりのある者にではなく、漠然とし
稼がせてもらうだけじゃ、あきたりないんだ。しかしあまり実際的な思想は喜ばれない。
なったような気のする思想だ。人間はね、きみ、自分を高潔だと考えたがる動物だよ。
すい思想だ。高邁ではあるが、曖昧模糊としており、それでいて何となく精神が豊かに
それによってすべてが好転するように思われる、聞こえのいい、またきわめてわかりや
に動かすものは二つだけだ。一つは彼のポケットに金をいれてやること、もう一つは、
思想なんざ、いつだって、いくらだって、半ダースぐらい作り出せるさ。人間を政治的
「きみはとかく物事をはき違えるな。どんな思想だろうが、構ったこっちゃないんだ！
ゲイブリエルは腹立たしげな一瞥を私に投げた。
「どんな思想に？」
その思想にいれあげるんだよ」

なことになっているかもしれないな」

「それで？」

「それでとは？」

「退屈しやしないかと思ってね」

「まあね、おれはいつだって何かしら景気のいいことを見つけるよ――その方が面白いからね」

私はゲイブリエルが自分の将来を描くときの揺るぎのない自信にいつも魅せられ、その予測が当たるということをいつしか信ずるようになっていた。この男の考えることは、不思議といつも的を射ている。労働党が全国的に勝利を博するということも彼は予言していた。自分の勝利についても。おそらく今後彼はいまいったようなコースを寸分違わず歩んで行くだろう。

私は陳腐ないいかただと思いながらいった。

「まあ、万事めでたしめでたしというわけだな」

ゲイブリエルは急にいらいらと顔をしかめていった。

「きみって男は、人の痛いところを平気で突くんだな、ノリーズ」

「どうしてだい？」

「何でもないよ……何でもない」ちょっと口をつぐんでからまた続けた。「指に棘を刺したことがあるかい？　じつに気になるものだ。ひどく痛いっていうんじゃあないが、ちくちくと疼き――たえずそのありかを思い出させる――気にかかる……」

「きみの場合、棘とは何だ？　ミリー・バートか？」

彼はぽかんと私の顔を見つめた。ミリー・バートではないなと私は思った。

「あの人じゃあない。幸い、これという迷惑も及ばなかったし。おれはあの人が好きだよ。おりおりロンドンで会おうと思っている。ロンドンなら金棒引き連がわいわいいうこともないからな」

それから急に顔を赤らめてポケットから紙包を引っぱり出した。

「これをちょっと見てくれないか。どうだろう、結婚の贈物なんだが？　イザベラ・チャータリスにさ。何か贈るのが礼儀だと思うんだが。式はいつだっけ？　次の火曜日か？　馬鹿げた贈物だと思うかね？」

私は少なからず興味を感じつつ紙包をひろげた。そして中から出てきた品物を見て心から驚いた。ジョン・ゲイブリエルがこんなものを。

それは由緒ありげな聖務日課書で――精緻な、美しい彩飾つきのものだった。博物館に展示されてもいいような品といったらわかるだろうか。

「何に使うのか、知らんが、カトリックのものらしい。何百年も前の物だ。だが――どうしてか――彼女にぴったりだという気がしてね。もちろん、きみが馬鹿げているというなら――」

私は急いでいった。

「じつに美しいね。誰だって大事にするだろうよ、こんなものをもらえば。博物館に置いてもおかしくない」

「彼女がこういうものをとくに好むかどうか疑問だが、何かこう、似合っているような気がしてね――おれのいう意味がきみにわかるかどうかかな――」

私はわかっているというように頷いた。

「それに何か贈らないわけにはいかんだろう？　あの娘は好かないがね。あんな思いあがった小娘なんざ、おれには用がない。うまくあの馬鹿殿さまを丸めこみやがって。でくのぼうの貴族とせいぜい仲よくやるこった」

「でくのぼうなんてものじゃないよ、セント・ルー卿は」

「わかっているよ――そのとおりさ。まあ、とにかく奴らとはうまくやっていかなきゃならんだろう。この地方選出の議員として城に招かれ、園遊会に顔を出し、ってな具合にね。あのセント・ルーの婆さんは、いずれは寡婦用住宅というやつに移ることになるだろうな。教会堂の脇のあのぼろ家にね。あんな所に住んだら、おっつけリューマチでくたばっちまうだろうが」

彼は贈物を取りあげて包み直した。

「本当におかしくないだろうね？　場違いってことはないか？」

「すばらしい贈物だよ。やたらにはない品だし」

やがてテレサが入ってきたが、ゲイブリエルはそそくさと暇を告げた。

「あの人、どうかしたの？」

「当選の反動でまいっているんでしょう」

「それだけじゃないようだわ」

「いっそ落選した方が彼のためにはよかったんじゃないですかね。かえって落ちついて、いい方向に向かうことになったと思いますよ。このままじゃ、二年もするとやたら騒々しいばかりの政治家になりさがるでしょうからね。まあ、もともと嫌みな男ですからね。だが木のてっぺんにのぼりつめる才覚はありそうだ」

テレサといっしょに入ってきたロバートが、おそらく「木」という言葉を聞き咎めてこのときだしぬけに口を開いた。いつものようにひっそりと座を占めた彼の存在を私たちは忘れていたので、ちょっとびっくりした。

「いや、おそらくだめだろうね」と彼はぽっつりいった。

テレサと私はその顔を見返した。

「てっぺんになどのぼれんな、まず――」

ロバートは沈んだ顔つきで部屋の中を歩きまわり、自分のパレット・ナイフがしょっちゅう見えなくなるのはどうしてだとぼやいた。

23

セント・ルー卿とイザベラ・チャータリスの結婚式は火曜日に行なわれることになっていた。その日の午前一時ごろ、私の窓の外のテラスに足音が聞こえた。

私は眠れずに目を覚ましていた。ときどきあるように、苦痛に悩まされてまんじりともしなかったのである。

そら耳だろうと私は思った。イザベラの足音のような気がしたからである。

そのとき、声が聞こえたのだった。

「入ってもいいかしら、ヒュー？」

風がとくに強いときを除いてフランス窓はいつも半開きになっていた。イザベラが窓から入ってくると、私はベッドの脇の電灯をつけた。まだ夢でも見ているような心持ちだった。

イザベラはひどく背が高く見えた。長い黒っぽいツイードのコートを着て、暗紅色のスカーフを頭にかぶっていた。その顔は沈静で、少し悲しげだった。

まだ夜明け――いや、夜中といってもいい時刻に、何だってやってきたのか、私には想像もつかなかったが、漠然と危惧を感じた。

私はもう夢を見ているなどとは思わなかった。むしろルパート・セント・ルー卿の帰郷以来、起こったすべてのことこそ一場の夢であって、今その夢から目覚めつつあるという気持ちだった。

「何だか夢でも見ているような気がするの。今にも目が覚めるんじゃないかって」とイザベラはかつて述懐した。

私ははっとした。そうだ、それなのだ。今、私の傍らに立っているのはもはや夢みる少女ではない――はっきりと目覚めた一人の女性なのだ。

そのとき、私はもう一つのことを思い出した。ルパート・セント・ルーの命名式には意地の悪い妖精は一人も出席しなかったろうという兄ロバートの言葉を。後でその意味を訊ねると、ロバートはいった。「意地悪の妖精が一人もいなくっちゃ、物語にもならないじゃないか」と。おそらくそれがルパート・セント・ルーを現実離れしたものに感じさせたのだろう。その美貌、知性、誰の目にも明らかな廉直さにかかわらず。

ほんの一、二秒のうちに、そうした錯雑した思いが私の脳裡を掠めたのであった。

「あたし、お別れをいいにきましたの、ヒュー」

私はぽかんと彼女の顔を見つめた。

「お別れ？」

「ええ、あたし、行ってしまうの……」

「行ってしまう？　ルパートとですか？」

「いいえ、ジョン・ゲイブリエルと……」

私は人間の精神の不可思議な二重性を意識していた。私の半分は驚愕し、耳を疑っていた。イザベラのいっていることは信じがたい——途方もないことだった。

しかし、どこかに別な私がいた。内なる声が嘲るように、「おまえには、はじめからわかっていたはずじゃないか……」そう囁いているかのようだった。あの日、イザベラは後ろを振り返りもしないのに、テラスをやってくるジョン・ゲイブリエルの足音に気づいていた。ホイスト会の夜、下の庭からあがってきたとき、彼女の顔に浮かんでいた表情。ミリー・バートのことから起こった危機に際して彼女がとった機敏な行動。「ルパートが早くくるといいのに……」といった、妙に切実な声音。

イザベラは恐れていたのだ、自分に起こりつつあることを。

私にはゲイブリエルのもとへと彼女を駆りたてている暗い衝動が理解できた、おぼろげながら。どういう理由によるものかはわからないが、あの男は婦人に対して不思議な牽引力をもっているのだ。テレサもかつてそういったことがあった……

イザベラは彼を愛しているのだろうか？　そんなことはあるまい。ゲイブリエルのような男と一緒では、所詮幸福は望めまい。彼女を欲してはいるが、愛してはいない男なのだ。

彼としても、これは狂気の沙汰だ。彼の政治的生命はこれで終わり、すべての野心はついえ去るだろう。なぜ、彼はこんな狂気じみたことをしようとしているのか、私は理解に苦しんだ。

彼女を愛しているからだろうか？　そうではあるまい。ある意味ではむしろ憎んでいるに違いない。彼女は城やレディー・セント・ルーと同じく、彼がこの土地にきて以来感じている劣等感の一部である。この狂気じみた行動の隠れた理由はそれなのだろうか？　その劣等感に対する復讐なのだろうか？　自分に屈辱を味わわせたもの――それを破壊することができるなら、一生を棒に振っても惜しくないと思っているのか？　これが「平民の子」の貴族に対する復讐なのか？

私はイザベラを愛している。今にして私はそれに気づいたのであった。彼女自身の幸福に幸せを感じるほどに――夢の中のルパートが現実となり――セント・ルーでの生活が保証され――彼女は幸せであった……ただそれが現実とならないのではないかと恐れていたのだった。

では何が現実なのだ？　ジョン・ゲイブリエルか？　まさか！　これは狂気の沙汰だ。止めなければいけない。諄々といって聞かせて、思い止まらせなくては……

いいたいことが一度に唇に押し寄せたが……私はついに何もいわなかった。なぜか……今もってわからない。

イザベラがまさにイザベラだからだ――というよりほかには。

私はついに無言であった。

イザベラは身をかがめて私に接吻した。子どものようなキスではなかった。成熟した女性のそれであった。ひんやりと爽やかなそのキスは、今もって私の忘れ得ない甘美さと激しさをたたえていた。もしも花に唇があったら――そんな感じの接吻であった。

さようならと一言いって彼女は去った。窓から――私の人生から――ジョン・ゲイブリエルの待っている所へ。
私は彼女を止めなかった……

24

ジョン・ゲイブリエルとイザベラのセント・ルーからの出奔とともに、この物語の前篇は終わりを告げる。それはあくまでも彼ら二人の物語で、私自身についての記述ではない。私にもそれはよくわかっている。二人が去って後のことはほとんど記憶に残っておらず、すべてが濃い霧に包まれたようにぼやけて混沌としていた。

私はセント・ルーにおける生活の政治面には、ほとんど関心がなかった。私にとってそれは、劇の主役のさまざまな所作やせりふの背景として意味があるにすぎなかった。しかし二人の失踪の政治的影響がセント・ルーという一地域だけのことではすまなかったということはわかる。ジョン・ゲイブリエルに政治家としての一片の良心があったなら、あんなことをするわけはなかったろう。自党を裏切ることになると考えたら、手も足も出なくなってしまっただろう。それはまさに保守党に対する背信行為であった。セント・ルーの住民の彼に対する憤激はすさまじいもので、彼が自分から辞表を提出しなかったとしても、早晩、周囲の圧力でそうせざるを得なかっただろう。事件は保守党の威信をも少なからず傷つけた。伝統を重んずる男、鋭敏な廉恥心をもっている男なら、事の重大さに当然気づいたに違いない。ジョン・ゲイブリエルはそんなことなど、気にもかけなかったと私は思う。彼はひたすら自分の立身出世を夢みていた――あの常軌を逸した行動によって、自分はそれを棒に振った、おそらくゲイブリエルはもっぱらそう考えていたに違いない。自分がもしも道を誤るとしたらおそらく女が原因だろうという彼の予言は当たっていたことになる。その女が誰かということは彼にも予測できなかったのであるが。

レディー・トレシリアンやミセス・ビガム・チャータリスのような人々がこの事件によって受けたショックと驚愕は、彼のような気質、また育ちの人間には理解しがたいものだっただろう。レディー・トレシリアンにとっては国会議員として立候補すること自体、国家に対して一つの義務を負うことだった。彼女の父親はそうした見解をいだいていたのだから。

ゲイブリエルにはそのような態度はおぼろげにすら理解できなかったであろう。彼にいわせれば、自分を候補者に選んだとき、保守党はいいかものを摑んだのであった。奴らは賭けで大損をしただけだ――そういっただろう。事が正常なコースを進んでいたら、彼らとて甘い汁が吸えたのだ。しかし物事にはいつも万一ということがある――その万一が自分の場合に起こっただけのことだと。

ゲイブリエルとまったく同じ見解をとっていたのがレディー・セント・ルーだったのは、考えてみれば奇妙なことであった。

レディー・セント・ルーはこの事件についてただの一度だけ意見を述べた。ポルノース・ハウスの客間で。私とテレサしか、その場にいなかった。

「私たちにも当然責任の一半はあります。あの男がどんな人間か、知らないわけではなかったのですから。わたしたちはアウトサイダーを、何の信念も、伝統ももたない、恥を知らない男を候補者に指名したのです。一介の山師にすぎないということを百も承知のうえで。ただ彼が大衆に訴える資質と輝かしい戦歴、見かけ倒しながら人を引きつけるものをもっているというだけの理由で、わたしたちは彼を受けいれたのです。あまんじて彼に利用されたのです。こちらとしても彼を利用する気だったから。時代が動いているのだから、とわたしたちは自分にいい聞かせました。けれどももしも保守党の伝統にいささかでも価値があり、意味があるとしたら、その伝統を固守すべきでした。才気はなくても誠実な、国事を真剣に考える人物、自分より下層の人々のために責任をとる気組のある人物、上層階級の特権だけでなく、その義務をも受けいれるが故に、敢えて臆さずに自分を上層階級と呼ぶ人を選ぶべきだったのです」

それは滅びゆく体制を代表する声であった。私はそれに同意はしなかったが、敬意を払った。新しい考え、新しい生きかたが生まれ、古きものは一掃されつつある。しかしレディー・セント・ルーは古き時代の最良のものの一例として揺るがぬ位置を占めていた。彼女はその位置を、おそらくは死に至るまで堅持することだろう。

イザベラについては、レディー・セント・ルーは一切黙して語らなかった。傷があまりにも深かったのである。老刀自は厳しい人であったから、イザベラは自らの階級を裏切ったと考えていた。ジョン・ゲイブリエルについては、この頑固な老婦人はむしろ寛大であった。彼は一個の無法者、しもじもの者であった――しかしイザベラは味方を裏切る内通者であったのだ。

レディー・セント・ルーと違って、レディー・トレシリアンはイザベラのことを話さずにはいられなかった。彼女は私を相手に語った。ほかの人には打ち明けた話ができなかったから、またおそらく、私は病人だから話したところでどうということはないと考えたためだろう。彼女は前にもいったように、私に対して始末に困るほど母親らしい気持ちをいだいていた。私を相手に息子に対するように打ち明け話をすることを、むしろ当然のことのように考えているらしかった。

アダレイドは取りつく島もないし、モードは剣突を食わせるだけで犬を連れてプイッとどこかへ行ってしまう、と彼女は嘆いた。レディー・トレシリアンは、そのやさしくもセンチメンタルな心情を誰かに吐露せずにはいられなかったのである。

家庭内のことをテレサにこぼすのは裏切り行為のように思えただろう。しかし私に対しては、そんな気持ちをいだく必要はなかった。私がイザベラを愛していることを知っていたからかもしれない。彼女自身もむろんイザベラをこよなく愛していた。イザベラのことを考えずにはいられず、といって、その行動を理解できないので、困惑しきっていた。

「あの子らしくもないことです――本当に。あの男がたぶらかしたのだと思いますわ。危険な男だと、わたし、はじめから思っていました……あの子は幸せそうに――本当に幸せいっぱいに見えましたのに――あの子とルパートはお互いのために創られたとさえ思えたほどです。わたしにはどうしてもわかりません。二人は幸せでした――本当に幸せでした。あなただって、そうお感じになったでしょう？」

私は一つ一つ言葉を選びながら答えた、そう、確かに幸せだったと。しかし、ときには幸福だけでは充分ではないのではないかと付け加えたかったのだが、レディー・トレシリアンにはわかってもらえなかっただろう……

「あの破廉恥な男はイザベラに魔法でもかけて連れ去ったのでしょうか？　そうとしか、思えません——催眠術でもかけたのだとしか。でもアディーはそんなことはないといいますの、イザベラはどんな事でも自分でその気にならなければしない娘だと。わたしにはわかりません」

イザベラについてはおそらくレディー・セント・ルーのいうとおりだろうと私は思った。レディー・トレシリアンはまた言葉をついだ。

「あの人たち、ちゃんと結婚式をあげたでしょうか？　どこにいるんでしょう？」

消息はまったくないのかと私は訊ねた。

「何のたよりもありませんの。イザベラの置手紙のほかには。アディー宛てのものでした。到底赦してはもらえないだろう。当然だと思う、あの子はそう書いていました。『みなさんにかける苦しみについてどんなに申しわけなく思っているか、ここに書いたところで何にもなりません。本当に悪いと思っていたら、そんなことはしないはずでしょうから。ルパートはわかってくれるでしょうか。もしかしたら。でもたぶんわかってはもらえないと思います。二度とお会いできないでしょうが、叔母さまがたを心から愛しています』そんな文面でした」

私の顔を見つめているレディー・トレシリアンの目には涙がたまっていた。

「かわいそうなルパート——わたしたち、あの人が本当に好きになっていましたのに」

「彼にとってはひどい打撃だったでしょうね？」

イザベラの失踪後、私はルパート・セント・ルーに会わなかった。彼は翌日セント・ルーを去った。どこに行ったのか、何をしているのか、私はまったく知らなかったが、セント・ルーを去って一週間後にビルマの部隊に復帰したという知らせがあった。

レディー・トレシリアンは涙を流しながら、頭を振った。

「ルパートはわたしたちに対して、どこまでも親切にやさしくしてくれましたわ。でもそのことについては話したがりませんでした。話したくないのは誰も同じですけれど」とほっと溜息をついた。「でもあの二人はいったいどこで、何をしているんでしょうねえ。そのうち結婚するでしょうか？　どこで暮らすことになるでしょう？」

レディー・トレシリアンの心は女らしく動く。彼女は直接的、実際的で、もっぱら日常的な出来事に関心のある人だった。彼女はすでに心の中でイザベラの家庭生活を漠然と思い描いているらしかった——彼らの結婚、彼らの家、そして子どもたちを。彼女はイザベラを赦すことができた。愛していたからだった。イザベラの行動は彼女に大きなショックを与えた。家名に泥を塗った。しかしそれは同時にロマンティックな物語でもあった。レディー・トレシリアンは本来ロマンティックな女性だったから。

セント・ルーにおける次の二年間の記憶は、さきにもいったようにごくぼんやりしている。補欠選挙が行なわれ、ウィルブレアム氏が保守党候補に大きな差をつけて勝った。保守党候補がどんな人物だったか、私はまったく覚えていない——清廉潔白な、しかし、大衆にアピールするものをまったくもたぬ田舎紳士だったのだろう。ジョン・ゲイブリエルを抜きにした政治には、私はもう何の関心ももたなかった。おそらく私自身の健康が大きな関心事となりはじめていたからだろう。私はある病院に入院して、いくつかの手術を受けたが、結果は可もなし、不可もなしといったところだった。テレサとロバートはその後もしばらくポルノース・ハウスに住んでいた。セント・ルー城の三人の老婦人は城を出て、美しい庭のある小さなヴィクトリア朝風の家に落ちついた。城は北イギリスから移ってきた一家に一年契約で貸されることになった。一年半後にルパート・セント・ルーがイギリスに帰ってきて、あるアメリカ娘と結婚した。彼女には金はなかったが、テレサの書いてよこしたところによると、建築制限が緩和されたらすぐ、二人して城を大々的に修理するということだった。セント・ルー城が修理される、というのは、どういうわけだか、私にはうれしくないニュースだった。

ゲイブリエルとイザベラがどこで、何をして暮らしているかは——誰も知らなかった。

認められた。

一九四七年に私の兄のロバートはコーンワルの風景画を中心にロンドンで個展を開き、

そのころ、外科医学は大きな進歩を画していた。ヨーロッパ大陸のあちこちで、私の場合のような症例に対する治療法が目ざましい成果をおさめた。人間の苦痛を軽減するという方面における長足の進歩は、戦後の数少ない慶賀すべき一現象である。私を診てくれたロンドンの外科医はスロヴァキアに住むあるユダヤ人医師の業績を口をきわめて賞讃した。この外科医は戦争中、地下運動に従事しながら大胆な実験を行ない、画期的成果をおさめた、と彼はいった。私のような場合、イギリス人の外科医が敢えて手をつけないような治療法を、この男が試みて成功する可能性がある、そう私の担当医はいうのだった。

というわけで、私は一九四七年の秋にクラースヴィッチ博士の診断を受けるためにザグラーデに赴いた。

私自身のことについては多くを語る必要はない。クラースヴィッチ博士は行き届いた、有能な医師で、手術によって私の状態が好転することは明らかだと思うといった。松葉杖を使って自分で動きまわれるようになるだろう——無力な廃人として一生寝て暮らさなくてもよくなると。私は彼の診療所に入院することになった。

さて六カ月後、私は医師の約束どおり、松葉杖をついて歩きまわれるようになった。人生がこのときから私にとっていかにスリルに富んだものとなったかは、筆舌につくしがたい。手術後も週に数回マッサージをしてもらう必要があったので、私はそのままザグラーデにとどまった。

ある夏の夜、私は苦労して松葉杖を使いながらゆっくりとザグラーデの大通りを歩き、野天にテーブルを置いた小さなカフェでひと休みしてビールを注文した。どのテーブルもいっぱいだったが、何気なくあたりを見渡したとたんに、ゲイブリエルの顔がぱっと目にはいった。

ショックだった。彼のことを考えなくなってすでに久しかった。彼がこんな所にいようとは思いもよらなかったが、その風貌に、私はそれ以上にひどい衝撃を受けた。彼は見るからにみすぼらしかった。もともとどことなく粗野に見えたその顔は、ほとんど別人のように下品に見えた。どこか腫れぼったく不健康そうで、目は血走っていた。少し酔っているらしかった。

ゲイブリエルはチラッとこちらを見やり、すぐ私に気づき、立ちあがるとよろよろした足どりで私のテーブルに近づいた。

「こりゃ、珍しい。こんな所できみに会おうとはね」

その恥知らずな顔に思いきり鉄拳を食らわせたら、さぞかし溜飲がさがったろうが、私自身、まだ喧嘩ができるほど健康を回復していなかったし、イザベラの消息を聞きたかったので、私は一緒に一杯どうだと誘った。

「ありがとう。そうさせてもらおう。セント・ルーと、あの張りぼての城、それに町の金棒引き連はみんなあいかわらずかね?」

自分もセント・ルーをしばらくあけているので、と私は答えて、城は今では人に貸され、三人の老婦人は城には住んでいないと告げた。

あの婆さんには辛かったろう、城を離れるのはとゲイブリエルは小気味よげにいった。いや、むしろ喜んで出たようだと私は答えて、ルパート・セント・ルーも結婚したといった。

「つまり誰にとってもめでたしめでたしということらしいな」とゲイブリエルはうそぶいた。私は怒鳴りつけたくなるのを抑えて黙していた。彼の上唇は昔ながらの嘲笑にゆがんでいた。

「おい、ノリーズ、棒でも呑んだように何をそうしゃっちょこばっているんだ? 彼女のことを訊きたいんだろうに?」

ゲイブリエルで癪に障るのは、いつもこっちの陣地内に切りこんでくることだった。

私はあっさり敗北を認めた。

「イザベラは元気かね？」

「ああ。おれもまだ彼女を捨てちゃいないよ。誘惑者ってやつは引っかけた女を、いずれは屋根裏部屋かなんぞに置きざりにしてドロンするらしいがね」

ぬけぬけというその横っ面を思いきり張りたいという衝動を私はかろうじて抑えた。いつも攻勢に出る男だったが、零落しかけている今、突っかかるようないいかたはいっそうひどくなっていた。

「イザベラもこのザグラーデにいるのか？」

「いるよ。どうだい、訪ねてみちゃあ？　昔馴染みからセント・ルーの話を聞けばうれしいだろう」

彼女ははたして喜ぶだろうか？　ゲイブリエルの声にはかすかに嗜虐的な響きがあるようだった。

私は少々どぎまぎしながらいった。

「きみたち――結婚しているのか？」

悪魔的な微笑がひらめいた。

「いいや、結婚はしていない。帰ったらセント・ルーの婆さんにそう伝えてくれ」

（レディー・セント・ルーと聞いただけで、昔のように毒を含んだ言葉が出てくるのは妙だった。）

「そんな伝言はまず伝えないだろうね」と私は冷ややかにいった。

「なるほど、聞く耳もたぬということか。イザベラは家名を汚した女だからな」と彼はひょいと椅子を後ろに傾けた。「あの朝、やつらがどんな吠え面をかいたか、見てやりたかったよ――おれたちが手に手を取って駆け落ちした朝」

「汚らわしい男だな、きみは、ゲイブリエル」と私はまたもや自制を失いそうになった。

彼は意に介する様子も見せずに答えた。

「そりゃ、見かたによるがね。きみの人生観というやつはおそろしく狭いから腹に据えかねるだろうよ」

「まともな本能の一つや二つは、ぼくにもあるからね」

「典型的なイギリス人だよ、きみは。イザベラとおれが暮らしているコスモポリタン的な世界をきみに覗かせてやろう」

「こういっちゃ何だが、きみはあまり健康そうにも見えないな」

「そりゃ、飲みすぎるからだよ」とゲイブリエルはすぐに答えた。「現に今も少しね。イザベラは飲まんよ。なぜかは知らんが――飲まんのだ。いまだに女学生のような健康そうな顔色を保っている。きみが会っても幻滅は感じんだろう」

「ぜひ、会いたいね」と私はゆっくりいった。しかし、本当に会いたいのかどうか、自分でもよくわからなかった。

おまえは本当に彼女に会いたいのか？　会えばかえって苦しいだけではないのか？　彼女の方はどうだろう？　おそらく会いたいとも思わないだろう。彼女の気持ちがわかれば……

「断わっとくが、おれたちのあいだには私生児なんてものは生まれておらんからね。安心したまえ」とゲイブリエルは快活にいった。

その顔を私がじっと見ると、彼は低い声で呟いた。

「さぞかし、おれが憎いんだろうな、ノリーズ」

「憎む理由はあると思うがね」

「おれはそうは思わんよ。セント・ルーでは、このおれのおかげでいい気散じができたんじゃないか。そうとも。おれのすることに興味をもったからこそ、自殺せずにすんだようなものだろう。おれがきみだったら、とっくに自殺していたろうよ。きみ自身、イザベラに夢中だったからって、おれを憎むことはなかろう？　図星だろうが？　そうとも、きみはイザベラが好きだった。今でもな。だからこそ、こうやって一応愛想よくおれと向かい合って坐っているんだろう。心底憎んでいるくせしやがって」

「イザベラとぼくは友だちだった。きみなんかにはわかるまいが」

「何もきみが彼女に色目をつかったなんていっちゃあいないぜ。そんなことはなかったさ。精神的な結合、霊的高揚てなもんだろう。まあ、それはそれとして、昔の友だちに会えば、彼女もうれしいだろうよ」

「どうかな、それは。本当に喜ぶと思うかね?」と私はゆっくりいった。

彼の態度はがらりと変わり、急に顔をしかめて吐きだすようにいった。

「喜ばないわけはあるまい! 会いたがらん理由はないよ」

「きみに訊いているんだよ、ぼくは」

「おれはね、彼女にきみを会わせてみたいんだ」

私はむっとした。

「それは彼女次第だが」

ゲイブリエルは急に愛想よく笑いかけた。

「もちろん、会いたがるに決まっているよ。きみをちょっとからかってみただけさ。住所を書こう。いつでも好きなときに訪ねてくれ。たいていは家にいる」

「きみは近ごろ、何で生活してるんだ?」

ゲイブリエルは片目をつぶり、頭をちょっとかしげた。

「大きな声ではいえないな。極秘だよ。報酬としても大したことはない。あのまま議員になっていたら、今ごろは年千ポンドはもらっていたろうにな——労働党の天下になれば歳費は必ずあがるって、おれが予言したのを覚えているか？——イザベラのためにどんなに高価な犠牲を払ったか、しょっちゅういって聞かせてやるんだがね」

その粗野な、嘲笑的ないいかたを、私はどんなにいとわしく思ったことだろう。私は現在の自分にはとうてい振りえぬはずの腕力を振るって、この男を痛めつけてやりたく思った。しかしたかぶる心をやっと抑えて、彼が乱暴に走り書きしてテーブルごしに押してよこした、汚い紙片を受け取ったのだった。

その夜、私は遅くまで寝つけなかった。イザベラのことで不安にさいなまれていたからだった。イザベラを説いて、ゲイブリエルのもとを去らせることはできないものだろうか？　どうやら事態はひどいことになっているらしい。

その実状を、私が知ったのは翌日のことであった。ゲイブリエルが渡した住所をたよりに、私は二人の住まいを訪ねあてた。汚らしい裏町の見すぼらしい家であった。何ともいかがわしい界隈で、街を歩いている男たちのこそこそした足どりや厚化粧の女たちが、うろんな感じを増し加えていた。ようやく訪ねあてて、戸口に立っていた大柄の無精ったらしい女にイギリス生まれのご婦人に会いたいのだがとドイツ語でいうと、幸いに何とか通じたらしく、階上の部屋だと教えてくれた。まだ使い慣れぬ松葉杖が滑らないように気をつけながら、私はやっと階段をのぼった。屋内は不潔で、すえたようないやな臭いがした。私の心はいよいよ沈んだ。美しい誇り高いイザベラがこんな所に住んでいようとは。彼女をイギリスに連れて帰ろうという私の決心は、いよいよ揺るがぬものとなった。

息を切らしながらようやく最上階にたどりついて、ドアをノックすると、チェコ語で応える声が聞こえた。それは聞き覚えのあるイザベラの声であった。私はドアをあけて中に入った。

その部屋が私に与えた印象を、どう説明したらいいだろうか？

それは何ともむさくるしい部屋だった。こわれた家具、けばけばしいカーテン、趣味の悪い、みだらな感じさえするベッド。清潔であると同時に不潔だとは妙ないいかただが、壁は汚れて縞模様のように見え、天井は薄黒く、虫でも湧いていそうな悪臭がした。だが掃除は行き届いているようで、床には塵ひとつなく、ベッドはきちんと作られ、灰皿には吸殻もなく、埃も紙屑も見当たらなかった。

それなのに全体から受ける感じはどうしようもなく薄汚い、その部屋の真ん中の、椅子の上に足を折って坐り、絹の布に刺繡をしているのはイザベラであった。

　その様子はセント・ルーを去った日と少しも変わっていなかった。服はたしかにみすぼらしかったが、カットにもスタイルにも品があり、着古されてはいても何気ないうちにあかぬけて見えた。つやのある髪の毛は以前のとおり、ページ・ボーイ・スタイルにふっさりと切り揃えられていた。その顔は美しく、平静で、真面目な表情が浮かんでいた。イザベラとその部屋は互いに何のつながりもなかった。彼女はそこに——沙漠とか、船の甲板にいたとしても同じことだったろう——周囲の世界から何の影響も受けることなく、坐っているのであった。それはたまたまその瞬間、彼女が身をおいている場所であるにすぎなかったのだ。

　イザベラは一瞬見つめ、それからいきなり飛びあがってうれしそうな、驚いたような表情をたたえて両手をひろげて駆けよった。私がザグラーデにいることを、ゲイブリエルは彼女に告げなかったらしい。なぜだろうと私は訝しんだ。

　イザベラはなつかしげに私の手に自分のそれを委ねた。そして顔をあげて私にキスをした。

「ヒュー、まあ、うれしいこと」

　彼女は私に、なぜ、ザグラーデにきたかとは訊ねなかった。寝椅子に横になったきりだった私が歩くことができるようになっているのを見ても、べつに何もいわなかった。彼女にとっては友だちと再会できたというだけで充分だったようだ。それは私の覚えているとおりのイザベラであった。

彼女は私のために椅子を引き出して、彼女のそれと向かい合わせに据えた。

「イザベラ、元気ですか？　どうです？」

いかにも彼女らしい返事が返ってきた。手にした刺繡を示して彼女はいった。

「三週間前に始めたのよ。これ、いかが？」私の答を息をひそめて待つような、そんな声音であった。

私はその刺繡を手に取って見た。古い四角い絹の布で、淡い鳩羽色はほんの僅かだが色あせ、しかし、いかにも柔らかい感触であった。イザベラはその布に暗紅色の薔薇とニオイアラセイトウ、それに薄紫のアラセイトウを刺繡していた。それは精緻な、美しい一個の芸術品であった。

「きれいですね。実に」と私は呟いた。

イザベラをいつも取り囲んでいたお伽噺の中のような雰囲気を、私は今またひしひしと感じていた。人食い鬼の塔に幽閉されている囚われの姫君。その手になる美しい縫いとり。

「本当に美しい」と私はその布を、彼女に手渡しながらいった。「しかし、この部屋は実にひどいな」

イザベラはびっくりしたらしく、しかし大して気にもとめないような表情で、ぐるっと部屋の中を見回した。

「ええ、そうですわね」

それだけであった。私は言葉を失った——かつて彼女の単純さの前に何といっていいかわからなかったように。彼女の身のまわりがどのようであっても、それはイザベラ自身にとってはどうということはないのだと私はおぼろげながら悟った。周囲など、彼女の眼中にはない。大切な用向きをおびて旅行する人にとって、列車内の座席や装飾がおよそ問題にもならぬように。この部屋はたまたまこの瞬間、彼女が身をおいている場所にすぎなかった。その事実に対して私が注意を喚起したとき、彼女はそれがあまり居心地がよいとはいえぬことを認めた。しかし実際のところ、そんなことは彼女にとってどうでもよいことだったのである。

その一方、彼女は手にした刺繍にくらべものにならないくらい、大きな関心を寄せているのだ。

「ゆうべ、ジョン・ゲイブリエルに会ったんですよ」

「そう？　どこで？　あの人、何もいいませんでしたわ」

「彼に訊いて、ここがわかったんです。あなたに会いに行ったらと彼がいったのでやってきました」

「きて下さってうれしいわ。本当にとてもうれしいのよ！」

心温まる思いだった——私に会えたことで、イザベラがこんなに心から喜んでくれるとは。

「イザベラ、どうなんです？　幸せですか？」

私の意を測りかねたように彼女は私の顔を見つめた。

「こんな生活はあなたが慣れ親しんできたすべてとあまりにも違う。何もかも捨てて——ぼくといっしょに帰りたくはありませんか？　セント・ルーでなくても、せめてロンドンへ」

彼女は首を振った。

「ジョンはここで何か仕事をしていますの。どんな仕事か、よくは知らないけれど——」

「ぼくが訊きたいのは、あの男といっしょに暮らしてあなたは幸せかどうかということです。幸せなはずはない……恐ろしい過ちをおかしたなら、自尊心を捨ててそのことを認めるべきでしょう。彼のもとをお離れなさい」

イザベラは膝の上の刺繍を見おろした。不思議なことに、その唇にはかすかな微笑が浮かんでいた。

「それはできないわ」

「あの男をそんなに愛しているんですか？　彼といることが幸せなんですか？　こんなことを訊くのは、あなたのことが気がかりだからです」

「幸せって――セント・ルーで幸せだったように？」と彼女は真面目な口調でいった。

「そう」

「もちろん、そういう意味では幸せじゃありませんわ……」

「だったら何もかも捨ててぼくと一緒にイギリスにもどり、新しい出発をすることですよ」

彼女はふたたび不可解な微笑を浮かべた。

「それはだめよ。そんなことはできませんわ」

「結局のところ、あなたはあの男と正式に結婚したわけでもないんですし」と私は口ごもった。

「ええ、結婚してはいませんわ……」

「それは——」私は困惑し——戸惑った。イザベラは反対に落ちついた様子で、私に目を注いでいた。ゲイブリエルとイザベラと、ともかくもこの奇妙なカップルのあいだはどういうことになっているか、それを私は知らなければならなかった。「あなた方はなぜ、結婚しないんです？」と私は無遠慮を承知でいった。

イザベラは気を悪くする様子もなかった。というよりも、そんなことを考えてみるのははじめてだという感じであった。なぜ、ジョン・ゲイブリエルと結婚していないのか？　彼女は黙ってじっと考えこむ様子だった。

しばらくしてイザベラはちょっと戸惑っているように、あやふやな口調で呟いた。

「たぶんジョンはあたしと結婚したくないんでしょうと思いますの」

かっとなって叫びだしたくなるのを、私はかろうじて抑えた。

「結婚していけないという理由もないんでしょうがね？」

「ないと思いますけど」

「彼としてはそうすべきですよ。少なくとも」

イザベラはゆっくり首を振った。

「そういうことじゃないんですの」

「そういうことじゃないって？」

イザベラは記憶をたどるようにゆっくりといった。

「あたしがセント・ルーを出たときも……ルパートと結婚するかわりにジョンと結婚しようと、そんなふうに思ったわけじゃないんです。一緒にセント・ルーを出てくれといわれて、そうしただけで。結婚のことなんか何もいいませんでしたわ。考えもしなかったんだと思います。こんな生活は――」とイザベラは両手をちょっと動かした。――「こんな生活」というのは彼女が現に坐っているこの部屋や汚らしい環境というより、二人の行きあたりばったりな共同生活全体を指していたのであろう――「これは結婚じゃありませんわ。結婚はこれとはまったく違うものです」

「あなたとルパートは――」といいかけた私を、彼女は遮った。私が理解したと見てとって、ほっとしたらしかった。

「ええ、ルパートとあたしの場合は、結婚でしたでしょうね、もちろん」

では、ゲイブリエルとの生活を彼女は何と思っているのだろう？　しかしそう正面から訊くのもためらわれた。

「ねえ、イザベラ、結婚ということを、あなたはどう理解しているのですか？　あなたにとって結婚とは何を意味するのです――法的な意味を別にすれば？」

イザベラはじっと考えこんだ。

「結婚ということは、誰かの生活の一部になることだと思いますわ。すっぽりはまりこみ……そこに根を据える……本来自分の属すべき場所に――自分の場所に」

してみると、イザベラにとっては結婚は構造的な意味をもっているのか。

「つまり、あなたはゲイブリエルの生活の一部とはなっていないというのですか?」

「ええ。あたし、どうしたらそうなれるか、わからないんですの。そうできたらと思うんですけれど。だって――」とイザベラは細長い両手を差し伸べた。「あの人のこと、何一つわからないんですもの」

私は魅せられたようにその顔を見つめた。彼女は本能的に的を射た見かたをしていると私は思った。ジョン・ゲイブリエルについて、彼女は何一つ知らない。おそらくどんなに長いこといっしょに暮らしても、それは変わらないだろう。しかしそれとて、彼に対する彼女の想いに影響を与えるものではないのだ、そう私は感じた。

私は突然愕然とした。ひょっとしたら彼も同じではないだろうか。彼は高価な、複雑な仕組みの品物を買いこみながら、そのこみいったメカニズムの背後にある原理を理解できない男のようなものではないだろうか?

「ともかくも今のあなたが不幸でないのなら――」と私はゆっくり呟いた。

彼女は視力のない人のようなまなざしで、私を見返した。故意に答をいわないのか、それともわからないのか。おそらく自分でもわかっていないのかもしれない。彼女は深い、熾烈な経験をしている。しかし自分のその経験を、言葉にして伝えることができないのだ。

私はそっといった。

「お城のご婦人がたに、あなたからよろしくといいましょうか？」

イザベラは身じろぎもせずにじっと坐っていた。涙がその目に溢れ、頰をつたった。

「時計の針を後もどりさせることができるとして——もしも自由に選べるとしたら——やはり同じ選択をしたと思いますか？」

それは残酷な問いであったろう。しかし私はどうしても知りたかったのだ、たしかなことを。

彼女は問いの意味がわからないように私の顔を見返した。

「選ぶなんてこと、できるものでしょうか、何についても？」

それは考えかたによるだろう。イザベラ・チャータリスのように一つの道しか知らない本源的リアリストにとっては、そうでない人間より、生きることはたやすいかもしれない。イザベラが、選択であるということを充分に意識しつつ、一つの選択をなし、その道を突き進む瞬間が遠からず訪れることになるのであるが、時はまだ満ちていなかったのだ。

立ったままイザベラの姿を見守っている私の耳に、階段を躓きながらのぼってくる足音が聞えた。そしてジョン・ゲイブリエルがぱっとドアをあけはなって、よろよろと入ってきた。蹌踉とした足どりはけっして見よい光景ではなかった。

「やあ」と彼はいった。「よくここがわかったな」

「ああ」と私は素っ気なく答えた。

それ以上何ともいいようがなかったのだ。ドアの方に向かって歩きだしながら私は口の中で呟いた。「失敬、もう帰るところだ……」

彼はちょっと脇によけて私を通した。

「まあね」と呟いたその表情を私は解しかねた。「きみにチャンスを与えなかったなんていわないでほしいね……」

何のことだか、私にはさっぱりわからなかったのだが、ゲイブリエルはまた言葉を続けた。

「あすの晩、カフェ・グリでいっしょに食事をしようじゃないか。ちょっとしたパーティーを開くんだ。きみがくればイザベラが喜ぶ。そうだろう、イザベラ？」

振り返ると、イザベラは静かにほほえんでいった。「ええ、どうぞいらして下さいな」

その顔は平静で晴れやかだった。彼女は幾枚かの絹の小布を指で撫でつつ、仕分けしていた。

ゲイブリエルの表情にふと動くものがあった。一種自棄的なものを私はそこに感じた。私はその汚い階段を障害の身に可能なかぎり、急いでおりた。外の日光の中に早く出たい——ゲイブリエルとイザベラとの奇妙な組み合わせのかもしだす雰囲気から、一刻も早く逃れたいと思ったのであった。ゲイブリエルは変わった——悪い方に。一方、イザベラは少しも変わっていなかった。

私は混乱した頭で、これには何か意味があるに違いない、ただ私にわからないだけなのだと思ったのだった。

25

忘れようとしても忘れられない恐ろしい記憶があるものだ。カフェ・グリの悪夢のような夜がそうだった。その晩のパーティーは、もっぱら私に対するゲイブリエルの悪意を満足させるために催されたものだと私は確信している。それは少なくとも私には忌まわしいとしか思えぬパーティーであった。ザグラーデにおけるジョン・ゲイブリエルの友人や知人が次々に紹介された。その一座の真ん中にイザベラが坐っていたのだった。そこに集まっている男女は、セント・ルーにいたら彼女が会うことを許されるはずのない種類の人々であった。酔っぱらい。変質者、厚化粧の売春婦。麻薬中毒者。俗悪な、下劣な、邪悪なものが一堂に会したという感じがあった。

彼らは芸術的才能によってかろうじて存在価値を認められているというたぐいの人々でもなかった。作家や音楽家、詩人、画家は皆無で、機智に富んだ話で座を賑わす者すらいなかった。彼らはいわばコスモポリタン的社会の滓だった。ゲイブリエルが彼らを選んだのは、どこまで彼が淪落し得るかを誇示するためとさえ思われた。

私はイザベラのためにやるかたのない怒りを覚えた。こんな席に彼女を連れてくるとは何ということだ！

しかしイザベラの顔に目をやったとき、私の怒りは霧散した。彼女はその雰囲気を回避しようともせず、いささかの嫌悪の情も示さずに、といってその場を取り繕おうとやっきになることもなく静かに微笑して坐っていた。アクロポリスの乙女のあの、心ここにあらずといった微笑であった。客に対しては静かな慇懃な態度を示し、乱痴気騒ぎにも少しも影響されなかった。彼女が住んでいるあの汚らしいアパートが彼女に何の影響も及ぼさなかったように。政治に関心があるかという私の問いに対する彼女の答を私はふと思い出した。あのときイザベラはちょっとぼんやりした表情で「ああいうときには出席することにしていますの」と答えた。今夜のこともおそらくそうだろう。このパーティーのことをどう思うかと訊かれたら、イザベラはやはり同じような口調で、「ああいうときには出席することにしていますの」と答えただろう。彼女はその一座を不快な顔もせずに、といってとくに関心を示すでもなく、ただあるがままに受けいれていた。ジョン・ゲイブリエルが欲することだからとごく自然に。

テーブルごしに彼女の顔に目を向けていた私にイザベラは微笑を返した。そうだ、彼女のために気を揉んだり、憤慨したりする必要はまったくない。花は汚いこやしの堆積の上にでも美しく咲く。あんな所にと思われるだけ、かえっていっそう美しく……

私たちは打ち揃ってどやどやとカフェを出た。ほとんど誰もが酔っていた。

通りに出たとき、一台の大型の自動車が暗闇の中から音もなく疾走してきてイザベラをはねとばしそうになった。イザベラはとっさに車に気づき、舗道に跳びあがった。警笛をけたたましく鳴らしながら車が走り過ぎたとき、それを見送った彼女の色を失った顔とその目に溢れている恐怖の色を私は見てとった。

死——この点についてだけはイザベラは弱き存在なのだ、私はふとそう思った。生の浮き沈みも彼女を動揺させることはなかった。彼女は生には勇敢に立ち向かうことができた——しかし死には——死の脅威に対しては無力であった。死の危険が過ぎ去った今も、まだ青ざめた顔で震えているのであった。

ゲイブリエルが叫んだ。

「やあ、危ないところだったな。大丈夫かい、イザベラ?」

「ええ、大丈夫よ」

その声にはまだ恐怖の響きがあった。ふと私の顔を見て彼女はいった。「ね、あたし、このとおり、今でもやっぱり臆病なのよ」

これ以上、書くことはもうほとんどない。

カフェ・グリの夜は私がイザベラを見た最後の夜となった。

悲劇は例によって何の前ぶれも、警告もなく襲いかかった。

数日後、イザベラに会いに行こうか、手紙を書こうか、それとも彼女に会わずにザグラーデを去ろうかとあれこれ思いあぐんでいたとき、ゲイブリエルが私の部屋に案内されたのだった。

その様子にはとくに、いつもの彼と違うところは見えなかったと思う、何となく興奮した気配とかすかなぎごちなさのほかには……

平静な口調で、彼は唐突にいった。

「イザベラが死んだんだ……」

私はその顔を呆然と凝視した。はじめは何のことかわからなかった。そんなことがあるわけはないという気持ちであった。

私が信じようとしないのを見て彼はもう一度いった。

「本当だ。射殺されたんだ」

とんでもないことが起こったという呆然たる思いがじわじわと胸にひろがり、私は口走った。

「射殺されたって？　どうしてそんなことが？　いったい、どういうことなんだ？」

事件は私が彼に最初に会った、あのカフェで起こったのだった。

「きみはストラノフの写真を見たことがあるかね？　おれが奴に似ていると思うかい？」

ストラノフは当時のスロヴァキアの独裁者であった。ゲイブリエルの顔を今さらのように眺めて、私はその面ざしにストラノフに非常によく似たところがあるのに気づいた。とくに前髪が額に乱れかかるとき、この類似点が強調された。

「それがどうしたんだ?」と私は訊いた。

「間抜けな学生がおれをストラノフと間違えて、たまたま持っていた拳銃を振り回しながら『ストラノフ、ストラノフ、年貢の納めどきだぞ!』と喚いて走ってきた。こっちが逃げる暇もないうちにいきなり発射した一発がおれでなく、イザベラに当たった……」ちょっと沈黙し、それから付け加えた。「即死だった。弾丸が心臓を貫通したんだ」

「何ということだ! きみにもどうしようもなかったのか?」

ゲイブリエルに手が下せなかったとは。

彼はぱっと顔を赤くした。

「いや、おれにも何もできなかった……テーブルに向かって壁ぎわに坐っていたから、何をする間もなかったんだ」

私は黙していた。まだ呆然として――自分で自分が思うようにならなかったのだ。

ゲイブリエルはその私の様子をじっと窺っていた。その顔は依然として無表情であった。

「つまり――きみは彼女をこんな目に遭わせるために連れだしたんだな」と私はやっとの思いでいった。

ゲイブリエルは肩をそびやかした。

「まあ——そんなところかな」

「彼女がこんな場所に——あの汚らしい家に、この汚らしい町にきたのは、きみのせいだったんだぞ。きみという男さえいなかったら——」

私が口ごもると、ゲイブリエルが引き取って続けた。

「彼女はレディー・セント・ルーとしてあの海辺の城に——張りぼての城に張りぼての旦那と、張りぼての子どもを膝に乗っけて幸せに暮らしていたかもしれないのにな」

その声には嘲るような響きがあった。私はかっとなった。

「ああ、ゲイブリエル、きみは赦せないよ。一生赦せないだろうね！」

「そんなことはおれにはどうでもいいんだよ、ノリーズ、きみが赦してくれようとくれまいと」

「何だって、ここにやってきたんだ？」と私は激昂した。「ぼくに何の用がある？」

ゲイブリエルは静かに答えた。

「あれの遺骸をセント・ルーに持って帰ってもらいたいと思ってね……きみなら何とかできるだろう。彼女はあそこで埋葬されるべきだ。こんなよその土地ではなく」

「そうとも。ここは彼女とは何の関係もない」こういって私はつくづくゲイブリエルの顔を見た。ようやく胸をひたしはじめた苦痛とともに、好奇心が動くのを私は意識していた。

「きみは何だって彼女をセント・ルーから連れだしたんだ？　あの狂気じみた行動の蔭には、いったい何があったんだね？　そんなにもイザベラを自分のものにしたかったのか？　将来を棒に振るほど？　きみがあんなにも欲しがっていたすべてを捨てても惜しくないほどに？」

ゲイブリエルはもう一度肩をそびやかした。

「わからない、まったくわからない！」と私は激して叫んだ。

「わからないって？　もちろん、きみには何もわかっちゃいないさ」その声の響きに、私はぎょっとした。しゃがれた、苦しげな声であった。「これからだって何一つ。きみなんぞ、苦しみについて何を知っている？」

「かなり知っていると思うね」と私はむっとしていい返した。

「知るもんか。苦しみが、本当の苦しみがどんなものか、きみにはぜんぜんわかっていない。これまでおれは――一度だって――イザベラが何を考えているか、見当もつかなかったんだぞ。まともに話をすることもできなかった。おれは彼女の魂を砕きたいとあらゆることを試みた――あらゆることを。泥の中を、汚らしい澱《おり》の中を引きずりまわしてもみた。だが彼女はおそらくおれがそんなことをしているということさえ、気づかなかったに違いない。『汚れもせず、怯えもせず』――イザベラはまさにそんな女だ。恐ろしいほどだよ、ノリーズ、まったく。いい争い、涙、抵抗――おれはそうした愁嘆場を想像した。おれがいつも勝つ場面を。だがそうではなかった。戦いなんてものがあることさえ知らない者を相手に戦って、勝てるわけはない。おれは彼女と話をすることもできなかった――まともには。おれは酒をあびるほど飲んだ、へべれけになるくらい。麻薬もやった。ほかの女といい仲になっても見せた……しかし彼女は涼しい顔をしていた。足を縮めて坐り、絹の小布に花を刺繍し、ときどきひとりで歌を歌っている……あの海の傍の城にいるのとまったく同じに――まるでお伽噺の中の王女が――城ごと引っ越してきたように――本当にそう思えるくらいだ」

自分でも気づかずに彼はいつのまにか、現在形で語っていた。だしぬけに口をつぐんで、彼は崩れるように椅子に腰を落とした。

「きみにはわからないさ。どうしてわかるわけがある？　おれは負けた。おれが所有していたのは彼女の体だけだ。ほかのものは何一つ、おれの自由にはならなかった。その体すら、今はおれの手からすり抜けてしまったんだ……」ゲイブリエルは立ちあがった。

「あれをセント・ルーに連れて帰ってくれ」

「そうしよう。ああ、きみが彼女にしたことを、神が赦して下さるように！」

彼は急にくるりと私の方に向き直った。

「おれが彼女にしたことに対して？　彼女がこのおれにしたことについてはどうなんだ？　きみみたいな、いい気な人間にはわかるまいが、彼女をはじめて見たときから、おれは地獄の責苦を味わってきたんだ。あの姿をチラッと見ただけでどんなに苦しかったか、とても説明はできないよ。自分でも今もって不可解だ。まるで生傷にチリと唐辛子をなすりこまれたようだった。おれがこれまで欲したもの、心にかけたもののすべてが彼女に結晶していたかのように。おれは自分が粗野な、汚らしい、情欲に支配されやすい男だということを知っている――だが彼女に会うまでは、そんな自分を何とも思わなかったんだ。

彼女こそ、おれを傷つけたんだよ、ノリーズ。きみにはそれがわからないのか？　彼女はおれに傷を負わせた。何物も与えたことがないほどの痛みを与えた。おれはその彼女を破壊しなければいられなかった――自分と同じ所まで引きずりおろさずには、どうにも腹が癒えなかった。わからないか？　いや、きみなんぞにわかるわけはない、とてい。自分の読んでいる本が人生そのものだって顔をして、居心地よげに体を丸めて日なたぼっこをしている人間にはね。おれは地獄の苦しみを味わった。嘘じゃない。地獄にいたんだ、おれは。

一度だけ、たった一度だけ、逃れる機会をつかんだと思ったことがあった。あのかわいらしい、愚かしい女がキングズ・アームズに飛びこんできて、何もかもご破算になりかけたとき。あのままで行けばおれの当選はふいになり、おれはお払い箱ということになったろう。そのうえ、ミリー・バートを背負いこみ、獣のような夫に離婚された彼女と、男らしく結婚していただろう。そうしたらおれは安全だった。この恐ろしい、責苦から、執念から逃れられたろう……

だがそのとき彼女が、イザベラが手を出したんだ。それがおれにとってどんなことを意味するかを、彼女は知らなかった。おれは突き進まなければならなかった。逃げ道はなかった。おれはそれでもまだ、何とか、切り抜けることができるだろうと思っていた。彼女のために結婚の贈物すら、買った。

だが何の役にも立たなかったんだ。おれははじめの決心を貫けなかった。どうでも彼女を自分のものにしなければいられなかったんだ……」

「だが、その彼女は死んでしまった……」と私は呟いた。

今度は彼も何も付け加えようとはしなかった。

彼はただ繰り返した、囁くように。

「だが――彼女は死んでしまった……」

そして踵をめぐらして部屋から出て行った。

26

それっきり、私はジョン・ゲイブリエルに会わなかった。ザグラーデのその夜、互いに怒りをいだいて別れたまま。

多少の困難はあったが、私はイザベラの遺骸をイングランドに持ち帰る手続きをした。イザベラはセント・ルーの海のほとりの小さな墓場の、家代々の墓所に葬られた。葬儀の後で私は三人の老婦人とともに彼らのヴィクトリア朝風の家に行き、イザベラを故郷に連れ帰ったことに対する感謝の言葉を受けた。

その二年のあいだに、彼女たちはひどく老いこんでいた。レディー・セント・ルーは骨と皮のようになり、前にもましていかつい、鷲のような感じを与えた（いかにも脆い、いつ死ぬかわからないという印象だったが、実際はその後何年も生きながらえた）。レディー・トレシリアンはますます肥満し、すぐぜえぜえと喘いだ。ルパートの新妻を、自分たちはたいそう気に入っているのだと彼女は私に囁いた。

「実際的な、たいへん頭のよく働く人なんですよ。あの二人はきっと幸せな夫婦になりますわ。わたしたちが考えていたのとはもちろん違いますけれど……」

涙がその目に溢れた。

「ああ、なぜ——なぜ、こんなことになってしまったんでしょうねえ」

それは私自身が頭の中で繰り返しつづけていた問いであった。

「あんな、ひどい——いやな男と……」

イザベラを悼む思いと、ジョン・ゲイブリエルに対する憎しみにおいて、三人の老婦人と私はひとつ思いにひたっていた。

ミセス・ビガム・チャータリスは前よりいっそう渋紙色の顔で控えていたが、私が別れを告げるとふといった。

「ミリー・バートを覚えていらっしゃいますか?」

「ええ、もちろん。その後、どうしています?」

ミセス・チャータリスは頭を振った。

「馬鹿な結婚をするんじゃないかと気を揉んでいるんですよ、バートのことはご存じですか?」

「いや」

「一杯機嫌で家に帰る途中で溝に落ちましてね。石で頭を打って死んだんです」

「すると、ミリーは未亡人というわけですか？」

「ええ、サセックスの私の友人に聞いたところでは、近くに住む自作農の男と親しくなって結婚することになっているとか。評判の悪い男で、酒も飲むそうですわ。ちょっと手も早いとか」

するとミリー・バートはまたしても同じパターンを繰り返しているわけだ……もう一度機会を与えられて、それによって裨益する人間なんているものだろうか？

翌日ロンドンに帰る途中で、私はこのことについてなお思いめぐらした。ペンザンスから汽車に乗り、第一回目の昼食を予約して、スープが運ばれるまでのあいだ、ジェニファーのことを私は考えていた。

彼女についてはときどき、キャロ・ストレンジウェイから聞いていた。ジェニファーは信じられないほどの有為転変を経たが、雄々しく事に処している、その勇気には感嘆せざるを得ない、とキャロはいった。

私はふと微笑した。ジェニファーはかわいい女だった。しかし今ではもう会いたいとは思わなかったし——どうなったか、知りたいとも考えなかった。

同じレコードを何度も聴く気はしない……

私はロンドンに着くとテレサを訪ねた。テレサはもっぱら聞き役をつとめてくれ、ジョン・ゲイブリエルに対する私の手厳しい非難に耳を傾けた。私はザグラーデの出来事からセント・ルーにイザベラを葬った顚末までを一気に物語った。

それから私はちょっと口をつぐんだ。大西洋の荒波が岩にぶつかって砕ける音が聞こえるような、空を背にそそり立つセント・ルー城が見えるような気がした。

「彼女はあの墓に平和に葬られている、そう思うべきなのでしょうがね、テレサ。そうは思えないんですよ、テレサ。ぼくは口惜しいんです。イザベラは時ならずして散ったんですから。お婆さんになるまで生きていたいと彼女はぼくにいったことがありました。本当ならずいぶん長生きができたはずです。たいへん健康だったんですから。それがぼくを堪まらない気持ちにさせるんでしょうね――そんな彼女の人生が中途で断ち切られたということが……」

大きな屛風の前で、テレサはちょっと身じろぎをした。

「あなたは時を念頭に置いて考えているのね、ヒュー。でも時なんて、何の意味もないわ。たったの五分だって一千年だって、意味深いことでは同じよ。ほら、『薔薇の一瞬も、イチイのそれも……』って詩にもあるじゃありませんか」

（色あせた灰色の絹の布に縫いとりされた暗紅色の薔薇……）

「あなたは人生に対して自分のデザインを設定して、ほかの人の人生をその中に入れこもうとするたちね。でもその人その人のデザインというものがあるのよ。だからこそ、人生は単純じゃないんだわ。そうしたデザインが絡み合い、重なり合っているから。

自分自身のデザインを見きわめる目をもって生まれた人はごく僅かだわ。イザベラはそうした少数の人々の一人だったんじゃないかしら。あの人をわたしたちが理解できなかったのは、あの人が複雑だからではなくて、単純だから――恐ろしいほど、単純だったからよ。本質的なものしか、目にはいらなかったんですものね。

あなたはイザベラの一生を時ならず断ち切られた一生と、ほとんど見分けもつかぬほど、捩じ曲げられた一生と見ているのね。でもわたしにはそれは、それ自体、完結したものではないかという気がするの……」

「つまり、薔薇の一瞬――という」

「そうもいえるわね」テレサは低い声で付け加えた。「幸せな人ね、あなたは、ヒュー」

「幸せ？」私はびっくりしてテレサの顔を見つめた。

「ええ、イザベラを愛したから」

「そう、たしかにぼくはイザベラを愛していた。それでいて彼女のために何もできなかった……ゲイブリエルと一緒に出て行こうとしている彼女を引き止めようとさえしなかった……」

「ええ。それはあなたが本当にあの人を愛していたからだわ。だから余計な口出しをしなかったんでしょうね」

ほとんど不承不承、私はテレサの愛の定義を受けいれた。憐憫はこれまでつねに私を誤らせたように思う。それは私の容易には振り切れぬ習性であった。憐憫によって、安易な同情心によって、私は生き、心を温めてきたのであった。

しかし、少なくともイザベラだけは私を憐憫の対象としなかった。彼女に仕えることも、その道を歩みよいものにすることも試みず、その重荷を代わって担おうとはしなかった。その短い一生をつうじて、イザベラは終始変わらず完全に彼女自身であった。憐憫は彼女が必要としない、またおそらく理解し得ない感情だろう。私は彼女にひとりおのが道を行かせるだけ、彼女を愛していたのだった……

「ヒュー」とテレサはやさしくいった。「もちろん、あなたはイザベラを愛していたのよ。だからとても幸せだったんだと思うわ、これまでずっと」

「そう」と私はちょっと驚いて呟いた。「幸せだった」

突然、怒りが私をとらえた。

「しかし、だからって、ジョン・ゲイブリエルがこの世でも、後の世でも、地獄の苦しみを味わうことを願うことに変わりはないよ！」

「来世については知らないわ。でもこの世ではその願いは叶えられていたと思うわ。ジョン・ゲイブリエルはわたしが知っているうちの、いちばん不幸せな人間よ」

「あなたは彼を気の毒に思っているんでしょうがね。しかし、ぼくは――」

テレサは私を遮って、気の毒に思っているというより、もっと深い意味でいっているのだと答えた。

「どんな意味でいっているのか、知らないが、あなただってもしもあのザグラーデの彼に会っていたら――あの男は口を開けば自分のことしか、しゃべりませんでしたよ――イザベラの死も、あいつを打ちひしぎはしなかった」

「あなたは知らないのよ。あの人をよく見たこともないんじゃなくて？　いったい、あなたは本当に人間を見たことがあって？」

そういわれて考えてみると、そういうテレサすら、身を入れて眺めたことがないのに私は気づいた。この物語の中でもテレサの姿かたちについては、ほとんど描写したことがなかったようだ。

テレサを今さらのように眺めつつ、私は今はじめてこの義姉を見るように思った。高い頬骨。高々と結いあげて櫛をさし、スペイン風のマンティラでもかぶったら似合いそうな黒髪。彼女の頭は、カスティールの彼女の曾祖母のように誇らかに肩の上に据わっていた。

ふと少女時代のテレサが目に浮かぶようだった。一途な、情熱的な顔をして、ひるまずに人生に立ち向かう少女が。

人生において、テレサは何を見出したのであろう？

「なぜ、そんなに私をじろじろと見ているの、ヒュー」

「これまで――あなたを碌に見たことがないと思って――」

「そう、見たことがないようね」微笑を浮かべてテレサはいった。「で、何が見えて？」

その唇に漂うほほえみと、笑いを含んだ声にはかすかに皮肉なものが感じられた。彼女の目には、私の推し測ることのできない表情が浮かんでいた。

「あなたはいつもぼくにとてもよくしてくれましたね、テレサ」と私はゆっくりいった。「でも本当のところ、ぼくはあなたについてほとんど何も知らない……」

「そうね、ヒュー、何も知らないわ」

彼女はだしぬけに立ちあがって陽のさんさんとさしこむ窓のカーテンを引いた。

「ジョン・ゲイブリエルのことですが――」と私はいいかけた。

「あの人のことは神さまに委せてお置きなさいな、ヒュー」とテレサは低い声でいった。

「妙なことをいいますね、テレサ」

「いいえ、正しいことよ。わたしはいつもそう思ってきたの」

それからひとこと付け加えた。

「いつか――きっと――あなたにも、わたしのいう意味がわかるでしょうけれど」

エピローグ

以上が私の物語である。

コーンワルのセント・ルーではじめて会い、ザグラーデのホテルの一室で最後に別れた男の物語である。

その男は今、パリの場末の寝室で死にかけていた。

「聞いてくれ、ノリーズ」ゲイブリエルの声は弱々しかったが、はっきりと聞きとれた。「ザグラーデで何が起こったか、きみには知ってもらう必要がある。あのときは何もいわなかった。それが何を意味していたか、たぶん自分でも本当にはわからなかったからだが……」彼はちょっと息をついだ。「イザベラが——死を恐れていたことを、きみは知っているね？　この世の何ものよりも死を恐怖していたのを？」

私は頷いた。そのとおりである。私は知っていた。セント・ルーの家のテラスに落ちていた鳥の死骸を見たとき、彼女の目に浮かんだ表情を。またザグラーデで疾走してくる車の前から跳びのいたときの様子と真っ青な顔を、私は思い出していた。

「いいか、ノリーズ、その学生は拳銃を手にぼくの方に突進してきたんだ。ぼくとのあいだはほんの二、三ヤードしか離れていなかったし、射ち損じる気遣いはなかった。おれはテーブルと壁のあいだにはさまれて動けなかったんだから。

イザベラはとっさに事態を見てとった。そして学生が引き金を引いた瞬間、銃口の前に身を投げだしたんだ……」

ゲイブリエルは声を励まして続けた。

「わかるか、ノリーズ、彼女はどんなことが起こるか、百も承知していたんだよ。その行為が彼女にとって死を意味することを。イザベラは敢えて死を選んだ——おれを救うために」

ゲイブリエルの声は熱をおびていた。

「おれはわからなかった——そのときまで——いや、そのときにもまだ、それが何を意味するのかを知らなかった。後でよく考えてみるまでは。イザベラがおれを愛しているということが、おれには理解できなかった……官能で彼女をとらえているのだと思っていた——そう、確信していた……

しかしイザベラはおれそのものを愛していたんだ……おれのために命を捨てるほど……あんなに死を恐れていた彼女が……」

私は心の目で見ていた。ザグラーデのあのカフェを。狂信的な愛国者であるその若い学生。イザベラの驚愕、ゲイブリエルが狙われていると知ったその狼狽と恐れを——そして彼女のとっさの選択を。イザベラが身をもってジョン・ゲイブリエルをかばってぱっと身を投げだすのを、私は目のあたりに見るように思った。

「そうか、それがあの結末だったのか……」と私は呟いた。

けれどもゲイブリエルは枕の上にがばと半身を起こし、醜い顔の中の美しい目をかっと見開いた。朗々たる——勝ち誇ったような声が響いた。

「いや、違う、それは！　結末じゃあない。それこそ、はじまりだったんだ……」

ミステリの趣向で描かれた愛の表裏

書店員
宇田川拓也

クリスティーを熱愛する猛者だけが、読むことを許された作品。

などと書くと大げさだが、アガサ・クリスティーがメアリ・ウェストマコット名義で発表した六作の普通小説に対し、私はそんな印象を抱き、なかなか手を出すことができなかった。ハヤカワ文庫ではこれまで、ウェストマコット作品は、クリスティーといえば赤い背表紙でおなじみのミステリ文庫ではなく、冒険小説や文芸作品を混える白い背表紙のNV文庫として刊行されてきた。これはクリスティー作品とはいえ、ミステリではないという明確な標榜であったわけだが、これが私には、ミステリを読み倒してきた熱烈なクリスティーファンへの特別なもの、たとえばボーナストラックのような感じがして、にわかファンが安易に手を伸ばしてはいけないものと思ったのである……。

と、もっともらしいことを述べてはみたものの、これはオモテ向きの理由であって、じつは、なかなか手が出なかったわけとして、隠しているウラの理由がある。

最初に、これがまったく失礼な話だということを、お断りしておく。では、思い切って暴露してしまうが、「クリスティーを熱愛する猛者だけが、読むことを許された」とは、つまり、ミステリのような仕掛けも盛り上がりもない（であろう）、普通小説などという退屈なものは、クリスティーへの情熱でも燃料にしなければ読み進められないと、愚かな若き私は思っていたのである。ああ、まったく無知とは恐ろしい……。


一九四七年に発表された『暗い抱擁』は、メアリ・ウェストマコットの四番目の物語である。原題は *The Rose and the Yew Tree* つまり、「バラとイチイの木」である。冒頭の詩をご覧いただいてお分かりのように、T・S・エリオット『四つの四重奏』からとられたこの題名は、生と死を象徴しており、対照的な意味合いを含んで、作品の内容を端的に表している。先ほど私は自分の恥を明らかにすることで偏見の表裏を語ったが、『暗い抱擁』は同じオモテとウラでも、愛の表裏を描いたクリスティー渾身の一作である。

主人公ノリーズ大尉の眼を通して語られるのは、選挙での勝利に燃える野心の男ジョン・ゲイブリエルと、ノリーズが想いを寄せ、王女とさえ評される美貌の女イザベラ・チャータリスのふたりが、愛ゆえにすべてを捨てる道を選び、そして迎えるに到った末路の克明な記録である（いや、本当は……以下自粛）。そこでは、強い愛情は必ずしも相手に幸せをもたらすものではないこと、態度や印象からでは愛の大きさはとても量れないこと、また愛がひとを衝き動かすときの力の強大さなど、奥深く普遍的な愛の命題が、なにも知らないノリーズの見たまま感じたままの情景である表側と、あとから徐々に知ることとなる真実、つまり裏側の開示によって、印象的に物語られる。

さて、この『暗い抱擁』だが、じつはこれこそが、かつて偏見を抱いていた私に悔い改めるきっかけを与えてくれたウェストマコット作品である。

一読して驚いた。というのも、それが普通小説という体裁でありながら、ミステリ的趣向をよく備えており、尚且つ、その趣向が巧みに働くことで、テーマを強く息づかせ、一気に読ませるだけの上質な作品だったからである。

本作にはミステリ的趣向といえるものがいくつも内在しているが、中でも構成の面に絞り込んで例を挙げてみると、プレリュードの終わり近く、瀕死のゲイブリエルからイザベラの死の情景を聞かされた主人公は、「そのことは順を追って記すつもりである」

として、さらにこう続ける。「話し終えると彼はひとことだけ付け加えた、ただひとこと。そのひとことのために私はこの物語を書いているのだ」、と。

いかがだろう。われわれ読者に仕掛けられたこの「つかみ」の手際と大胆さ。たった一文での絶大な効果は、さすがといえまいか。事実、読者はこのあとラスト一行で放たれるその「ひとこと」まで一気呵成にページをめくることとなり、読了の後、再度プレリュードを読み返すほどの衝撃を受けるだろう。まさに、愛の表裏を描き出すに最良の効果を生んでいるのである。

クリスティーの多彩な傑作群と比べてしまえば、特別なトリックがあるわけでもない『暗い抱擁』は、ミステリの範疇から逸脱してしまうかもしれない。だが、他作家の並の作品群と比べたなら、一級のミステリセンスで完成されたそれは、凡作が足元にも及ばないほどのミステリ作品に成り得ていると確信する。

これまで分け隔てられることで裏に甘んじていた『暗い抱擁』だが、クリスティー文庫として生まれ変わったのを機に、ミステリ作品と同じ装いを得ることとなった。つまり、初めて表に出て肩を並べる日が来たのである。偏見の呪縛を解いてみせたこの愛の物語が、ミステリとしても広く親しまれることを、書店の裏側から切に願っている。

バラエティに富んだ作品の数々
〈ノン・シリーズ〉

名探偵ポアロもミス・マープルも登場しない作品の中で、最も広く知られているのが『そして誰もいなくなった』（一九三九）である。マザーグースになぞらえて殺人事件が次々と起きるこの作品は、不可能状況やサスペンス性など、クリスティーの本格ミステリ作品の中でも特に評価が高い。日本人の本格ミステリ作家にも多大な影響を与え、多くの読者に支持されてきた。

その他、紀元前二〇〇〇年のエジプトで起きた殺人事件を描いた『死が最後にやってくる』（一九四四）、『チムニーズ館の秘密』（一九二五）に出てきたロンドン警視庁のバトル警視が主役級で活躍する『ゼロ時間へ』（一九四四）、オカルティズムに満ちた『蒼ざめた馬』（一九六一）、スパイ・スリラーの『フランクフルトへの乗客』（一九七〇）や『バグダッドの秘密』（一九五一）などのノン・シリーズがある。

また、メアリ・ウェストマコット名義で『春にして君を離れ』（一九四四）をはじめとする恋愛小説を執筆したことでも知られるが、クリスティー自身は四半世紀近くも関係者に自分が著者であることをもらさないよう箝口令をしいてきた。これは、「アガサ・クリスティー」の名で本を出した場合、ミステリと勘違いして買った読者が失望するのではと配慮したものであったが、多くの読者からは好評を博している。

冒険心あふれるおしどり探偵

〈トミー&タペンス〉

本名トミー・ベレズフォードとタペンス・カウリイ。『秘密機関』（一九二二）で初登場。心優しい復員軍人のトミーと、牧師の娘で病室メイドだったタペンスのふたりは、もともと幼なじみだった。長らく会っていなかったが、第一次世界大戦後、ふたりはロンドンの地下鉄で偶然にもロマンチックな再会をはたす。お金に困っていたので、まもなく「青年冒険家商会」を結成した。この後、結婚したふたりはおしどり夫婦の「ベレズフォード夫妻」となり、共同で探偵社を経営。事務所の受付係アルバートとともに事務所を運営している。トミーとタペンスは素人探偵ではあるが、その探偵術は、数々の探偵小説を読破しているので、事件が起こるとそれら名探偵の探偵術を拝借して謎を解くというユニークなものであった。

『秘密機関』の時はふたりの年齢を合わせても四十五歳にもならなかったが、

最終作の『運命の裏木戸』（一九七三）ではともに七十五歳になっていた。青春時代から老年時代までの長い人生が描かれたキャラクターで、クリスティー自身も、三十一歳から八十三歳までのあいだでシリーズを書き上げている。ふたりの活躍は長篇以外にも連作短篇『おしどり探偵』（一九二九）で楽しむことができる。

ふたりを主人公にした作品が長らく書かれなかった時期には、世界各国の読者からクリスティーに「その後、トミーとタペンスはどうしました？ いまはなにをやってます？」と、執筆の要望が多く届いたという逸話も有名。

名探偵の宝庫

〈短篇集〉

クリスティーは、処女短篇集『ポアロ登場』（一九二三）を発表以来、長篇だけでなく数々の名短篇も発表し、二十冊もの短篇集を発表した。ここでもエルキュール・ポアロとミス・マープルは名探偵ぶりを発揮する。ギリシャ神話を題材にとり、英雄ヘラクレスのごとく難事件に挑むポアロを描いた『ヘラクレスの冒険』（一九四七）や、毎週火曜日に様々な人が例会に集まり各人が体験した奇怪な事件を語り推理しあうという趣向のマープルものの『火曜クラブ』（一九三二）は有名。トミー&タペンスの『おしどり探偵』（一九二九）も多くのファンから愛されている作品。

また、クリスティー作品には、短篇にしか登場しない名探偵がいる。心の専門医の異名を持ち、大きな体、禿頭、度の強い眼鏡が特徴の身上相談探偵パーカー・パイン（『パーカー・パイン登場』一九三四　など）は、官庁で統計収集の事務を行なっていたため、その優れた分類能力で事件を追う。また同じく、ハーリ・クィンも短篇だけに登場する。心理的・幻想的な探偵譚を収めた『謎のクィン氏』（一九三〇）などで活躍する。その名は「道化役者」の意味で、まさに変幻自在、現われてはいつのまにか消え去る神秘的不可思議的な存在として描かれている。恋愛問題が絡んだ事件を得意とするというユニークな特徴をもっている。

ポアロものとミス・マープルものの両方が収められた『クリスマス・プディングの冒険』（一九六〇）や、いわゆる名探偵が登場しない『リスタデール卿の謎』（一九三四）や『死の猟犬』（一九三三）も高い評価を得ている。

51 ポアロ登場
52 おしどり探偵
53 謎のクィン氏
54 火曜クラブ
55 死の猟犬
56 リスタデール卿の謎
57 パーカー・パイン登場
58 死人の鏡
59 黄色いアイリス
60 ヘラクレスの冒険
61 愛の探偵たち
62 教会で死んだ男
63 クリスマス・プディングの冒険
64 マン島の黄金

訳者略歴　東京大学文学部卒，英米文学翻訳家　著書『鏡の中のクリスティー』訳書『火曜クラブ』『春にして君を離れ』クリスティー，『なぜアガサ・クリスティーは失踪したのか？』ケイド（以上早川書房刊）他多数

暗《くら》い抱《ほう》擁《よう》

〈クリスティー文庫 86〉

二〇〇四年六月　十五　日　発行
二〇二二年六月二十五日　三刷

（定価はカバーに表示してあります）

著者　アガサ・クリスティー
訳者　中《なか》村《むら》妙《たえ》子《こ》
発行者　早川浩
発行所　株式会社　早川書房
東京都千代田区神田多町二ノ二
郵便番号一〇一 - 〇〇四六
電話　〇三 - 三二五二 - 三一一一
振替　〇〇一六〇 - 三 - 四七七九九
https://www.hayakawa-online.co.jp
乱丁・落丁本は小社制作部宛お送り下さい。
送料小社負担にてお取りかえいたします。

印刷・株式会社精興社　製本・株式会社明光社
Printed and bound in Japan
ISBN978-4-15-130086-8 C0197

本書は活字が大きく読みやすい〈トールサイズ〉です。